Aishling Morgan

Liebesschmerzen

Lustvolle Leiden von Hexen und Huren

Impressum

Passion Publishing Ltd.
Postfach 11 28
D-53621 Königswinter

Dieses Werk wurde vermittelt durch die Literarische Agentur
Thomas Schlück GmbH, 30827 Garbsen.

Satz: Petra Hammermann
Übersetzung: Babette von Salomé
Umschlagentwurf: Ralph Handmann
Titelbild: © Roman Kasperski www.RomanKasperski.de

Printed in Germany

Vertrieb: VSB, Georg-Westermann-Allee 66, 38104 Braunschweig

ISBN: 978-3-939907-21-3
VSB-Titelnummer: 3000230

Bestellhotline: 01805/708709
Bestellfax: 0531/795939

www.passion-publishing.de

Aishling Morgan

Liebesschmerzen

Lustvolle Leiden von Hexen und Huren

Passion Publishing

Meisterin der Perfektion

Sarah schenkte sich ein Glas Wein ein und blickte auf die Uhr. Es war zehn nach zehn, das hieß, sie hatte genug Zeit. David hatte gesagt, dass es spät werden würde. Er würde frühestens um elf kommen, oder später. So war es wenigstens bisher immer gewesen. Diese Gewissheit schmälerte jedoch nicht ihre nervöse Erregung – halb Angst, halb Vorfreude –, während sie ihre Vorbereitungen traf.

Bei einem Glas Wein und laufendem Fernseher fühlte sie sich sicher genug, um anzufangen. Sie trug ein weites Kleid mit nichts als einem Höschen darunter. Aus einer Tasche ihres Kleides fischte sie einen Fetzen aus leuchtend rotem Schweineleder. Der Ledergeruch stieg ihr in die Nase, leicht, aber doch deutlich. Sie lehnte sich entspannt im Sessel zurück, hielt sich das Lederstück vors Gesicht, schloss die Augen und ließ ihrer Fantasie freien Lauf. Die Geräusche des Fernsehers und ihre Umgebung traten in den Hintergrund. In Gedanken war sie in einer Bar, irgendwo oder nirgends. Sie war von Männern umringt, rohen, muskulösen Männern in schwarzem Leder. Ihre Gesichter waren verzerrt vor tierischer Lust, während sie sie beobachteten. Sie tanzte. Man hatte sie dazu gezwungen zu tanzen: um für die Reparatur ihres Autos zu bezahlen, für das Benzin, das sie für den Weg nach Hause brauchte ... oder aus bloßer Begierde, es spielte keine Rolle. Sie hatten ihr befohlen zu tanzen – zu strippen.

Man hatte sie ins Hinterzimmer der Bar geführt und ihr zwei mitleiderregende Fetzen aus weichem Leder gegeben, die sie anziehen sollte. Eine große, dicke Frau mit grimmigem Gesichtsausdruck hatte sie zur Eile angetrieben, eine wirklich riesige Frau mit grellrotem Lippenstift und wasserstoffblondem Haar, die genug Kraft hätte, sie zu überwältigen. Die Männer hatten geklatscht, als Sarah wieder aufgetaucht war, und ihr auf den Tisch hinaufgeholfen. Mehr als eine Hand berührte dabei Sarahs Hintern. Nun tanzte sie, stellte sich selbst zur Schau, wackelte mit ihrem Busen und ihrem Hintern vor ihnen herum wie eine kleine Schlampe.

Sie versuchte es hinauszuzögern, sich noch tiefer zu erniedrigen und ganz zu entblößen, doch die Geduld der Männer ließ merklich nach. Sie riefen ihr zu, ihnen ihre Titten zu zeigen. Zuerst waren es nur wenige, doch dann fielen immer mehr ein. Sarah konnte dem rhythmischen, drängenden Chor nicht länger widerstehen, zog den winzigen Leder-BH aus und zeigte ihre nackten Brüste: die runde, rosafarbene Handvoll Fleisch, die bisher nur David zu Gesicht bekommen hatte, seit sie mit neunzehn geheiratet hatten …

Sarah öffnete ihr Kleid und entblößte ihre Brust. Ihre Hände wanderten zu ihren Brüsten und streichelten ihre Nippel, bis beide vorstanden, ganz hart zwischen ihren Fingern. Als sie oben ohne war, wurden die Männer noch ungeduldiger. Mehrere von ihnen hatten Erektionen, und als sie ihre vollen Brüste in die Hände nahm und hochhob, wurde ihr klar, dass sie nicht aus der Bar herauskommen würde, ohne wenigstens ein paar Schwänze zu lutschen. Wenn sie sich weigerte, würden sie sie einfach zwingen, und wenn sie ihr Höschen runterließ, würden sie sie auch ficken.

Als ob sie ihre Gedanken lesen könnte, rief die ordinäre, blonde Barfrau den Männern etwas zu und forderte sie auf, Sarah ins Hinterzimmer zu bringen. Sie wurde gepackt, vom Tisch gezerrt und strampelnd und quiekend ins Hinterzimmer getragen. Dort stand ein riesiges, schwarzes Motorrad, alt und ölverschmiert. Trotz ihrer Proteste wurde sie über den Motorradsitz geworfen. Man riss ihr den Lederslip herunter und stopfte ihn ihr in den Mund, um sie ruhigzustellen …

Sarah steckte sich den Fetzen Schweineleder in den Mund und kaute darauf herum, um den strengen, moschusartigen Geschmack aufzunehmen. Ihre Hände glitten nach unten und schoben ihr Höschen hinunter. Sie spreizte die Beine. Ihre Finger wanderten direkt an ihre Muschi, tauchten zwischen ihre Schamlippen und fanden ihre Klitoris. Während sie mit durchgebeugtem Rücken an dem Lederstück herumkaute, begann Sarah zu masturbieren.

Genau dazu zwangen sie auch die Motorradfahrer. Sie musste vor ihren Augen ihre Muschi reiben, während sie ihre Schwänze bereitmachten. Sie lag bäuchlings auf dem Motorrad; ihre Brüste … nein, ihre Titten, große, pralle Kissen aus weiblichem Fleisch, wurden auf dem Benzintank plattgedrückt. Ihr Hintern ragte in die Höhe, auf dem Beifahrersitz, emporgereckt und gespreizt. Ihre Beine wurden durch den Motorradrumpf auseinandergehalten, sodass man ihre klaffende Muschi und ihr Poloch sehen konnte. Der saure, animalische Geschmack des Leders erfüllte ihren Mund. Der Geruch hing in der ganzen Luft, ebenso wie der Geruch nach Öl und Schweiß und Schwänzen. Sie masturbierte, weil sie es tun musste, weil man es ihr befohlen hatte. Wie sie so ihre Möse rieb, bot sie einen äußerst unanständigen Anblick. Und dann nahmen sie sie und fickten sie und fickten sie und fickten sie …

Sarah kam. Ihre Zähne gruben sich in das Leder in ihrem Mund, als ein langer, fantastischer Orgasmus durch ihren Körper fegte. Er dauerte wunderbar lange, während sie sich vorstellte, wie die Motorradfahrer sie benutzten; wie lange und wie oft sie sie zum Höhepunkt brachten, bevor man sie auf dem alten Motorrad liegen ließ, erschöpft, aber glücklich, und höchstwahrscheinlich schwanger.

Bei dem Gedanken, geschwängert worden zu sein, ohne jemals zu wissen, von wem, erreichte ihr Orgasmus einen letzten Höhepunkt. Sie spuckte den Lederfetzen aus, und ihr Körper wurde schlaff. Ihre Finger ruhten immer noch in der feuchten Spalte ihrer Möse, und ein glückliches, schläfriges Lächeln lag auf ihrem Gesicht, das ihre Zufriedenheit widerspiegelte.

Endlich stand sie auf, um ihr Höschen aufzuheben und sich zu waschen. Dann setzte sie sich wieder in den Sessel und trank den Wein aus. Im Fernsehen sprach eine von Kopf bis Fuß in schwarzes Leder gekleidete Frau ernsthaft über ihre Arbeit als Domina. Sarah musste lächeln, als sie an ihre eigenen, schüchternen Fantasien dachte.

„Bei mir“, sagte die Frau gerade, „verwirklichen Männer ihre wahre Natur. Sich der Macht einer Frau zu unterwerfen, ist die Natur der Männer – aller Männer. Doch leider haben nur wenige Frauen den Mut und die Fähigkeiten, ihrer natürlichen Dominanz Ausdruck zu verleihen, die das Gegenstück zur männlichen Unterwerfung ist.“

„Was ist mit devoten Frauen?“ fragte der Moderator.

„Ja, es gibt Frauen, die sich unterwerfen wollen“, antwortete die Domina, „und ich bediene auch diese. Viele fühlen sich durch ihren Partner unausgefüllt, selbst wenn er gewillt ist, sie zu bestrafen ...“

„Sie meinen, sie zu versohlen?“ fiel ihr der Moderator ins Wort.

„Zum Beispiel“, fuhr die Domina fort. „Es gibt viele Formen der Bestrafung. Doch nur wenige Männer sind gut darin, denn es liegt in ihrer Natur, sich zu unterwerfen und nicht zu beherrschen. Wahre Dominanz ist etwas Weibliches, und auch da findet man sie selten.“

„Und Sie sind wahrhaft dominant?“

„Durch und durch.“

„Was heißt das genau?“

„Das bedeutet sehr viel. Zum einen bin ich in Kontakt mit meiner inneren Göttin. Es gibt etwas Göttliches in mir, etwas, das alle Männer anbeten wollen. Nur wenige Frauen können das erreichen. Aus diesem Grund ist mein Körper heilig, unberührbar ... nicht, dass meine Sklaven es je wagen würden.“

„Also ziehen Sie sich nie für sie aus oder so etwas?“

„Niemals. Kein Mann darf meinen nackten Körper sehen.“

„Und Sie sehnen sich nie selbst nach einer schönen Tracht Prügel?“

„Nein, absolut nicht. Ich strahle pure, absolute Dominanz aus. Ich könnte niemals bestraft werden. Sie sollten das noch nicht einmal sagen.“

„Hochnäsige Schlampe“, sagte Sarah zu sich selbst.

Das Bild wechselte, und Sarah erkannte, dass die Domina auf einem Mann saß. Er war fast nackt, bis auf ein enges Gummihöschen und eine Gummikapuze.

„So, Meisterin der Perfektion", sprach der Moderator weiter, „würden Sie uns vielleicht eine kleine Vorstellung geben?"

„Natürlich", antwortete die Domina.

Sarah langte nach ihrem Glas und überlegte, ob sie umschalten sollte. Die Domina war aufgestanden und nahm eine Peitsche aus einem Regal mit Folterwerkzeugen an der Wand. Ihr Sklave war ihr gefolgt, wie ein Hund hing er an ihren Fersen. Von hinten sah man, dass er ein zitronenförmiges Muttermal an der Rückseite seines Schenkels hatte. Dieses Muttermal war Sarah entsetzlich vertraut. Der Sklave war David.

Sprachlos sah Sarah dabei zu, wie ihr Ehemann ausgepeitscht wurde. Die Domina, Meisterin der Perfektion, tat es mit einem bestiefelten Fuß auf Davids Rücken. Der spitze Absatz bohrte sich in sein Fleisch. Er keuchte vor Schmerz, doch sie herrschte ihn an, ruhig zu sein. Danach hing er bettelnd an ihren Füßen und flehte sie an, ihr die Stiefel lecken zu dürfen. Die Domina verwehrte ihm dieses Privileg und befahl ihm, sich hinzuknien, damit sie sich hinsetzen konnte.

Während Sarah zuschaute, wurde ihr Gefühl, betrogen zu werden, allmählich stärker. Zuerst hatte sie sich wider besseren Wissens noch an die Hoffnung geklammert, dass es vielleicht gar nicht David war, aber als er zu sprechen begann, wurde auch dieser letzte Trotz zunichte gemacht. Tränen der Wut und des Frustes stiegen ihr in die Augen. Selbst da redete sie sich noch ein, dass das Problem bei ihr lag, dass sie sein Bedürfnis nach Unterwerfung hätte befriedigen müssen. Doch sie wusste, dass das ungerecht war. In acht Jahren Ehe hatte er das Thema niemals erwähnt.

Die endgültige Kränkung kam am Ende, als herauskam, dass die Meisterin der Perfektion 250 Pfund für die Stunde verlangte. Bis dahin hatte Sarah versucht herauszufinden, wie viele von Davids Überstunden in Wahrheit Besuche bei der Domina waren. Die Überstunden fielen regelmäßig an, einmal pro Woche. Das bedeutete, dass jeden Monat über 1.000 Pfund in die Tasche der Frau wanderten.

Sie dachte an Davids Weigerung, ein zweites Auto zu kaufen, das ihr zur Verfügung stünde, an die Ferien, die sie mit Renovieren verbracht hatten, und an die billige Nylonunterwäsche, die sie zu ihrem letzten Geburtstag bekommen hatte. All das hatte sie hingenommen, aus Gründen der Sparsamkeit. In den letzten sechs Monaten hatte sie halbtags als Schreibkraft für einen Italiener mit schütterem, fettigen Haar gearbeitet, der seine Hände nicht bei sich behalten konnte und auch noch zu erwarten schien, dass sie dankbar für seine Annäherungsversuche war.

Als die Sendung durch eine Werbepause unterbrochen wurde, stand sie auf. Rachegelüste kochten in ihr. Am liebsten hätte sie Davids Kollektion von Anzügen zerschnitten, seine Squash-Pokale zerschmettert, den Schuppen im Garten angezündet. Nichts davon befriedigte sie. Alles außer vielleicht Mord würde ihr nur das Gefühl geben, klein, betrogen und unbedeutend zu sein. Wahrscheinlich würde es ihn noch nicht einmal wütend machen. Sie konnte sich seine Reaktion gut vorstellen: Leugnen, Verletztsein, Tage des Schmollens und des Hasses. Er würde ihr sagen, dass sie die Schäden mit ihrem eigenen Geld begleichen müsse. Ihn zu verlassen, war auch keine bessere Lösung. Das käme einer Niederlage gleich, während die verabscheuenswerte Meisterin der Perfektion immer noch das Geld und die Aufmerksamkeit von Sarahs Mann bekäme.

Eine Weile stand sie unschlüssig da, dann ging sie ins Badezimmer. Sie zog sich aus und duschte, rasierte die Stoppeln in ihren Achseln und trimmte ihr Schamhaar. Im Schlafzimmer legte sie Puder und Parfüm auf, bevor sie die nuttige rote Unterwäsche anzog, die David für sie gekauft hatte und die sie sich immer geweigert hatte anzuziehen. Eilig vervollständigte Sarah ihr Make-up. Anschließend schlüpfte sie in Strümpfe, ein enges Kleid aus dunkelrotem Samt und die Schuhe mit den höchsten Absätzen, die sie finden konnte.

Als sie die Straße hinunterlief, kam ihr Davids BMW entgegen. Ihr Mann erkannte sie nicht, und sie setzte ihren Weg bis zur Hauptstraße fort. Der Bus brachte sie in die Stadt, zu einer Kneipe, vor der sie schon oft Motorräder gesehen hatte, und zwar nicht die glänzenden, bunten Maschinen, die sie aus ihrer eigenen Nachbarschaft kannte. Jetzt standen keine da, aber sie ging trotzdem hinein.

Zwei Stunden später befand sie sich auf dem Rücksitz eines alten Mercedes und lutschte den Schwanz eines Mannes. Es war ein Schwarzer, und sie wusste, dass dies David fast genauso sehr aufregen würde wie der Umstand, dass sie mit einem anderen Mann zugange war. Die Kumpel des Schwarzen sahen vom Vordersitz aus zu. Einer befummelte ihre nackten Brüste, und der andere hatte die Hand in ihr Höschen gesteckt und rieb die feuchte Spalte ihres Geschlechts.

Sie nahmen sie, fast so, wie es die Männer in Sarahs erotischen Fantasien taten, nur ohne die Gleichgültigkeit gegenüber ihren Gefühlen, wie sie es sich immer vorstellte. Zuerst hatten sie um ihre Aufmerksamkeit gebuhlt, und es waren eine offene Einladung und das Ausziehen ihres Kleides nötig, damit sie die Idee, sie zu teilen, akzeptierten. Selbst dann waren sie noch höflich gewesen und hatten sie darum gebeten, ihnen den Schwanz zu lutschten. Als die Zeit gekommen war, ihr das Höschen herunterzuziehen und sie zu ficken, fragten sie vorher ebenfalls.

Es passierte auf dem Rücksitz. Sarah saß auf dem Schoß des Mannes, dem sie einen geblasen hatte, und hüpfte auf seinem Schwanz auf und ab, ihre gespreizten Arschbacken den beiden anderen zugewandt. Einer klatschte mit der Hand auf ihren Hintern, während sie gefickt wurde, was sie an das Bild ihres Mannes zu Füßen der Domina erinnerte. Da fragte sie die Männer, ob einer von ihnen gerne versuchen würde, seinen Schwanz in ihr Poloch zu stecken Das hatte sie David immer verweigert, obwohl er immer wieder winselnd darum gebeten hatte.

Nun wurde sie in den Arsch gefickt. Ihr Anus wurde mit dem Ölmessstab des Autos eingefettet, der in ihr Rektum hinein- und hinausgeführt wurde, bis sie schleimig und offen war. Während sie von dem Mann in ihrer Vagina gespreizt gehalten wurde, kletterte der andere hinter sie und zwängte seine beeindruckende Erektion in ihren Hintereingang. Beide

Männer kamen in ihr, nachdem sie sie mit den Schwänzen in ihren Löchern zum Orgasmus gebracht hatten. Der dritte nahm sie in ihrer Möse, auf dem Rücksitz kniend. Seine Freunde lachten ihn aus, als er in ihrem spermaglitschigen Loch zum Höhepunkt zu kommen versuchte. Seine Lösung bestand darin, Sarah in den Arsch zu ficken und in ihrem Mund abzuspritzen. Sarah erstickte beinahe an seinem schmutzigen Schwanz, bis sie seine Ladung abbekam.

Die Männer setzten sie vor ihrem Haus ab. Ihr Make-up war verschmiert, ihr Mund voller Sperma, ebenso wie ihr Höschen. David hatte auf sie gewartet und starrte sie verblüfft an, als sie hereinkam. Ihre Antwort war ein kaltes Schweigen. Dann knallte sie die Tür des Gästezimmers hinter sich zu.

Die Nacht mit dem dreckigen Sex trug nicht viel dazu bei, Sarahs Gefühle zu beschwichtigen. Ein Teil ihres Stolzes war zwar wiederhergestellt, aber sie war immer noch sehr verletzt. David hatte alles abgestritten und sie beschuldigt, sein angebliches Fehlverhalten nur als Ausrede für ihre Untreue benutzt zu haben. Leider hatte sie die Sendung nicht aufgezeichnet. Sie wurde immer frustrierter und wütender, während er zunächst schmollte und dann immer öfter lange wegblieb.

Sarah selbst genehmigte sich noch zwei weitere Sexabenteuer. […] Eine Woche später setzte sie ihre Motorradfahrer-Fantasie in die Tat um. Sie kehrte ölverschmiert, wund und ohne ihre Unterwäsche nach Hause zurück. Doch all das trieb David nur noch weiter von ihr fort.

Sie erkannte, dass sie dabei war, ihn zu verlieren, und das wollte sie trotz allem nicht. Ihr Hass konzentrierte sich zunehmend auf die Domina. In der Fernsehsendung war die Frau unerträglich überlegen rübergekommen und hatte behauptet, von Natur aus dominant zu sein. Bei ihren eigenen Unterwerfungsfantasien konnte sich Sarah nur schwer vorstellen, dieser Frau ebenbürtig zu sein, besonders, da offensichtlich war, dass David sie anbetete. Es war viel leichter, sich auszumalen, wie die Frau sie auslachte, bevor sie sie übers Knie legte, um ihr den nackten Hintern zu versohlen.

Meisterin der Perfektion, so hatte die Frau sich genannt, und Sarah konnte nicht leugnen, dass dies ein passender Name war. Die Domina war groß, schlank, elegant, kühl und souverän. Sarah wusste, dass sie selbst niemals so sein könnte. Sexuelle Erregung brachte Sarah dazu, sich wie eine Schlampe zu fühlen, die Schenkel spreizen und den Hintern anzuheben, damit sie leichter penetriert werden könnte. Die Meisterin der Perfektion dagegen, so vermutete sie, bliebe selbst bei einem Orgasmus ungerührt.

Trotz ihres Hasses fiel es ihr immer schwerer, das Bild der Frau aus ihren Fantasien herauszuhalten. Sie masturbierte, während sie in Gedanken von einem Haufen rauer Männer benutzt wurde. Dann stieß die Meisterin der Perfektion hinzu und lenkte Sarah ab und verhinderte ihren Orgasmus. Wenn sie vermutete, dass David gerade bei der Domina war, fühlte sie sich noch schlechter, bis sie schließlich ihren Widerstand aufgab.

David war ausgegangen, zur Meisterin der Perfektion. Sarah war betrunken. Die Flasche Wein, von der sie normalerweise nur ein Glas trank, stand leer neben ihr. Sie fühlte sich erregt und wollte masturbieren, doch jedes Mal, wenn sie sich ihren Fantasien hingeben wollte, dachte sie stattdessen an ihren Ehemann und die Domina. Er würde auf dem Boden knien, mit nichts als dem winzigen Gummihöschen bekleidet – und das auch nur, weil der Anblick des Schwanzes und der Hoden, die Sarah so lange Vergnügen bereitet hatten, die Meisterin der Perfektion anwiderte. Dann käme Sarah selbst herein, voller gerechtfertigter Empörung, doch sie würde nur ausgelacht und angewiesen werden, sich auszuziehen und hinzuknien …

Sarah rappelte sich auf. Ihr Kleid war bereits geöffnet, und ihre Nippel waren zu ihrer Schande steif. Auch ihr Höschen war nass, und sie war kurz davor, ihre Hand hineinzustecken, um sich Erleichterung zu verschaffen. Bei dem Gedanken an ihre eigene Erniedrigung verspürte sie ein quälendes Bedürfnis zu kommen. Sie trank den letzten Rest des Weines in ihrem Glas aus, schloss wieder die Augen und zwang sich, sich auf ihre Lieblingsfantasie zu konzentrieren.

Sie war auf einer Baustelle, als Schreibkraft in einem der Container. Draußen arbeiteten muskulöse junge Männer, oben ohne. Ihre glatte Haut glitzerte vor Schweiß, während sie unter der heißen Sonne malochten. Einige neckten sie, andere waren höflich. Einer, der größte, riss dauernd denselben Witz, nämlich, dass auch sie ihr Oberteil ausziehen sollte wie alle anderen. Sie versuchte, darüber zu lachen, und wies darauf hin, dass sie viel mehr zu zeigen hätte als er, doch er machte es immer wieder.

Eines Tages kam der Chef zu ihnen. Nach dem Mittagessen betrat der große Mann den Container, zusammen mit anderen Männern, betrunken. Er hatte eine schwarze Lederweste an und sagte, dass er sie ablegen würde und Sarah ebenfalls ihr Oberteil ausziehen müsste. Sie weigerte sich und versuchte, ernst zu klingen, doch innerlich kicherte sie. Die Männer merkten, dass sie eigentlich wollte, und zwangen sie, sich auszuziehen oder zogen sie selber aus – erst das Oberteil, dann ganz. Die stinkende, verschwitzte Lederweste wurde um ihren Kopf gewickelt, sodass sie nicht sehen konnte, wer was mit ihr tat. Dann wurde sie gefickt …

Sarah hatte sich ihren Lederfetzen in den Mund gesteckt und rieb kräftig an ihrer Klitoris. Sie stand kurz vor dem Orgasmus, ihre Muskeln spannten sich bereits an, als sich die Szene in ihrem Kopf plötzlich änderte. Sie war immer noch in dem Container, aber plötzlich kam die Meisterin der Perfektion herein, von Kopf bis Fuß in Leder, die Peitsche in der Hand. Die großen, kräftigen Bauarbeiter knieten sofort vor ihr nieder, als ob sie einer verärgerten Göttin gegenüberstünden. Die nackte Sarah wurde an den Haaren gepackt, zu Boden geschleudert und durchgebläut.

Sich vor Schmerzen windend kroch sie über den Boden und masturbierte ihre nasse, klebrige Muschi, während sie geschlagen wurde …

In einer Mischung von unerträglicher Scham und Ekstase kam Sarah zum Höhepunkt. Ihr Orgasmus war kurz, denn ihr Verstand rebellierte, sobald sie wieder etwas Kontrolle über sich gewonnen hatte. Dennoch hatte sie es getan. Heftig schluchzend ließ sie sich in den Sessel fallen und flüsterte immer wieder Davids Namen.

Zwei Tage später rief sie die Meisterin der Perfektion an. Die Nummer war nicht schwer zu finden, sie war im städtischen Telefonbuch leuchtend hervorgehoben. In Davids elektronischem Organizer fand sie dieselbe Nummer, im Verzeichnis seiner Kunden unter dem Namen Ms. G. Prefect. Es fiel ihr schwer, dort anzurufen, aber sie zwang sich dazu. Eine weibliche Stimme antwortete. Mit einem Kloß im Hals erklärte Sarah, dass sie die Meisterin der Perfektion im Fernsehen gesehen und erfahren hatte, dass auch Frauen von ihr diszipliniert würden, nicht nur Männer.

Die Frau am anderen Ende der Leitung reagierte zunächst überrascht, dann misstrauisch. Sarah musste eine Reihe von Fragen beantworten, doch letztendlich akzeptierte die Frau sie als Kundin. Allerdings sollte das erste Treffen auf neutralem Boden stattfinden. Sarah willigte ein. Als sie auflegte, hatte sie eine Adresse in der Stadt und einen Termin nachmittags in einer Woche.

An dem Tag kleidete sie sich sorgfältig an. Sie wählte einen großen, sicheren BH und eine Unterhose, Jeans, einen dicken Pulli und Stiefel. Gegen ihre Nervosität half das nur wenig, die mit jeder Minute wuchs, während der Zug sie in die Stadt brachte.

Der Zielort war weniger glamourös, als sie erwartet hatte, ein paar Läden zwischen Büros und gedrungenen Betonhäusern mit Wohnungen. Der Treffpunkt war eine Kneipe an der Ecke, neben einem Fischhändler. Auf braunen, beigen und meergrünen Fliesen wurden Weine, Biere und Spirituosen angepriesen, auf dem Milchglasfenster stand der Name einer Brauerei, die schon lange aufgekauft worden war. Es war ein ganz anderes Bild als die elegante Stadtbar, die sie sich vorgestellt hatte. Das zeigte sich im Inneren noch mehr. Ein ausgetretener roter Teppich bedeckte den größten Teil des Linoleumbodens, es gab Billardtische, eine Dartscheibe, und gepolsterte Stühle, die mit nuttigem, rotem Samt bezogen waren. Der Barkeeper rauchte.

Sarah bestellte einen Wodka Lemon und trank einen Schluck, bevor sie einen Platz wählte, von dem sie die Tür sehen konnte. Zehn Minuten nach der verabredeten Zeit kam eine Frau herein – die Meisterin der Perfektion.

Es dauerte einen Moment, bis Sarah die Domina erkannte, hauptsächlich an dem schwarzen Ledermantel und dem mit Spikes besetzten Halsband. Ansonsten war die Meisterin der Perfektion ebenso weit von Sarahs Erwartungen entfernt wie die Kneipe. Zum einen war sie kleiner als Sarah, und das auf mindestens zehn Zentimeter hohen Absätzen an ihren eleganten, schwarzen Schuhen. Sie war auch jünger als sie, und der Ausdruck dominanter Selbstsicherheit wirkte nun nur noch boshaft.

Die Meisterin der Perfektion blickte sich um und begegnete Sarahs Blick. Sarah antwortete mit einem nervösen Lächeln. Die Domina wandte sich an den Barkeeper. Sie bestellte etwas und deutete mit dem Daumen in Richtung Sarah. Der Barkeeper nickte und schenkte einen doppelten Southern Comfort ein. Mit dem Drink in der Hand kam die Meisterin der Perfektion an Sarahs Tisch.

„So", sagte die Domina, während sie gegenüber von Sarah Platz nahm, „du bist also das Mädchen, das den Hintern versohlt kriegen will."

Sarah zuckte mit den Achseln, unfähig, die Worte zu artikulieren, die sie sagen wollte. Die Meisterin der Perfektion lachte.

„Wie süß. Du kannst es noch nicht einmal aussprechen, was?"

„Was ich sagen wollte", brachte Sarah heraus, „ist, dass Sie aufhören sollen, David Walsh zu treffen."

„Wovon redest du?"

„Ich bitte Sie darum, David Walsh nicht mehr zu treffen."

„Wer ist David Walsh?"

„Sie wissen sehr gut, wer David Walsh ist! Er kommt jede Woche zu Ihnen."

„Hören Sie, was soll das? Ich dachte, Sie wollen eine Kundin werden."

„Nein, ich will nur, dass Sie aufhören, David zu treffen. Das ist alles."

„Sehen Sie, Mädchen, ich weiß noch nicht einmal, von wem Sie reden. Ich habe eine Menge Kunden. Die meisten von ihnen sagen mir nicht ihren Nachnamen. Und jetzt ..."

„Er ist ungefähr ein Meter achtzig groß, leicht gebaut, dunkelhaarig ... Nein, Sie müssen es wissen. Der Typ, mit dem Sie im Fernsehen waren."

„Oh, Sie meinen Schleimbeutel. Aber warum regen Sie sich auf? Sie sind doch wohl nicht seine Freundin, oder?"

Es lag so viel Verachtung in ihrer Stimme, dass Sarah unwillkürlich errötete. Trotzdem brachte sie eine Antwort zustande.

„Ich bin seine Frau."

„Oh je", seufzte die Domina, „das kleine Weibchen ist gekommen, weil ihr Ehemann untreu war. Sehen Sie, Mädchen, ich kann nichts dafür, wenn Sie ihm nicht geben, was er braucht. Also verschwinden Sie und lassen Sie mich meinen Lebensunterhalt verdienen."

Sie trank ihren Drink aus und erhob sich. Sarah blieb sprachlos vor Ärger und Demütigung zurück. An der Tür hielt die Domina an, bedachte Sarah mit einem letzten, amüsiert verächtlichen Blick und ging.

Langsam stand Sarah auf. Während sie zur Tür lief, kämpfte sie gegen ihre heißen Tränen.

„He, was ist mit den Drinks?" fragte der Barkeeper, als sie an der Tür war.

Sarah hörte ihn kaum. Draußen stand die Domina vor dem Fischhändler. Offenbar war ihr Sarah so gleichgültig, dass sie sich noch nicht einmal die Mühe gemacht hatte, schnell wegzugehen. Sarah wandte sich in die andere Richtung, doch dann lehnte sie sich gegen ihre eigene Feigheit auf. Sie machte kehrt und lief an der Domina vorbei, die sich noch nicht einmal umsah. Sarah fing an zu weinen.

„Oh, und sagen Sie Schleimbeutel, er soll sich richtig waschen, wenn er das nächste Mal kommt“, erklang die verhasste Stimme hinter ihr.

Sarah blieb stehen und drehte sich nach der Domina um. In ihr kochte es, so sehr, dass sie nicht sprechen konnte. Sie trat einen Schritt auf die Meisterin der Perfektion zu, die sie ansah. Ihr starkes, strenges Gesicht zeigte nur Amüsement angesichts Sarahs Qualen. Dann wandte sie sich wieder der Fischauslage zu. Sarah wusste, dass sie etwas sagen musste, und packte die Domina an der Schulter.

„Wie können Sie es wagen, mich anzufassen!“ schrie die Meisterin der Perfektion.

Die Domina holte aus, so schnell, dass Sarah nicht reagieren konnte. Der Schlag traf Sarah hart an der Wange. Mit dem Schmerz breitete sich Wut in ihr aus und verdrängte alle anderen Gefühle. Sarah krallte ihre Finger in den Ledermantel der Domina. Die Meisterin der Perfektion keuchte überrascht auf. Einen Moment lang schien sie aus der Fassung gebracht, doch dann rammte sie ihr Knie in Sarahs Schoß. Der Tritt verfehlte sein Ziel und traf Sarahs Bein. Sarah schrie und zerrte die Domina zu sich. In wilder Raserei kratzte und riss sie an ihr. Die beiden Frauen sanken auf das Pflaster. Sarahs Bein verhakte sich an einem Bein des Fischstandes, der vor dem Laden aufgebaut war. Ein Regen von Eis und Fisch hagelte auf das Pflaster und die gefliesten Schilder im Eingang des Geschäftes. Eine ärgerliche männliche Stimme erklang, aber die Frauen ignorierten sie. Auf dem Boden kämpften sie miteinander, traten, kratzten und rissen sich gegenseitig an den Haaren und Kleidern. Sarah war oben, doch die Meisterin der Perfektion hatte sie am Handgelenk gepackt und schob es zurück. Als Sarah Widerstand leistete, merkte sie, dass sie stärker war, viel stärker. Mit der freien Hand ergriff sie den Kopf der Domina und zerrte ihren straffen Haarknoten auf. Sarah wickelte die offenen Haare um ihre Hand. Fingernägel zerkratzten ihr das Gesicht, doch sie ließ nicht locker. Sie zwang die Herrin der Perfektion, sich umzudrehen, sodass sie mit dem Gesicht in einem Haufen Dorschrogen zu liegen kam.

„Verpiss dich! Geh von mir runter, verrückte Schlampe!“ brüllte die Meisterin der Perfektion.

„Ich habe gesagt, du sollst von mir runtergehen, verdammt noch mal! Hilfe!“

„Runter von ihr, Psychopathin!“ rief der Fischhändler.

Sarah achtete auf keinen von beiden. Sie saß auf dem Rücken der Domina und drückte sie zu Boden, zwang ihr Gesicht noch tiefer in die Sauerei aus Eis und Fisch. Sie lagen halb im Geschäft, und der Fischhändler starrte sie aus ein paar Metern Entfernung zögernd an.

„Halten Sie sich hier raus!“ schrie ihm Sarah zu.

Der Mann wich zurück. Immer noch auf dem Körper der Domina hockend, manövrierte Sarah ihr Opfer weiter in den Laden hinein, ohne auf sein Schreien und Strampeln zu achten. Eine Rolle Klebeband stand neben der Kasse. Sarah schnappte sie sich und bohrte ihr Knie in den Rücken der Frau, damit sie nicht entwischte.

„Was tust du da, du blöde, kleine Schlampe!“ schrie die Domina. „Hau ab!“

„Halt's Maul“, brüllte Sarah und schlug sie mit aller Kraft ins Gesicht.

Rasend vor Wut und ohne auf die Schrammen in ihrem Gesicht und auf ihrem Hals zu achten, setzte sich Sarah rittlings auf ihr Opfer. Sie drehte der Domina die Handgelenke auf den Rücken und fesselte sie mit Klebeband aneinander. Dann klebte sie sie im Kreuz der Domina fest. Die Meisterin der Perfektion kämpfte immer noch, tretend und fluchend. Sie wand sich in ihren Fesseln und schrie Drohungen. Damit konnte sie nicht verhindern, weiter verschnürt zu werden; Sarahs Wut und Kraft waren einfach zu stark. Als ihre Arme gefesselt waren, wurde die Meisterin der Perfektion schließlich schlaff.

„Das kannst du nicht mit mir machen“, sagte sie, plötzlich ganz kalt. „Geh von mir runter, sofort. Ich befehle es dir!“

„Ich sagte, halt's Maul!“ erwiderte Sarah und schlang ihre Hand ins Haar der Domina.

Die Meisterin der Perfektion schrie vor Schmerz auf und begann erneut zu treten und sich zu wehren. Sarah zog ihren Kopf zurück und hielt ihn fest. Ein großer Kübel Aal in Gelee war neben ihnen zu Boden gefallen und aufgeplatzt. Sarah wischte den Inhalt vom Boden auf, zusammen mit Sägespänen und ein paar verstreuten Schnecken, um ihrem Opfer die ekelerregende Mischung in den Mund zu stopfen. Die Meisterin der Perfektion sah, was gleich passieren würde, und biss fest die Zähne aufeinander. Wild warf sie ihren Kopf hin und her und strampelte mit den Füßen.

„Mach das Maul auf!" brüllte Sarah. Sie zwang die Kiefer der Domina auf und klatschte die Handvoll Aalfleisch, Gelee und Sägemehl zwischen die widerstrebenden Lippen der Frau.

Sarah verstärkte ihren Griff und schlang den Arm um den Kopf der Domina. Sie steckte Finger und Daumen in die Löcher der perfekt proportionierten Nase, sodass die Meisterin der Perfektion nicht mehr atmen konnte. Dennoch weigerte sie sich, ihren Mund zu öffnen. Verzweifelt wand sie sich unter dem Gewicht von Sarahs Körper. Ihr Gesicht wurde erst rosa, dann rot, dann dunkelrot. Endlich sprang ihr Mund auf und sog gierig die Luft ein, bevor er mit dem Fischgemisch in Sarahs Hand gefüllt wurde.

Sarah lachte und umklammerte den Kopf der Domina noch fester. Während sie mit einer Hand den Mund ihres Opfers verschloss, schnappte sie mit der anderen das Klebeband und pappte es über den Mund des frenetisch zappelnden Mädchens. Die Meisterin der Perfektion gab ein letztes, schmerzerfülltes Quieken von sich und verstummte dann, als ihre halb offenen Lippen mit dem Klebeband versiegelt wurden. Sarah zog an der Rolle und wickelte das Band so fest wie möglich um den Kopf der Frau.

Zerkratzt und blutig, aber siegreich, stand Sarah auf. Auf dem dreckigen Boden kämpfte die Meisterin der Perfektion immer noch. Sie wand sich in der Sauerei, das Haar voller Dorschrogen und Aal in Gelee, das Gesicht schleimig davon, ihre Kleider besudelt. Es gelang ihr, sich auf den Bauch zu rollen. Mit blanker Wut in den Augen sah sie Sarah an. Sie zeigte kein Anzeichen von Niederlage, geschweige denn Reue, und wieder stieg der Ärger in Sarah hoch.

Der Mantel der Domina hatte sich während des Kampfes geöffnet und gab den Blick frei auf einen ledernen Minirock, Netzstrümpfe und einen Leder-BH. Alle Kleidungsstücke waren schwarz und glitschig von Fischstücken. Mit gefletschten Zähnen ließ sich Sarah über ihr Opfer sinken und packte es am Büstenhalter. Einen Augenblick lang sah man den Schock in den Augen der Domina, und dann Panik, als der BH über ihre Brüste gezogen wurde. Sarah grinste, als sie die plötzliche Angst in den Augen der Frau sah, das erste Zeichen von Verletzlichkeit. Sie hatte vorgehabt, die Brüste der Frau mit dem Fischmatsch zu beschmieren und dann gefesselt und oben ohne auf dem Pflaster liegen zu lassen. Doch das war nicht genug, nicht bei dem barbarischen Entzücken, das sie verspürt hatte, als sie den coolen Panzer der Domina zerbrach.

Mit einem verzerrten Grinsen verlagerte Sarah ihr Gewicht auf die Beine der Meisterin der Perfektion. Ihre Hände zerrten den kurzen Lederrock hoch. Die Domina setzte sich zur Wehr, die Augen vor Bestürzung und Wut weit aufgerissen. Ihr Körper rutschte auf den glitschigen Fliesen platschend hin und her. Dann war ihr Rock oben. Ihre schmalen Hüften kamen zum Vorschein. Unter der Netzstrumpfhose zeichnete sich ein winziges, schwarzes Höschen ab.

Sarah legte die Hand auf den Knopf des Rockes. Da bemerkte sie, dass ein Stück Seitennaht aufgegangen war. Sie zog daran, bis der Faden riss und die ganze Naht auf war. Lachend zerrte sie den ruinierten Rock unter dem Hintern der Domina hervor. Dabei stieg ihr der Geruch des Leders in die Nase. Er mischte sich mit dem Gestank des Fisches und dem Parfüm der Domina, aber es reichte. Während sie ihre Finger in die Löcher in den Netzstrümpfen der Frau bohrte, kam ein neues Element zu ihren Gefühlen hinzu: sexueller Sadismus.

„Was war das für ein Mist, dass kein Mann deinen nackten Körper ansehen darf?“ fragte Sarah gedehnt und blickte zu dem Fischhändler hoch, der mit aufgerissenen Augen dastand. „Hey, Sie, würden Sie gern die Fotze der großen Meisterin der Perfektion sehen?“

Der Händler sagte nichts, aber ein Hoffnungsschimmer keimte in seinen Augen auf. Sarah zog. Die Netzstrumpfhose riss und entblößte das Höschen der Domina. Die Meisterin der Perfektion drehte fast durch und zappelte wie wahnsinnig in dem Matsch aus Fisch und Eis auf dem Boden. Das führte jedoch nur dazu, dass noch mehr davon in ihren Haaren und auf ihrem Mantel landete. Sarah ergriff den kleinen, schwarzen Slip und zog ihn hinunter. Eine hübsch rasierte Vulva kam zum Vorschein. Zwischen den eng zusammengepressten Schenkeln des Mädchens sah man nur den Ansatz ihrer Spalte.

„Zeig sie, Schlampe!“ giftete Sarah.

Sie zerrte den Schlüpfer noch weiter herunter, zusammen mit der ruinierten Netzstrumpfhose. Nun rutschte die Meisterin der Perfektion mit dem bloßen Hintern im fischigen Schleim auf dem Boden herum. Sarah erhob sich und kniete sich hin, um besser an dem Höschen ziehen zu können. Die Domina trat wild um sich. Sarah zog fester und stützte sich ab, mit einem Fuß auf dem Bauch ihres Opfers. Das Höschen flog fort, ebenso wie die Strumpfhose und die Stiefel der Domina.

Von der Taille an nackt, lag die Meisterin der Perfektion auf dem Boden und wand sich. Sie versuchte, ihr Geschlecht den Blicken zu entziehen. Sarah bückte sich, ergriff die strampelnden Beine der Frau und zog sie hoch. Die Domina quiekte empört, als ihre Beine nach oben gerissen wurden, sodass das Innere ihrer Möse zu sehen war. Die fleischigen, rosafarbenen inneren Schamlippen ragten zwischen den äußeren hervor. Sarah rollte sie noch höher, um ihren hübschen, kleinen Hintern zu zeigen und den gerunzelten, braunen Anusstern.

Sarah griff in eine Kiste mit Makrelen, kratzte den Schleim von den schlüpfrigen Fischkörpern und klatschte ihn zwischen die zuckenden Arschbacken der Domina. Die Meisterin der Perfektion gab einen weiteren erstickten Schrei der Wut und des Ekels von sich. Sarah nahm davon keine Notiz und schmierte den Schleim über das Geschlecht der Frau, zwischen ihre knackigen Pobacken, über den engen Anus und in das offene, rosa Loch ihrer Vagina.

Sie nahm etwas von der Sauerei auf dem Boden auf und begann, das Geschlecht der Domina damit vollzuschmieren. Zuerst wurden ein paar Handvoll der ekelerregenden Mischung aus Aal in Gelee, Schnecken und Sägespänen über der nassen Muschi verteilt. Es folgte Dorschrogen, den Sarah mit zwei Fingern tief in das Geschlecht der Frau hineinstopfte. Dabei lachte sie vor wahnsinniger Freude.

„Hier", sagte der Fischhändler.

Sarah blickte auf. Sie wollte den Mann schon anbrüllen, doch dann sah sie, dass er ihr einen großen Tintenfisch hinhielt. Sarah nahm ihn. Sie und der Händler lächelten sich kurz zu. Die Zähne der Domina hatten mittlerweile ein Loch in das Klebeband genagt. Sie machte seltsame, gluckernde Geräusche, als Sarah ihre Vagina vorbereitete. Sie befingerte das kleine Loch der Frau und machte es mit Fischschleim schlüpfig. Lachend zog Sarah ihre Finger wieder heraus und presste den wulstigen Körper des Kraken in das glitschige Muschiloch.

Er glitt langsam hinein. Der Schleim der Makrelen und sein eigener, mit Schleim überzogener Körper erleichterten es, ihn einzuführen. Die Meisterin der Perfektion zappelte wie wild, als ihr Loch mit Tintenfisch gefüllt wurde, konnte aber nichts dagegen tun. Es dauerte nicht lange, bis das ganze Tier in ihr drin war. Nur noch der Kopf und die Tentakel ragten aus ihrer Vagina hervor, wie ein abartiger Bart. Einen Moment lang ergötzte sich Sarah an diesem Anblick. Als sie wieder aufblickte, sah sie, dass ihr der Fischhändler grinsend einen weiteren Tintenfisch hinhielt.

„Auf's Gesicht, Schlampe!" befahl sie.

Die Meisterin der Perfektion machte keine Anstalten zu gehorchen, wurde aber nichtsdestotrotz umgedreht. Ihr Mantel wurde hochgezogen, sodass ihr hübscher, kleiner Hintern entblößt wurde. Sie kniff fest die Pobacken zusammen, um sich zu schützen. Als sie einen Blick zurückwarf und erkannte, was man ihr antun wollte, schrie sie vor Empörung und versuchte, Sarah ins Gesicht zu treten. Der Knebel war weit aufgerissen, und die Domina brüllte Schimpfwörter.

Es nützte nichts. Mit dem Bein zwischen den Knien der Frau zwängte Sarah die schlanken, eleganten Schenkel ihres Opfers auseinander. Sie öffneten sich und zeigten den Tintenfisch in ihrer Fotze, und dann den schmutzigen, braunen Fleck ihres Anus.

„Nein, das nicht … nicht da … verschwinde!“ heulte die Meisterin der Perfektion. Es lag Panik in ihrer Stimme. Sarah presste das spitze Ende des Krakenkörpers zwischen die zitternden Pobacken.

„Wirst du jemals wieder meinen Ehemann anfassen?“ fragte sie.

„Nein. Ich schwöre es, das werde ich nicht“, brabbelte die Meisterin der Perfektion.

„Nein, das wirst du auch nicht“, erwiderte Sarah und schob.

Die Meisterin der Perfektion ließ ein langes, verzweifeltes Winseln ertönen, als der dicke, runde Oktopus gegen ihren Anus gepresst wurde. Sie krampfte ihre Pobacken zusammen, doch ihre Haut war zu schleimig und ihr Anus zu gut eingeschmiert, um Widerstand zu leisten. Der Tintenfisch drang ein, zuerst langsam, und dehnte das kleine Loch weiter und weiter. Dabei brabbelte und schrie sie fortwährend, keine Drohungen, sondern Versprechen und Entschuldigungen. Sarah achtete nicht darauf und rammte den ganzen Tintenfisch in das Rektum der Frau, bevor sie schließlich von ihr abließ.

Mit einem Mollusken in beiden Löchern gab die Meisterin der Perfektion endlich auf. Sie lag schlaff auf dem Boden, besiegt, und als Sarah ihr den glitschigen, rosa Hintern zu versohlen begann, nahm sie es mit leisen Schmerzensschreien hin, in denen keine Wut mehr lag. Trotz ihrer blutroten Pobacken versuchte sie nicht, sich wegzurollen. Als durch eine plötzliche Kontraktion der Tintenfisch aus ihrer Vagina rutschte, erkannte Sarah, dass sie ihr Opfer zum Höhepunkt gebracht hatte. Sie lachte und hörte auf zu schlagen.

Die Meisterin der Perfektion wurde noch einmal auf den Rücken gedreht und das Klebeband um ihren Kopf und ihren Mund abgezogen. Sarah kletterte auf ihr Opfer, ließ ihre Jeans herunter und setzte sich mit dem Po auf das Gesicht der Frau. Vor den Augen des verblüfften Fischhändlers erlaubte sie der Besiegten, ihr den Anus zu küssen. Dann fing sie an zu masturbieren, indem sie ihr Geschlecht mit mahlenden Bewegungen gegen das Gesicht der Domina rieb. Inzwischen masturbierte auch der Fischhändler; sein dicker, rosafarbener Schwanz ragte aus seinem Overall hervor. Sarah achtete nicht auf ihn und ließ ihn über der Möse und dem Bauch der Domina abspritzen, bevor sie von ihr herunterkletterte.

Nach dieser Aktion gab es überhaupt keinen Widderstand mehr. Sarah schnitt das Klebeband auf, das die Handgelenke der mittlerweile gefügigen Frau fesselte, und zog ihr den Mantel aus. Die ehemalige Meisterin der Perfektion floh nackt die Straße entlang. Der Kopf des Tintenfischs ragte zwischen ihren geröteten Pobacken hervor, als sie die Straße hinunterrannte. Seine Tentakel flatterten wild hinter ihr her, und seine Augen starrten zurück, mit einem Ausdruck gefrorener Überraschung.

Virtuelle Penner

„Ist es wirklich so gut?“ fragte Jersey.

„Ob es gut ist?“ fragte Chanel zurück. „Glaube mir, Mädchen, es ist das Beste, was ich je kennengelernt habe. Es ist so echt, dass es fast schon unwirklich ist.“

„Also, was ist passiert?“

Chanel antwortete nicht sofort. Eine Gruppe junger Männer lief an ihnen vorbei, in schwarzen Anzügen und den schmalkrempigen Hüten, die gerade in Mode waren. Beide Mädchen sahen stur geradeaus. Erst, als sie sich sicher waren, dass die Männer genug Gelegenheit gehabt hatten, ihre Hintern zu bewundern, drehten sie sich um.

„Lecker“, kommentierte Jersey.

„Glaub mir, wenn du erst einmal an der Maschine warst, bist du an denen gar nicht mehr interessiert“, antwortete Chanel. „Lass uns durch den Park gehen. Da ist es ruhiger.“

Jersey nickte zustimmend. Sie gingen durch das Tor und liefen zwischen den dunkelroten und gelben Tulpen entlang. Ihre stahlbesohlten Pfennigabsätze klapperten auf dem Steinweg.

„Es war so“, begann Chanel und hakte sich bei Jersey ein. „Vier Typen, Feuerwehrmänner, Körper wie griechische Statuen. Alpha-Super-Bonus-Fleischfest. Muskeln? So etwas hast du noch nicht gesehen.“

„Und was haben sie gemacht?“

„Die Frage muss lauten: Was haben sie nicht gemacht? Ich habe sie auf jede erdenkliche Art gehabt, und ich meine wirklich jede. Sie werden niemals müde. Sie wollen immer mehr und mehr und mehr ...“ Chanels Satz endete mit einem wehmütigen Seufzer.

„Der Monitor zeigte an, dass ich zweiundzwanzig Mal gekommen bin. Das habe ich mit einem Mann aus Fleisch und Blut noch nie geschafft.“

„Zweiundzwanzig Mal! In welcher Zeitspanne?“

„Eine einzige Stunde. Das nennt man wohl Hitze.“

„Das ist Hitze, keine Frage. Erzähl mir von dem Fleisch."

„Vier, wie ich sagte. Der erste war so ein Daddy-Typ. Der hatte einen Schwanz, so hart wie ein Baumstamm ..."

Chanel sprach nicht weiter. Sie hatten einen Springbrunnen erreicht, einen halbrunden Kreis aus Granit, in dessen Mitte sich eine Fontäne aus dem Maul eines Ziegenkopfes ergoss. Einige Männer saßen darum herum, eine Versammlung von Saufbrüdern: bärtig, verdreckt, stinkend. Mit schmutzigen Händen umklammerten sie Flaschen der Marke Pear Jack oder Dosen von HiGold.

„Hey, schwarze Pussy!" rief ihnen einer von ihnen zu. „Wo hast du diesen Arsch her?" Beide Mädchen beschleunigten ihr Tempo und würdigten die Männer keines weiteren Blickes. Chanel wurde rot.

„Weil er nämlich nicht in dein Höschen passt!" rief der Betrunkene ihnen nach. Seine Freunde brachen in Gelächter aus.

„Sieh sie dir an!" rief ein anderer.

„Die weiße Schlampe gehört mir", sang ein Dritter. „Hey, Pussy, willst du meinen Schwanz lutschen?"

„Wie kannst du es wagen!" zischte Jersey, die ebenfalls errötete.

„Ekelhaft!" stimmte Chanel zu.

„Wie können die nur einen Moment glauben, dass wir an ihnen interessiert sind? Als ob wir jemals ..."

„Idioten. Widerlich."

„Ich bin überrascht, dass die Polizei ihnen das erlaubt."

„Sie können nichts dagegen tun", sagte Chanel. „Hast du nichts über ihren Fall gelesen? Es ist ihr Recht, sagte der Richter. Aber was mit unseren Rechten ist, scheint keinen zu interessieren. Zum Beispiel unserem Recht, nicht von diesem Abschaum angepöbelt zu werden."

„Oder noch schlimmer", erwiderte Jersey.

Beide Mädchen blickten sich noch einmal um, aber die Säufer hatten bereits das Interesse an ihnen verloren. Jersey ging langsamer, als ihnen ein Uniformierter entgegenkam, der sie respektvoll grüßte.

„Also, der erste, ein Schwarzer“, fuhr Chanel mit ihrer Geschichte von den vier muskulösen Feuerwehrmännern fort, „tanzt Striptease, bis er völlig nackt ist …“ Jersey lächelte, während ihre Gedanken zurück zu den hässlichen, pöbelnden Trinkern wanderten, die es gewagt hatten, sie anzumachen. Sie trug einen Designerrock mit Schlitz, alle Accessoires perfekt darauf abgestimmt. Ihr blondes Haar war zu einer Tsunamiwelle geformt, und jeder ihrer Fingernägel leuchtete in einem anderen Blauton. Alles an ihr war der letzte Schrei. Ihr Aussehen stellte sie weit über diese Penner, unerreichbar weit. Was sie gesagt hatten, war so unfassbar, so respektlos, dass sie nur daraus schließen konnte, dass sie nicht die leiseste Ahnung von ihrem eigenen sozialen Status hatten.

Sie erreichten das Tor an der gegenüberliegenden Seite des Parks und gingen hindurch, bis sie einen Gebäudekomplex erreichten, eine Mischung aus altem Klinker und modernem Glas. An einer der Fassaden war eine schwarze, gewölbte Glasmaske zu sehen, auf der ein großes, rotes V zu lesen war. Als sie darauf zugingen, öffnete sich der Mund und ließ sie hinein.

Sie betraten einen runden Raum, dessen Wände aus schwarzem Glas bestanden. In der Mitte befand sich ein einzelner Empfangstresen. Dahinter saß eine junge Frau, die ihnen entgegenlächelte.

„Ich habe eine Verabredung mit Robert Anster“, sagte Chanel.

„Herrfrau Anster wird Sie sofort empfangen, Herrfrau.“

Einen Moment später ging die Tür auf, und ein kleiner, gutgekleideter Mann trat herein. Er lächelte, als er die beiden sah, und ging mit schnellen, gezielten Schritten auf sie zu.

„Chanel, Pussy-Darling, schon wieder zurück? Und mit einer Freundin.“

„Das ist Jersey“, erklärte Chanel. „Jersey, das ist Robert, mein persönlicher V-Space-Pilot.“

„Einfach göttlich“, antwortete Robert und verbeugte sich vor Jersey. „Kommt mit.“

Er dreht sich um, führte sie durch die Tür und einen Treppenaufgang herauf.

„Schwul?“ flüsterte Jersey.

„Natürlich bin ich schwul“, antwortete Robert. Jersey wurde rot. „Ich meine, wem sonst würdest du vertrauen? Bei mir brauchst du keine Angst zu haben, dass ich dich angrabe, das kann ich dir versichern.“

„Ich verstehe, was du meinst“, gab Jersey zu.

Sie erreichten einen Treppenabsatz, von dem ein langer Flur abzweigte.

„Zusammen?“ fragte er.

„Ja“, antwortete Chanel.

„Als Paar oder einzeln?“

„Einzeln, bitte, Robert.“

„Dann in Raum drei. Tretet ein.“

Er öffnete weit die Tür. In dem Raum dahinter war nichts außer zwei riesigen, schwarzen Ledersesseln, die auf erhöhten Plattformen standen. In der Mitte befand sich ein Podest ohne Sessel darauf. Robert machte ein Zeichen, wie zu einem unsichtbaren Assistenten, und die Beleuchtung der Plattformen sprang an. An den Wänden erschienen Bildschirme, die verschiedene Titel und Bilder anzeigten.

„Also, was darf es heute sein?“ fragte Robert.

Er deutete auf einen der Bildschirme, der eine Auswahl von Bildern zeigte, während er fort fuhr. „Wir haben gerade einige historische Figuren zu Gast – Jane Eyre, Oswald und Cynthia, sogar eine Monroe-Erfahrung wäre möglich, wenn ihr höflich darum bittet.“

„Erotik, würde ich sagen, Robert“, antwortete Chanel.

„Mutige Mädchen!“ sagte Robert und bewegte seine Finger, woraufhin die Bildschirme eine Auswahl an Erotika präsentierten.

„Kann ich euch mit einer Fantasiewelt beglücken? Wir haben gerade die Grotte von Txacalin hereinbekommen. Oder Sex mit einem Oktopus-Gott? Erregend!“

„Nein, danke“, erwiderte Chanel kühl. „Nur den Brunnen.“

„Der Brunnen ist am beliebtesten. Haha! Wer möchte den Master übernehmen?“

„Was ist der Master?“ wollte Jersey wissen.

„Die Kontrollinstanz“, erklärte Chanel und nickte zur Zentralplattform. „Meine Freundin wird den Master machen, Robert.“

„Es ist ein neues System“, erklärte Robert. „Anstatt eine beidseitig ausbalancierte Fantasie zu verwirklichen, macht die Masterinstanz die anderen zu Sklaven der Fantasie seines Benutzers.“

„Wäre es nicht besser für mich, wenn ich ... äh ... zunächst als Sklave mitmache?“ fragte Jersey.

„Nein“, sagte Chanel. „Ich will sehen, was in deinem kleinen Pussy-Kopf vor sich geht.“

Jersey errötete und zuckte mit den Schultern.

„Du hast den Brunnen noch nicht ausprobiert?“ fragte Robert.

„Nein“, gab Jersey zu.

„Dann hör mir aufmerksam zu“, sagte er. „Wie ihr sicherlich wisst, setzt V-Space-Erotik eure eigenen Fantasien um. Auf diese Weise bekommt ihr nicht, was wir euch geben wollen, sondern genau das, was ihr wollt. Mit dem Brunnen ist es ein bisschen anders, simpler, um genau zu sein, aber nicht immer ganz so einfach im Umgang. Die meisten Programme kreieren für euch eine Welt, doch der Brunnen lässt eure eigene Fantasiewelt entstehen. Nichts scheint sich zu ändern, deshalb ist es so realistisch.“

„Und so gut“, fügte Chanel hinzu.

„Wird das aufgezeichnet?“ fragte Jersey.

„Ganz und gar nicht“, versicherte ihr Robert. „Wir sind absolut diskret. Kannst du dir vorstellen, wie viele Klagen wir am Hals hätten, wenn wir Aufzeichnungen verkaufen würden? Ich meine, hier kommen hochrangige Personen her, die Sorte, die dich sofort verklagt, wenn du sie nur schief ansiehst.“

„Setz dich“, sagte Chanel. „Es ist sicher.“

Jersey gehorchte und ließ sich in einen der bequemen Sessel sinken. Während sie es sich bequem machte, wurde das Licht langsam schwächer. Ihr Körper registrierte einen sanften Druck, als ob eine warme Flüssigkeit sie einhüllte.

„Eintauchen initiiert", sprach eine Stimme aus dem Nirgendwo.

Jersey sah, wie Robert sich die Hände rieb, kurz bevor die Beleuchtung komplett erlosch. Die Stimme ertönte wieder.

„Willkommen im Brunnen, Herrfrau Jersey Challoner."

Die Dunkelheit hellte sich auf. Jersey blickte sich um und sah Chanel im Sessel gegenüber sitzen sowie Robert, der lächelnd an der Monitorwand stand. Jersey fragte sich, ob sie bereits in der Fantasiewelt war oder ob die Simulation versagt hatte.

„Hübsches Outfit", sagte Robert.

Jersey blickte an sich hinunter und sah, dass ihr geschlitzter Rock jetzt dunkelrot war und ein aufregend vertrautes Logo auf ihm prangte.

„Chanel! Das ist ein Marco-Marri-Kleid!" rief sie.

„Klar. Es ist deine Fantasie", antwortete Chanel. „Guck mal dein Höschen an, und kümmere dich nicht um Robert. Er ist nicht wirklich da."

Jersey zog den Schlitz in ihrem Rock auseinander und entdeckte ein Paar Unterhosen, die kaum ihre Muschi verhüllten. Auf der schweren, dunkelroten Seide prangten die Buchstaben NYG.

„Oh, mein Gott! NYG! Ich glaube, ich habe eine Million Euro an!"

„Könnte sein. Alles ist Fantasie."

Dann warf Jersey einen schnellen Blick auf ihre Brüste.

„Meine Titten! Und deine! Chanel!"

„Die meisten Mädchen in ihrer Fantasie haben größere Brüste", erklärte Chanel. „Deine sind hübsch. Guck mal in den Spiegel."

Jersey wanderte aufgeregt im Raum herum, bis sich Chanel neben sie stellte. Beide hatten sich verändert: größere Brüste, schlankere Taillen, längere Beine, mädchenhaftere Gesichtszüge.

„Großartig, nicht wahr?" rief Jersey.

„Klasse Look", stimmte Chanel zu. „Die Jungs werden sich nach uns die Finger ablecken!"

„Sie werden nicht anders können!"

„Darauf kannst du wetten, Mädchen! Komm jetzt, das werden wir sehen."

Sie rannten aus dem Raum hinaus, die Treppen herunter ins Foyer. Dort, wo das junge Mädchen gesessen hatte, saß jetzt ein muskulöser Mann, offenbar völlig nackt.

„Beiß dich!" sagte er und entblößte zwei perfekte Zahnreihen.

„Vielleicht später", antwortete Jersey kalt und folgte Chanel auf die Straße.

„Jetzt holen wir uns Sex!" rief Chanel.

Jersey bog in den Park ein und blickte sich um, während sie ging. Der Bürgersteig war hauptsächlich mit Männern bevölkert, perfekten Männern. Einige waren schwarz, andere weiß, und alles dazwischen war ebenfalls dabei. Aber alle waren größer als sie, sehr muskulös und mit beeindruckenden Beulen in der Hose. Die meisten sahen aus, als seien sie reich. Neben Großstädtern und Sportlern sah man auch ein paar raue Arbeiter. Alle hatten das Aussehen, das sie am meisten an schönen Männern schätzte: stark und dennoch sensibel.

„Fleischfest", seufzte Chanel, „doppeltes Fleischfest. Wer soll es sein, Jersey?"

„Sie ... sie werden uns aussuchen", sagte Jersey.

„Ein altmodisches Mädchen!" lachte Chanel. „Hab ich es mir doch gedacht."

Jersey lächelte ihrer Freundin errötend zu. Während sie spazieren gingen, warfen ihnen alle Männer bewundernde Blicke zu, die meisten ganz offen, andere schüchtern. Aber alle sahen zuerst zu ihr, dann zu Chanel. Sie hatten schöne Augen, tiefgründig, dunkelbraun oder tiefblau, manche sogar grün oder violett. Sehr zu ihrem Erstaunen sprach sie keiner an, bis sie das Tor zum Park erreichten und hindurchgingen.

„Draußen?“ fragte Chanel. „Versaute Pussy! Nein, ich kenne deinen Geschmack, Mädchen aus Jersey. Es sollen die zwei sein, die wir gerade gesehen haben, nicht wahr?“

„Ich bin mir nicht sicher“, gestand Jersey. „Hey, schau mal!“

Vor ihnen befand sich der Springbrunnen. Hier lungerte eine Gruppe zerlumpter Säufer herum, die noch hässlicher und schrecklicher waren, als die, die sie auf dem Weg zu V-Space getroffen hatten. Hinter ihnen näherte sich ein junges Mädchen, blond, mit großen Brüsten. Sie trug einen gelben, geschlitzten Minirock, der bei jedem Schritt einen Blick auf ihre Schenkel freigab. Ihre eng zugeknöpfte Jacke war ebenfalls sehr kurz, sodass ihr Bauchnabel zum Vorschein kam.

„Hey, Pussy!“ rief einer der Säufer.

„Wo hast du diesen Arsch her?“

Das Mädchen lief schneller und reckte verächtlich ihre Stubsnase in die Luft.

„Weil er nämlich nicht in dein Höschen passt!“ rief der Betrunkene ihr nach. Seine Freunde brachen sofort in Gelächter aus.

Das Mädchen hielt einen Moment inne. Dann ging sie noch schneller weiter. Einer der Penner stellte ihr ein Bein. Sie stolperte und hätte sich fast wieder gefangen, als einer ihrer Absätze abbrach, sodass sie in ein Blumenbeet stürzte. Langsam stand sie wieder auf. Die Knöpfe ihrer Jacke waren aufgesprungen, und man sah den Büstenhalter, den sie darunter trug. Ihre riesigen Brüste brachten den festen Stoff fast zum Platzen. Einer ihrer Strümpfe war zerrissen und schmutzig am Knie, und ihr Mini war hochgerutscht, sodass man ihre nackten Schenkel sehen konnte. Sie machte einen weiten Bogen um die Säufer und spuckte ein bisschen Erde aus ihrem rot geschminkten Mund.

„Wie kannst du es wagen!“ rief sie.

„Hübsche Titten“, sagte einer und glotzte lüstern auf ihre Brüste.

Das Mädchen raffte die beiden Enden seines Büstenhalters zusammen. Sie war sauer, ihr Gesicht wurde rot. Einer der Trunkenbolde ging einen

Schritt auf sie zu, ein älterer Mann mit einem weißen Stoppelbart und einer Glatze, die von einer spärlichen Haarkrone umrandet wurde.

„Du solltest dich ein bisschen waschen, Pussykatze“, sagte er und deutete mit dem Finger auf ihr Gesicht.

„Ach ... fick dich doch selbst!“ schrie das Mädchen.

„Mich selber ficken soll ich?“ gab der Mann zurück. „Habt ihr das gehört, Jungs? Die Dame sagt, ich soll mich selber ficken. Jetzt bin ich aber beleidigt.“ Ein paar lachten. Zwei sprangen vom Rand des Springbrunnens herunter. Der eine folgte ihr, der andere lief auf den Weg. Das Mädchen zupfte schnell seinen Rock zurecht und ging weiter; ihr Zorn war verflogen.

„Ich sag euch was, Jungs“, sagte der Mann mit dem weißen Stoppelbart. „Ich glaube, sie braucht ein Bad, nicht zuletzt, um ihr das schmutzige Mundwerk zu waschen.“

„Genau“, antwortete ein anderer, der jüngste und schmutzigste von allen, der eine rote Kappe auf dem ungewaschenen Kopf trug.

„Lasst mich endlich in Ruhe!“ Das Mädchen warf einen sorgenvollen Blick in Richtung von Jersey und Chanel, die stehengeblieben waren, um zu sehen, was passierte.

Das Mädchen drehte sich um. Jetzt war sie verzweifelt. Die Säufer hatten sie bereits eingekreist und kamen immer näher, Rotkäppchen stand direkt vor ihr, Stoppelbart hinter ihr. Rotkäppchen streckte die Arme nach ihr aus, als ob er ihre Brüste betatschen wollte. Instinktiv wich sie einen Schritt zurück, direkt in Stoppelbarts Arme, die sich um ihre Hüfte schlossen. Sie schrie, als er sie hochhob. Ihre Füße zappelten in der Luft. Ein gelber Schuh flog davon und landete auf dem Rasen. Sofort schoss Rotkäppchen vor und ergriff ihren nackten Fuß.

„In den Brunnen mit ihr! Wascht sie!“ rief einer der Trunkenbolde und gestikulierte mit seiner Schnapsflasche.

„Nein!“ schrie das Mädchen. Stoppelbart schwang sie herum und ließ sie dabei fast fallen, doch seine schmutzigen Hände griffen nach ihren dicken Brüsten. Von dort aus glitten seine Pranken unter ihre Achseln, und er hob sie wieder hoch. Rotkäppchen packte jetzt auch ihren anderen Fuß. Gemeinsam holten sie Schwung.

„Eins!“ rief der fetteste Trunkenbold, dessen aufgedunsener Bauch unter einem viel zu kurzen schmutzigen Hemd hervorlugte.

„Nein!“ schrie das Mädchen erneut, während sie durch die Luft sauste.

„Zwei!“ riefen zwei andere Säufer.

„Nein!“ brüllte das Mädchen zum dritten Mal, als ihr zweiter Schuh durch die Luft flog.

„Drei!“ schallte es aus den Kehlen der Trinker.

Stoppelbart und Rotkäppchen ließen sie los.

Das Mädchen schrie, als sie in die Luft geworfen wurde. Ihre Arme und Beine zappelten, allerdings nur kurz, denn schon landete sie im Wasser des Springbrunnens. Sie verschwand kurz unter der Wasseroberfläche, dann tauchte sie wieder auf, wild um sich schlagend und nach Luft schnappend. Ihre blonden Haare klebten in ihrem Gesicht.

Chanel rannte auf den Springbrunnen zu, und Jersey folgte ihr dorthin. Die Penner standen da und ergötzten sich am Leid ihres Opfers. Das Mädchen versuchte aufzustehen, rutschte aus und landete wieder im Wasser des Springbrunnens. Dabei riss ihr Büstenhalter, der ohnehin schon schwer unter Spannung gestanden hatte. Ihre riesigen Brüste quollen heraus, jede einzelne so groß wie ein Kopf. Erschrocken keuchte sie auf und hielt sich den Arm vor die Brüste, um sie zu verdecken. Doch das schien die Trunkenbolde nur noch mehr zu belustigen.

„Ich helfe Dir“, sagte Chanel und streckte ihr die Hand hin.

Das Mädchen zögerte kurz und versuchte zuerst, ihre klitschnasse Jacke zuzuknöpfen, um ihre Brüste zu verhüllen.

„Hey, sie verdirbt uns unseren Spaß!“ protestierte der fette Saufbold.

„Haut doch endlich ab, ihr widerlichen Typen“, zischte Chanel.

Stoppelbart, der direkt neben ihr stand, trat einen Schritt zurück. Chanel streckte sich vor, um die Hand des blonden Mädchens zu ergreifen, und beugte sich über das Brunnenbecken. Sofort ging Rotkäppchen in die Knie, packte Chanel unter den Pobacken, hievte sie in die Luft und ließ sie kopfüber ins Wasser plumpsen. Einen Moment lang sah man nur Chanels Beine in der Luft strampeln, der Rest ihres Körpers war unter Wasser. Schließlich tauchte ihr Kopf wieder auf, mit zornig aufgerissenem Mund und hasserfüllt glitzernden Augen.

Das blonde Mädchen war ebenfalls wieder hingefallen, als Chanel im Wasser gelandet war, und rappelte sich jetzt wieder auf alle Viere. Einen Augenblick ragte ihr Hintern empor, mit hochgerutschtem Minirock, sodass man ihren winzigen, weißen Schlüpfer sehen konnte. Er war ausgebeult von ihrem knackigen, runden Hintern und schnitt tief zwischen ihre nassen Schamlippen. Fettbauch blies die Backen auf, und Schnapsdrossel nahm einen hastigen Schluck. Jersey trat ängstlich zurück und schrie auf, als starke Arme ihre Taille umschlossen.

Ebenso wie das blonde Mädchen wurde Jersey in die Luft gehoben. Sie schlug mit Händen und Füßen um sich, denn ihr wurde schlagartig klar, was mit ihr geschehen sollte. Es nützte nichts. Der Mann, der sie auffing, war groß und dick und hielt sie ohne Probleme fest, bis Rotkäppchen und Fettbauch sie an Armen und Beinen packten. Erst, als er sie losließ, konnte sie den Mann erkennen, der sie festgehalten hatte, und dann auch nur als ein lüsternes Gesicht, das von einem Büschel roter Haare eingerahmt wurde. Ein Sekundenbruchteil schwang man sie hin und her.

„Eins!“ riefen die Säufer.

„Nein!“ rief Jersey. „Nicht! Nein!“

„Zwei!“ riefen sie.

„Nein!“ schrie Jersey wieder. „Nein! Das ist ein Marco-Marri-Kleid! Nein!“

„Drei!“ Die Penner ließen los.

Jersey flog schreiend durch die Luft und klatschte mit dem Rücken direkt in die Mitte des Springbrunnens. Schmutziges, braungrünes Wasser umhüllte sie und lief ihr in den Mund, während sie unterging.

Einen schrecklichen Moment lang war sie in blinder Panik, wusste nicht, wo oben und unten ist, bis sie den schleimigen Boden berührte. Sie stemmte sich vom Grund ab, erreichte die Oberfläche, hustete und spuckte einen Goldfisch aus. Chanel kniete neben ihr, etwas weiter entfernt das blonde Mädchen, das ruinierte Jackett notdürftig über den Brüsten zugeknöpft. Die Säufer hatten den Brunnen umzingelt und ließen die drei nicht mehr heraus. Es waren jetzt sechs Trunkenbolde, einschließlich des Typen mit dem buschigen, roten Haar und eines hässlichen Neuankömmlings. Alle stierten die Mädchen stumm an. Keiner lachte mehr. Jersey und die Blonde drängten sich ängstlich in der Mitte des Brunnens aneinander. Chanel stellte sich hin und stemmte die Hände in die Hüfte.

„Lasst uns raus, sofort!“ forderte sie.

„Lasst uns raus, sofort!“ äffte Schnapsdrossel sie nach. „Stadtschlampe!“

„Was, wenn wir nicht wollen?“ fragte Fettbauch.

„Du bist nicht in der Position, Forderungen zu stellen, schwarze Pussy“, meinte Rotkäppchen.

„Nein“, fügte Weißbart hinzu. „Wir sind diejenigen, die Forderungen stellen können, stimmt es, Jungs?“

„Genau“, sagte Rotkäppchen. „Sie wollen raus? Dann sollen sie uns ihre Titten zeigen. Das ist nur fair, oder?“

„Für mich klingt es fair“, stimmte Stoppelbart zu und sah die Mädchen an.

„Nicht um alles in der Welt, Junge!“ rief Chanel. „Was glaubt ihr, was ihr seid? Ihr habt nicht das Recht, uns herumzukommandieren, ihr dreckigen Straßenköter ...“

„Okay“, sagte das blonde Mädchen plötzlich, „wenn ihr versprecht, dass ihr mich dann rauslasst?“

Das sorgte einen Augenblick für Ruhe. Sechs Paar blutunterlaufener Augen musterten das Mädchen.

„Versprochen“, sagte Stoppelbart. „Oder, Jungs?“

Die anderen Saufbolde stimmten zu. In ihren Stimmen schwangen Aufrichtigkeit und sogar Dankbarkeit mit.

„Leg sie frei“, forderte Rotkäppchen.

Sehr langsam stellte sich das blonde Mädchen auf die Füße. Sie lächelte, doch ein kleines Zucken am Mundwinkel verriet, wie nervös sie war. Ihre Brüste schienen riesengroß zu sein unter der ruinierten Kleidung. Sie öffnete ihr Oberteil, und da waren sie: nackt, baumelnd, rosig und nass, leicht zitternd, die Nippel steif emporgereckt. Die Säufer starrten sie an. Fettbauch leckte sich die Lippen. Einem anderen lief ein Faden Spucke aus dem Mundwinkel. Rotkäppchen fasste sich in den Schritt, wo die schmutzige Hose etwas verbarg, das wie eine wahrhaft monströse Erektion aussah.

„Das nenne ich ein paar Möpse“, sagte der mit den buschigen Haaren.

„Stell dir deinen Schwanz dazwischen vor“, fügte Quasimodo hinzu.

„Ich könnte sie wochenlang durchficken“, stimmte Rotkäppchen zu.

„Darf ich ... darf ich jetzt bitte gehen?“ fragte das Mädchen.

„Ja, du darfst gehen, Pussykatze“, sagte Stoppelbart. „Geh und verschwinde, bevor die Jungs es sich anders überlegen und dich mit Samen vollpumpen.“

Sie ging an den Rand des Brunnens. Fettbauch machte ihr Platz und hielt ihr sogar den Arm hin, um ihr beim Raussteigen zu helfen. Eine Sekunde lang blickte sie ihm in die Augen. Ihr Mundwinkel zuckte noch hektischer. Endlich setzte sie ihre Füße wieder auf trockenen Boden. Sie rannte barfuß durch den Park, die Arme vor das nasse Jackett geschlagen. Die Penner starrten ihr nach und wandten sich dann Chanel und Jersey zu.

„Jetzt sind eure Titten dran“, sagte Stoppelbart. „Los, runter mit den Klamotten.“

„Nein“, antwortete Chanel. „Ihr seid schon weit genug gegangen. Lasst uns sofort hier raus, oder ich rufe die Polizei.“

Beim Sprechen holte sie ihr Interface aus der Tasche und hielt es so, dass die Säufer sehen konnten, wie klein und teuer es war. Sie drückte sie ein paar Tasten. Nichts passierte. Sie versuchte es noch einmal, hämmerte mit dem Daumen darauf herum, dann schüttelte sie das Gerät. Doch es passierte nichts.

„Das liegt am Wasser“, erklärte Stoppelbart. „Diese schicken Interfaces mögen das nicht.“

Chanel schmiss das Interface zu Boden und sah sich verzweifelt um. Jersey tat das gleiche. Der Park war leer, und die Menschen hinter dem Tor liefen achtlos vorüber, ohne sie zu beachten. Chanel ging zum Rand des Brunnens. Quasimodo, Schnapsdrossel und Fettbauch rücken dicht zusammen. Sie grinsten breit und entblößten die gelblichen Stummel, die einmal Zähne gewesen waren. Chanel hielt inne.

„Sieht so aus als wenn du deine dicken Titten doch noch auspacken müsstest“ meinte Quasimodo.

„Lasst uns raus, sofort!“ verlangte sie. „Los jetzt!“

„Du hast uns gar nichts zu sagen“, erwiderte Rotkäppchen.

„Titten raus, und ihr könnt gehen“, sagte Stoppelbart.

Chanel verzog das Gesicht vor Ärger.

„Titten raus!“ sagte Schnapsdrossel. „Holt endlich eure Titten raus!“

„Titten raus!“ riefen sie alle zusammen immer wieder. „Hol deine Titten raus! Große, schwarze Titten raus! Titten raus, große, schwarze Titten raus! Titten raus, große, schwarze Titten raus! Titten raus, große, schwarze Titten …“

„Ihr wollt meine Titten sehen? Okay, hier sind meine Titten!“ Schreiend riss Chanel ihr Jackett weit auf. „Das wollt ihr doch sehen, nicht wahr, ihr dreckigen, perversen Schweine? Ein paar dicke, schwarze Titten? Also seht gut hin, denn ihr werdet so etwas Schönes nie wieder sehen, und berühren werdet ihr sie niemals, ihr nicht!“

Währenddessen hatte sie ihren Büstenhalter geöffnet, um ihre Brüste zu zeigen. Ihre schöne, tiefbraune Haut glitzerte vom Wasser, und ihre dunklen Nippel waren steil aufgestellt. Die Männer gierten lautlos ihre wunderbare Rundungen an, ihre Augen klebten förmlich an Chanels Brüsten. Irgendwann ergriff Stoppelbart das Wort.

„Du da, die andere“, sagte er. „Du auch.“

Jersey wurde klar, dass sie nicht davonkommen würde, ohne ihre Brüste zu zeigen. Sie wollte nicht, dass die Säufer sie im Chor dazu aufforderten, so, wie sie es bei Chanel getan hatten. Diese Erniedrigung wollte sie sich ersparen. Mit hochrotem Gesicht öffnete sie die Knöpfe ihrer Bluse von oben nach unten. Allmählich kam ihr Büstenhalter zum Vorschein. Ihre Brustwarzen waren bereits erigiert, und das Spitzenlogo von NYG, das auf beiden Körbchen prangte, verhüllte ihre wohlgeformten, riesigen Brüste nur unzureichend. Sie schluckte, als ihre Hand zum Verschluss des BHs wanderte und daran herumfummelte, bis er plötzlich aufsprang. Sie schloss die Augen, um nicht mit ansehen zu müssen, wie die Männer sie anstarrten. Dann zog sie die Körbchen weit auseinander.

„Woher soll man wissen, welche man zuerst ficken soll?“ fragte Quasimodo.

Jersey machte die Augen auf, alarmiert von den Worten, die sie soeben gehört hatte. Alle sechs Männer glotzten auf ihr nacktes Fleisch, und alle sechs hatten verdächtig große Beulen in der Hose.

„Okay Jungs, das war schön“, sagte Stoppelbart. „Sollen wir sie jetzt gehen lassen?“

Die anderen sagten nichts.

„Nein“, sagte Rotkäppchen plötzlich. „Ich möchte, dass sie erst höflich darum bittet, die schwarze Pussy. Ich glaube, sie denkt, wir wären nicht gut genug für sie.“

„Genau“, stimmte Schnapsdrossel zu und die anderen murmelten ebenfalls zustimmend.

„Ich denke, ihr seid nicht gut genug für mich?“ wiederholte Chanel wütend und verblüfft. „Sagt mal, seid ihr blind? Seid ihr bescheuert? Ich meine, seht euch doch an. Was habt ihr schon? Ihr habt nichts und seid nichts!“

„Chanel“, sagte Jersey leise.

Chanel drehte sich zu Jersey um, ihre Augen funkelten vor Zorn. Jersey schüttelte den Kopf.

„Reg sie nicht auf“, sagte Jersey.

„Ich soll sie nicht aufregen?“ fragte Chanel entgeistert. „Die wissen doch gar nicht, was das ist!“

Sie ging auf die Saufbolde zu, um sie übelst zu beschimpfen, doch dann hielt sie ein. Rotkäppchen hatte seinen Schwanz herausgeholt, ein riesiges, krummes Ding. Der schmutzige, dunkle Hodensack war von dicken Adern durchzogen. Die Vorhaut eine fleischige Masse, fast schwarz, die rote Eichel geschwollen und feucht.

„Zeigt uns eure Höschen“, verlangte er. „Ich will abspritzen.“

„Ja“, stimmte Quasimodo zu. „Wir wollen eine Höschen-Schau!“

„Höschen-Schau, au ja!“ rief Schnapsdrossel. „Und zwar eine versaute! Zieht euer Höschen runter, schön langsam.“

„Zieht es in die Arschritze!“

„Wackelt mit dem Hintern!“

„Zeigt uns eure Muschis!“

„Zeigt uns eure Arschlöcher!“

„Gebt ihnen lieber, was sie wollen“, riet ihnen Stoppelbart. „Zeigt uns euer Höschen.“

Chanel trat einen Schritt zurück, ihr Gesicht war rot angelaufen, Jersey wich ebenfalls zurück, bis beide mit dem Rücken an das Podest mit dem Ziegenbock stießen. Schnapsdrossel hatte bereits seinen Schwanz hervorgekramt, ein dickes, braunes Ding mit einer lila Eichel, die noch größer als die von Rotkäppchen war, allerdings nicht so feucht. Auch Quasimodo fummelte schon an seinem Hosenstall herum, Fettbauch ebenso.

„Wir sollten besser tun, was sie sagen“, flüsterte Jersey Chanel zu.

„Nein, niemals!“ zischte Chanel zurück. „Titten zeigen ist eine Sache, aber eine Höschen-Schau – das ist zu viel!“

„Sie werden schnell kommen ... und dann verlieren sie das Interesse an uns", beharrte Jersey. „Stell dir vor, du tust es nicht für diese Halunken, sondern für richtige Männer, muskulöse, gut aussehende Männer. Für die würdest du es doch machen, oder nicht?"

Chanel machte einen Schmollmund und sah der Reihe nach die erigierten Schwänze an, die auf sie warteten.

„Ihr ... ihr versprecht, uns rauszulassen, wenn wir für euch eine Höschen-Schau abziehen?"

„Ihr wisst, was passiert, wenn ihr es nicht tut", erwiderte Rotkäppchen und schüttelte seinen Schwanz.

„Versprochen?" fragte Chanel.

„Okay, ich verspreche es", antwortete er.

Chanel schluckte und tauschte einen vielsagenden Blick mit Jersey. Dann drehte sie sich plötzlich um und streckte den Männern ihren Hintern heraus. Die jubelten und fingen an, ihre Schwänze zu wichsen. Zögernd nahm Jersey die gleiche unanständige Pose ein wie ihre Freundin. Ihr nasser, geschlitzter Rock klebte eng an ihrem Hintern.

Mittlerweile hatten alle Trunkenbolde ihre Schwänze herausgefummelt. Sechs Schäfte zeigten in die Richtung der Mädchen. Jersey schloss die Augen und versuchte, sich vorzustellen, dass sie sich vor einem eleganten, reichen Stadtjungen auszog. Doch es gelang ihr nicht. Sie konnte sich einfach nicht davon abhalten, Chanel zuzusehen, und öffnete die Augen.

Chanels Augen waren geschlossen. Sie kämpfte gegen das erniedrigende Gefühl, einer Horde Betrunkener eine Aussicht zu präsentieren, die Mädchen normalerweise zurückhalten, bis ein Mann ihnen ewige Treue oder die Ehe verspricht. Chanel wackelte mit ihrem herausgestreckten Hintern und zog dabei ihren Rock hoch, um die Rückseite ihrer Schenkel freizulegen. Der Bund ihrer Strümpfe kam zum Vorschein, die Doppelkugeln ihres Hinterns und ihr Höschen. Es war aus weißer Seide, die sich eng über ihren knackigen, schwarzen Hintern spannte. Ihre plumpe Muschi war bereits feucht, und das nicht nur vom Wasser.

Jersey beobachtete Chanels kleine Vorführung. Nun lüftete auch sie ihren Rock, um ihren kleinen roten Schlüpfer zu zeigen. Sie wusste, dass sie ebenso geil aussah wie Chanel, und ebenso bereit für Sex. Sechs steife Schwänze schienen derselben Meinung zu sein. Jersey schob den Daumen unter den Bund ihres Höschens, genau wie Chanel, und hielt erschrocken inne. Die beiden Mädchen sahen sich in die Augen, ihre Gesichter blutrot. Jersey fragte sich, ob sie es wirklich wagen würde, so unanständig zu sein – in einem öffentlichen Park, während sechs betrunkene Penner mit Erektionen um sie herumstanden, die nur sehen wollten, was sie zu bieten hatten: die prallen Backen ihrer nackten Hintern, ihre engen Anussternchen und ihre bereiten Mösen.

„Runter damit!“ rief Rotkäppchen.

„Ja, runter damit“ pflichtete ihm Stoppelbart beim.

„Runterziehen!“

„Runterziehen, runterziehen! Zeigt uns euren Hintern!“

„Runter damit! Zeigt uns eure Arschlöcher, zeigt uns eure Fotzen!“

„Ich denke, wir sollten es tun“, brachte Jersey hervor. „Das Meiste haben sie sowieso schon gesehen.“

Das stimmte. Ihre nassen Höschen verbargen nur noch sehr wenig. Noch während sie sprach, streifte sie ihren Schlüpfer hinunter. Chanel tat es ihr gleich. Die beiden Mädchen legten gleichzeitig ihre Hintern frei, der eine weiß, der andere dunkelbraun. Ganz langsam wurden zwei wabbelnde, weibliche Hinterteile freigelegt: vier fleischige Pobacken, zwei gekräuselte Anusrosetten und zwei geschwollene, bereite Mösen.

Jersey blieb eine Weile in dieser Pose und hörte den obszönen Geräuschen der sechs schmutzigen Saufbrüder zu, die eifrig ihre Schwänze rubbelten, während sie ihr entblößtes Hinterteil anstarrten, das sie lieber einem jungen, galanten Mann gezeigt hätte, anstatt einem Haufen Penner.

Irgendjemand kicherte. Das Wichsgeräusch hörte auf. Verdutzt öffnete Jersey die Augen. Dann schrie sie los.

Die Trunkenbolde waren in den Brunnen gestiegen und kamen mit wippenden Schwänzen auf sie zu. Die Mädchen zogen ihre Höschen hoch, kurz, bevor sie sie erreichten. Drei griffen nach Jersey, die anderen drei nach Chanel. Beide Mädchen schrien vor Entsetzen, als man sie packte. Fettbauch zog Jersey an den Haaren. Sie verlor das Gleichgewicht, fiel ins Wasser und tauchte unter. Ihr Mund füllte sich mit Wasser. Ein anderer ergriff ihr Jackett und zog es ihr ein Stück weit aus, sodass ihre Arme darin gefangen waren. Als sie wieder hochkam, packte Quasimodo sie an den Haaren und tauchte sie unter.

Sie hielten sie unter Wasser gedrückt, lachten darüber, wie sie sich wehrte, begrapschten ihren Körper und zerrten an ihren Kleidern. Ihr Rock wurde von ihr heruntergerissen, sodass nur noch ihr mit dem nassen Schlüpfer bekleideter Hintern aus dem Wasser ragte. Eine Hand schlüpfte in ihren Hosenbund und zog das Höschen ruckartig hoch, sodass es tief in ihre Arschritze schnitt. Jersey wurde an der Unterhose hochgezogen, bis schließlich auch ihr Kopf auftauchte.

„Nein! Nicht mein Höschen!" schrie sie und schnappte nach Luft. „Es ist von NYG, ihr verdammten ..."

Einen Moment lang baumelte sie an ihrem Schlüpfer, dann riss er. Plötzlich hatte Rotkäppchen nur noch ein Stückchen Stoff in der Hand und glotzte auf ihren nackten Hintern und ihre Schamlippen.

„Fotze! Ich sehe Fotze!" rief er. „Ich rieche sie auch."

„Nein, bitte nicht", rief Jersey.

Sofort wurde ihr Kopf wieder unter die Wasseroberfläche gedrückt. Luftbläschen blubberten aus ihrem Mund, sie strampelte wild mit den Beinen, und ihre Arme platschten im Wasser. Irgendetwas stieß an ihr Gesicht. Es war Quasimodos Schwanz. Auf einmal wurde sie hochgerissen und hatte das Ding vorm Gesicht. Der gebogene Schaft war dick und schmutzig, die Eichel glitzerte feucht. Jersey schüttelte den Kopf und schloss den Mund. Sofort wurde sie wieder unter Wasser gedrückt, unsichtbare Hände begrapschten ihre Brüsten und ihren Hintern.

Dann kam sie wieder hoch. Sofort hatte sie wieder den Schwanz vor dem Gesicht. Sie machte den Mund auf, legte ihre Lippen um den Schaft und begann zu lutschen. Die Trunkenbolde jubelten, während sie daran saugte.

„Seht ihr, sie will es!“ rief Quasimodo. „Lasst sie uns ficken, Jungs!“

Jersey versuchte, es zu leugnen, aber schließlich lutschte sie bereits einem von ihnen den Schwanz. Fettbauch begann, ihr die Brüste zu kneten. Rotkäppchen packte sie an der Hüfte und brachte sie in die richtige Position, um sie zu vögeln. Sein Schwanz klatschte gegen Jerseys Hintern und drückte dann gegen den Eingang ihrer Möse.

Er drang in sie ein und schob seinen Schwanz tief hinein. Die Penner fingen an, sie zu vögeln, von vorne und von hinten. Rotkäppchen und Quasimodo schüttelten sie zwischen sich durch, ihre Schwänze fuhren rein und raus, während Fettbauch ihre Brüste betatschte. Sie hatte jeden Widerstand aufgegeben und sich damit abgefunden, von den Säufern auf diese Weise benutzt zu werden. Während sie Quasimodos Schwanz lutschte, blickte sie fasziniert hinüber zu Chanel, denn ihrer Freundin widerfuhr das Gleiche, was sie soeben durchgemacht hatte.

Chanel wehrte sich noch. Stoppelbart, Schnapsdrossel und der Rothaarige hatten sie vornübergebeugt. Ihr Kopf war im Wasser, und ihre schweren Brüste baumelten unter ihr herunter, während sie zappelte. Ihr enger, weißer Schlüpfer war alles, was sie noch anhatte. Sie hielt ihn verzweifelt fest, während Schnapsdrossel sich ebenso verzweifelt bemühte, Chanel nicht loszulassen. Keiner gab nach, nur der Schlüpfer. Er riss entzwei, sodass die zerfetzte weiße Seide nicht mehr die prallen Backen ihres schwarzen Hinterns vollständig bedeckte. Chanels Möse wurde sichtbar. Die dunklen Schamlippen zwischen ihren Beinen waren rasiert und beringt. Auch ihr Anus kam zum Vorschein, ein dunkler Stern, jungfräulich eng.

„Mensch, guck dir das an!“ Schnapsdrossel deutete auf Jersey. „Komm, schwarze Pussy, besorg es uns so, wie deine Freundin da drüben unseren Kumpels!“

„Saug dran!“ verlangte Stoppelbart und schob seinen Schwanz zu Chanels Mund.

Sie leistete Widerstand und presste die Lippen zusammen. Der Rothaarige packte sie noch fester an der Hüfte. Hinter ihr wartete Schnapsdrossel, der versuchte, in sie einzudringen, doch sie schüttelte wie wild ihren Kopf und ihren Hintern, um das zu verhindern.

„Halt die Schlampe endlich fest!“ verlangte Schnapsdrossel.

„Ich versuche es ja!“ antwortete der Rothaarige.

„Dann gib dir ein bisschen mehr Mühe!“

„Vielleicht will sie deinen Schwanz einfach nicht. Ich wette, bei mir wird sie stillhalten.“

„Werde ich nicht!“ antwortete Chanel verärgert, und schon hatte Stoppelbart ihr seinen Schwanz in den Mund gestopft.

Ihre Augen weiteten sich vor Schock und Ekel, und ihre Wangen beulten sich aus. Stoppelbart hielt sie fest am Schopf gepackt und begann, sie in den Mund zu vögeln. Als Schnapsdrossel das sah, versuchte er noch verzweifelter, zwischen ihre Beine zu kommen. Er zerrte an ihrer Hüfte, bis er endlich seinen Schwanz an ihr Loch bringen konnte. Er war schon fast drin, als er plötzlich aufhörte. Auch die beiden Männer, die an Jersey herummachten, hielten ein. Ein Parkwächter stand am Springbrunnen, seine dunkelgrüne Uniform zierte das Zeichen eines Unteroffiziers. Chanels Kopf zog sich langsam von Stoppelbarts Schwanz zurück. Einen Moment lang zog ihre Spucke einen Faden zwischen Mund und Penis, dann riss der Speichelfaden.

„Das Baden im Springbrunnen ist verboten“, sagte der Parkwächter.

„Es ist auch verboten, uns zu schikanieren“, antwortete Stoppelbart. „Das hat der Richter doch so entschieden, nicht wahr?“

„Äh ... ja.“ Dem Parkwächter schienen plötzlich Zweifel zu überkommen.

„Das ist unser Recht, wirklich“, sagte Rotkäppchen.

„Jawohl“ fügte Stoppelbart hinzu. „Es ist unser Recht, von den Einrichtungen der Stadt Gebrauch zu machen. Wir dürfen nicht aufgrund von Geschlecht, Religion, Zugehörigkeit zu einer ethnischen Gruppe, Einkommen oder Wohnstatus benachteiligt werden. Das hat man uns gesagt."

„Äh ... ja", wiederholte der Parkwächter.

„Das bedeutet aber nicht, dass sie uns einfach vögeln dürfen", schrie Chanel.

„Es gibt kein Gesetz, dass den Sex im Park verbietet, Herrfrau", sagte der Parkwächter. „Entschuldigen Sie, meine Herren, wenn ich Sie belästigt habe. Schönen Tag noch."

Als der Parkwächter weiterging, spürte Chanel, wie ein dicker, fetter Schwanz in ihre Vagina gepresst wurde. Sie schnappte erschrocken nach Luft und hatte einen weiteren Schwanz im Mund. Jerseys Kopf wurde an den Haaren nach unten gezerrt, damit sie Quasimodos Erektion lutschte, während Rotkäppchen ihr seinen Ständer wieder in die Möse rammte. Noch einmal begannen sie, sie in Mund und Vagina zu vögeln, und lachten, als ihr Fleisch unter den harten Stößen erzitterte. Die Stöße kamen jetzt schneller, und Rotkäppchens Sack klatschte hart gegen ihre Möse. Ihre Nippel wurden steif unter Fettbauchs Händen.

Sie spürte, dass sie gleich kommen würde. Der Orgasmus traf ihren Körper wie ein Blitz, und ihre Vagina verkrampfte sich um Rotkäppchens Schwanz. Das brachte Rotkäppchen und Quasimodo gleichzeitig zum Höhepunkt.

Das Sperma spritzte gleichzeitig in ihre Vagina und ihren weit aufgerissenen Mund. Von dort aus ergoss es sich auf die Hoden der Männer, die sie missbrauchten, und rann Jerseys Kinn und zwischen ihren Schenkeln hinunter. Es nahm und nahm kein Ende. Sie pumpten ihr Sperma in sie hinein, immer mehr, bis sie noch einmal kam, und dann noch ein drittes Mal.

Fettbauch nahm eine ihrer Brüste rieb seinen Schwanz daran, bis auch er abspritzte und seinen Saft auf ihren Brüsten verteilte. Sie streckte die Hand nach Quasimodos Eiern aus und drückte sie zusammen, damit er noch einmal spritzte und ihren Mund mit einer neuen Ladung füllte. Einiges davon schluckte sie, der Rest lief über ihre Lippen, ihre Hände und seine Hoden.

Er fickte sie weiter in den Mund, seine Erektion war noch immer so hart wie vor dem Orgasmus. Von hinten konnte sie die schmatzenden Geräusche hören, die Rotkäppchens Schwanz in ihrer Vagina verursachte, ebenso wie die Fickgeräusche von Schnapsdrossels Ständer in Chanel. Jersey drehte gerade noch rechtzeitig den Kopf, um zu sehen, wie Stoppelbart in Chanels Mund spritzte. Sperma sprühte auf ihre Nase und ihre Lippen. Die dunkle Haut ihrer Brüste war bereits übersät mit dicken, weißen Spermaflocken. Auch Chanel fügte sich jetzt in ihr Schicksal, saugte gierig an Stoppelbarts Schwanz und führte die Hand des Rothaarigen an ihre Brüste.

Die Mädchen wurden wieder und wieder benutzt. Jersey wurde von allen sechs Männern gevögelt, manchmal hatte sie zwei Schwänze gleichzeitig in ihrer Vagina. Stoppelbart penetrierte auch ihren Anus, während die anderen Männer sie festhielten. Auch Chanel wurde anal genommen. Sie zappelte und versuchte verzweifelt, dem zu entgehen, doch die Männer hievten sie hoch, brachten ihre Rosette über Rotkäppchens Ständer in Position und drückten sie dann hinunter.

Sie wurden von Kopf bis Fuß durchgefickt und sahen währenddessen dabei zu, wie der Po der Freundin unter den heftigen, analen Stößen erzitterte. Die anderen begrapschten ihren Körper und masturbierten sie, bis sie kamen. Mit ihrem Orgasmus kamen auch die Männer in ihren Hintern. Als ihr Rektum voller Sperma war, versuchten die Mädchen nicht einmal mehr, so zu tun, als ob sie sich wehrten. Jersey lutschte den Schwanz, den Chanel gerade im Hintern gehabt hatte, und verteilte dabei das Sperma auf ihren Brüsten. Sie befingerte sich selbst, während Chanel Stoppelbarts Erektion leckte.

Mittlerweile waren neue Penner hinzugekommen. Sie versammelten sich um den Brunnen und jagten andere Mädchen durch die Blumenbeete und Büsche. Eine hübsche Schwarzhaarige wurde gefangen und in den

Brunnen geworfen. Sie schrie, als sie auf dem Wasser aufkam, und verstummte, als sie untertauchte. Dann kam sie wieder hoch und schrie erneut, bis ihr der Mund mit einem steifen Schwanz gestopft wurde. Einen Moment später stand ein Mann hinter ihr, zog ihren Rock hoch, ihren Schlüpfer herunter und schob seinen Schwanz tief in ihre Muschi.

Ein anderes Mädchen versuchte zu entfliehen, wurde aber festgehalten und ebenfalls in den Brunnen geschmissen. Dort umfassten starke Arme ihre Taille und hoben sie empor. Ihre Beine strampelten in der Luft und brachten das Wasser zum Spritzen. Ein erigierter Schwanz schlüpfte zwischen ihren Pobacken. Der Mann drückte sie mit dem Gesicht gegen das Podest, an dem sie sich festklammerte, während er ihr die Beine spreizte und ihr Geschlecht auf seinen Schwanz niederließ. Der Ziegenkopf bohrte sich zwischen ihre plattgedrückten Brüste, sodass die Wasserfontäne zwischen ihnen emporschoss. Endlich fand der Mann ihr Loch und glitt mit einer sanften Bewegung hinein. Sie wurde gevögelt, während der Mann fröhlich auf- und abhopste und sie sich verzweifelt festhielt. Ihre Brüste hüpften im Rhythmus seiner Stöße.

Zwei Schwestern wurden am Tor abgefangen, zurückgeschleift und zusammen mit anderen Mädchen in den Brunnen geworfen. Ihre Fänger hatten sie schnell ausgezogen und dazu gebracht, sich hinzuknien und ihnen die Schwänze zu lutschen. Nachdem erst der Mund der einen, dann der der anderen mit Sperma vollgepumpt worden war, wurden sie von hinten gefickt, Gesicht an Gesicht. Ihre riesigen Brüste schwappten im Wasser, bis die beiden Schwestern sich nicht mehr zurückhalten konnten. Sie fingen an, sich zu küssen, und teilten das Sperma der Trunkenbolde miteinander.

Eine Gruppe Nonnen durchquerte den Park. Auch sie ereilte das gleiche, unwürdige Schicksal; sie wurden eingefangen und in hohem Bogen ins Wasser geworfen. Andere folgten ihnen: Stadtmädchen, zwei Krankenschwestern, eine Mutter mit ihrer Tochter, bis der Brunnen nur noch eine wimmelnde Masse von kreischenden Mädchen, nassen Schlüpfern, dicken Titten, noch dickeren Hintern und rasierten oder unrasierten Mösen war. Die betrunkenen Penner vögelten alle wahllos durch, benutzten Münder, Muschis und Arschlöcher, spritzten darin und darüber ab, unermüdlich und unersättlich.

Jersey plantschte jetzt in beinahe purem Sperma herum und hatte noch mehr davon in ihrer Vagina, ihrem Mund und ihrem Rektum. Rotkäppchen war wieder in ihrem Arschloch zugange, während seine Finger ihre Vagina massierten. Sein Daumen lag auf ihrer Klitoris und katapultierte sie wieder und wieder zum Orgasmus. Jersey stand kurz davor, bewusstlos zu werden; sie hatte sich total verausgabt. Dennoch wichste sie die beiden Schwänze in ihren Händen und saugte an einem dritten in ihrem Mund.

Der Schwanz wurde aus ihrem Mund gezogen, und der Mann lachte. Andere Männer kamen herbei. Sie trugen Chanel, die inzwischen über und über mit Sperma beschmiert war, von ihrer ruinierten Frisur bis zu ihren lackierten Fußnägeln. Sie strampelte und wehrte sich, doch die Männer lachten nur. Jersey wurde aufgerichtet und gestützt. Ihre dicken Brüste wackelten unter Rotkäppchens Stößen, ihre Nippel ragten durch eine Schicht von Sperma empor. Sie sah, was gleich geschehen würde und stöhnte. Dann wurde Chanel auf sie niedergelassen. Ihre samenbeschmierte Möse schwebte wenige Zentimeter vor Jersey Gesicht.

Jersey versuchte, Widerstand zu leisten, doch einer der Trunkenbolde drückte Chanels Möse noch weiter nach unten, bis Jersey schließlich zu lecken begann. Ihr Mund füllte sich mit einer Mischung aus Sperma und Mösensaft, ihre Hände umklammerten Chanels Pobacken. Jersey verlor beinahe den Verstand vor Geilheit und vergrub ihr Gesicht immer tiefer in Chanels Möse. Ihre Zunge schlabberte Sperma und Sekret, ihre Nase bohrte sich in Chanels geöffneten Anus. Daraufhin begann Chanel sie ebenfalls zu lecken. Ihre Zunge glitt zwischen Jerseys Klitoris und ihrem schwanzgefüllten Anus hin und her. Jersey kam fast sofort. Ihre Zunge rotierte wild in Chanels Anus, während ihr eigener Orgasmus sie fast zum

Wahnsinn trieb. Dann bekam sie keine Luft mehr, weil irgendein Penner ihr eine volle Ladung Sperma in den Mund spritzte ...

... und da saß sie nun, auf dem weichen, schwarzen Ledersessel des Simulators. Sie rang um Atem, und ihre Muskeln zitterten noch vom Orgasmus. Doch da waren keine Trunkenbolde mehr, kein Springbrunnen – nur Chanel im Sessel neben ihr und Robert, der mit einem schiefen Lächeln auf sie niederblickte. Er machte eine Bewegung mit den Händen, und das Licht wurde heller.

„Du bist mir vielleicht eine geile Pussykatze!“ sagte er.

„Ich ... ich ... niemals!“ brachte sie keuchend hervor.

Chanel setzte sich langsam auf hin und sah Jersey mit großen Augen an.

„Ich könnte ... niemals!“ sagte Jersey ungläubig. „Das war nicht meine Fantasie! Ich könnte niemals so eine Fantasie entwickeln! Das System muss manipuliert worden sein!“

„Manipuliert?“ fragte Robert. „Mein liebes Mädchen, dies ist ein Isosystem. Es kann nicht geknackt werden. Tut mir leid, dir das sagen zu müssen, aber diese schmutzige kleine Fantasie ist ganz und gar deine eigene. Mach dir keine Sorgen, ich werde es niemandem sagen, das darf ich gar nicht. Und ich bin mir sicher, Chanel wird es auch nicht weitererzählen.“

Jersey nickte schwach.

„Du musst es einfach ausprobieren, es ist einfach das Beste, was es gibt“, sagte Jersey. „Es ist so echt, dass es schon wieder unwirklich ist.“

„Also, ich weiß nicht“, erwiderte Sally.

„Trau dich, Mädchen“, mischte Chanel sich ein.

„Es ist nur ... Ich habe so etwas noch nie versucht“, sagte Sally. „Sie hatten da mal eine mobile Station auf dem Volksfest, in der Nähe der Farm, und meine Freundinnen sind dort hingegangen. Aber ich nie. Ich hatte Angst, dass meine Mutter es herausfinden würde und ... Ach, ich weiß nicht, wirklich nicht!“

„Mach einfach mit“, drängte Jersey. „Ich verspreche dir, es niemandem zu sagen.“

„Ja, aber ...“, stammelte Sally, „was wirst *du* über mich denken? Meine Fantasien können ganz schön unanständig sein.“

Chanel lachte. „Unanständig? Mädchen, du kennst unsere Fantasien nicht! Warte nur, bis ich dir erzähle, worauf deine Cousine so abfährt! Deine süßen, kleinen Landmädchen-Fantasien werden uns kaum schockieren, glaub mir!“

„Du musst es versuchen“, insistierte Jersey. „Los, Robert, einen Raum für drei bitte, mit Meisterfunktion.“

„Der Brunnen?“ fragte Robert.

„Der Brunnen“, bestätigte Jersey. „Los, Sal. Ich bin gespannt darauf zu erfahren, worauf du abfährst. Ich bin mir sicher, es ist etwas ganz Niedliches! Ein paar muskelbepackte Jungs von der Farm? Oder vielleicht eine dicke, alte Dame, die dir den Popo versohlt?“

Sallys Gesicht war rosa angelaufen, doch sie ließ sich von den Mädchen den Korridor entlang führen. Ein paar Minuten später saßen sie bereits in ihren Sesseln. Jersey entspannte sich beim Eintauchen, das sie inzwischen gewohnt war. Nun umgab sie völlige Dunkelheit.

„Willkommen im Brunnen, Herrfrau Sally Chancellor“, sagte eine Stimme. Dann konnte Jersey wieder sehen.

Sie standen auf. Sally blickte an sich herunter und bewunderte ihren schicken, geschlitzten Minirock, der das schlichte Kleid ersetzte, das sie vorher getragen hatte. Ihre Haare waren jetzt auch anders, zu einer modischen Tsunamiwelle frisiert. Und ihr Make-up war jetzt viel farbenfroher.

Jersey und Chanel wechselten einen Blick aus und nickten sich zu. Blitzartig zogen sie Sallys Rock hoch. Darunter kamen unmoderne, fast knielange Unterhosen zum Vorschein, die mit Spitzenbordüren verziert und schon seit dreißig Jahren veraltet waren.

„Du geiles Luder!“ sagte Chanel. „Also hast du doch ein paar heimliche Vorlieben!“

Sally errötete und lächelte.

„Dann lass uns mal sehen, was du so magst!“ neckte Jersey ihre Cousine und nahm Sally an der Hand.

Sie gingen nach draußen. Die Straße sah so ähnlich aus, wie in Jerseys Fantasie, die Männer waren etwas größer und älter. Hauptsächlich handelte es sich um Großstadtmenschen.

„Soso, du magst wohl die Männer aus der großen Stadt?“ fragte Chanel. „Bestimmt erscheinen sie dir sehr verführerisch.“

„Das tun sie“ sagte Sally und lief rot an.

„Und du magst sie groß und raubeinig, nach dem Aussehen zu urteilen.“ sagte Jersey. „Und zu sanft sollen sie auch nicht sein, nicht wahr, meine liebe Cousine? Was ist deine Lieblingsstellung? Plenty sagt, die Missionarsstellung ist es nicht.“

„Ich mag es ... von hinten“, flüsterte Sally. „So ... so wie es die Tiere machen.“

„Oh mein Gott!“ stöhnte Chanel. „Was ist nur los mit euch weißen Mädchen? Den Hintern in die Höhe, das mögt ihr wohl alle am liebsten!“

Sally antwortete mit einem nervösen Kichern.

Sie erreichten den Park und gingen hinein. Jersey blickte sich um und biss sich enttäuscht auf die Lippe. Es waren keine gutaussehenden, muskelbepackten Stadtmänner in Sicht, die auf sie warteten. Keine schmutzigen, lüsternen Saufbolde tummelten sich am Springbrunnen. Es waren auch keine uniformierten Parkwächter zu sehen. Der Park war vollkommen leer. Oder fast.

Ein Schwein schnüffelte zwischen den roten und gelben Tulpen herum, ein großer, schwarz-weißer Eber. Es war ganz offensichtlich ein Eber, denn ein riesiger Penis, der wie ein Korkenzieher geformt war, baumelte unter seinem Bauch herab – steif.

Jersey blickte schnell zu Sally, die lächelte. Hinter ihr war Chanel, den Mund vor Schock weit aufgerissen. Noch weiter hinten war die Parkwiese, auf der noch mehr Schweine herbeitrotteten – alles Eber, wie der erste, voll erigiert und bereit.

Eine Lady in der Kirche

„ …und beherzigt die Worte unseres Herrn! Tut sie nicht ab, denn sie gelten heute noch genauso wie gestern, und ganz gewiss auch morgen. ‚Eher geht ein Kamel durch's Nadelöhr, als ein Reicher in den Himmel kommt', so sagt unser Herr. Und das sage auch ich!"

Reverend Thomas Annaferd machte eine Pause und ließ seinen Blick über die Gemeinde schweifen, um zu sehen, welche Wirkung seine Predigt auf jeden Einzelnen hatte. Auf den Hinterbänken saßen die Tagelöhner und ihre Frauen. Sie zeigten denselben stumpfen, gutmütigen Gesichtsausdruck wie immer. Wenn sie ihm überhaupt zuhörten, dachte sich Annaferd, hatten sie offensichtlich das Gefühl, dass seine Worte nichts mit ihrem Alltag zu tun hatten. Weiter vorne trugen die Handwerker des Sprengels nur wenig mehr Interesse zur Schau. Eine oder zwei der jüngeren Ehefrauen waren wenigstens aufmerksam, doch auch sie schienen seine Drohungen von Hölle und Verdammnis nicht zu beeindrucken. Selbst die wohlhabenderen Bauern wirkten unverdrossen.

Nur in der ersten Reihe zeigten seine Worte Wirkung. Der Gutsherr Glanvil, der reichste Mann in der Gemeinde und aller angrenzenden Sprengel, sah entschieden besorgt drein. Seine Frau, die wohlgenährteste in der Kirche wie auch die bestgekleidete, schien regelrecht verängstigt. Das galt auch für die ältere Tochter, die sich auf die Lippen biss und an den Arm ihrer Mutter klammerte. Selbst der liederliche Sohn wirkte nervös. Nur die jüngere Tochter, Alice, war offenbar völlig ungerührt. Im Gegensatz zu ihrer Familie zeigte sie einen Ausdruck glückseliger Zufriedenheit. Sie hatte die Augen geschlossen und die Hände im Schoß ihres bestickten Rockes gefaltet, der von der Krinoline hochgedrückt wurde.

Aus dem Augenwinkel sah Reverend Annaferd, wie sein Kirchendiener eine bedeutsame Geste zur hölzernen Sammelbox machte. Er ignorierte ihn und begann wieder zu sprechen, entschlossen, seinen Punkt zu Ende zu führen.

„Denkt nach!“ dröhnte er. „Damit wir nicht dem Irrtum anheim fallen, dass dies alles nicht für uns gelte! Zur Zeit unseres Herrn waren nur wenige Männer in Judäa nach unseren Maßstäben wohlhabend. Die Römer herrschten und nahmen sich, was sie wollten. Der Reichtum des Landes wurde ins Ausland geschafft. Für die Judäer wären wir eine reiche Gesellschaft gewesen. Unsere Sparsamkeit wäre in ihren Augen Verschwendung, unsere Hütten wären für sie schöne Häuser. Alle von euch sollten Gott fürchten, selbst die Bedürftigsten unter euch. Und fürchtet ihn jetzt, denn wer weiß, wann das Leben endet? Das kann niemand wissen, auch nicht die Jüngsten unter uns!“

Wieder machte er eine Pause. Er richtete sich zu seiner vollen Größe auf und spähte mit spitzer Nase auf die Gemeinde hinunter. Als er die Veränderung sah, die er bewirkt hatte, unterdrückte er ein Lächeln. Mehr als eine Bauersfrau wirkte entschieden besorgt, und selbst einige Handwerker zappelten nervös herum. Mrs. Glanvil und ihre ältere Tochter sahen entsetzt drein, der Gutsherr und sein Sohn unbehaglich. Nur Alice blieb ruhig. Wenn überhaupt, lächelte sie nur noch breiter, und ihre Mundwinkel waren leicht angespannt. Annaferd ließ seine Stimme zu einem selbstgerechten Donnern anschwellen und fuhr fort.

„Gibt es einen unter euch, der in dieser Woche keine Sahne geschmeckt hat?“ fragte er. „Wer hat nicht an Bier oder Apfelwein genippt? Wer hat kein gutes, mageres Fleisch gegessen? Alle diese Dinge sind Reichtum! Auch Paläste, Kutschen und Schiffe, das ist wahr, aber nicht weniger das, was ihr für selbstverständlich erachtet. Allein die Tatsache, dass ihr es für selbstverständlich nehmt, zeigt das ganze Ausmaß eurer Sünde! Ich sehe überall Reichtum um mich herum, Samt und Satin, Perlen und Juwelen! Wer kann das leugnen? Wer kann sagen, dass er hofft, in den Himmel zu kommen, wenn er in bestickter Seide herumläuft?“

Er hielt inne und richtete seinen Blick direkt auf Alice Glanvil, deren voluminöses, gelbes Seidenkleid mit einem extravaganten Muster aus Vögeln und Blumen bestickt war. Doch sie nahm vom Priester keine Notiz.

Ihre Augen waren immer noch geschlossen, ihr Lächeln breiter als je zuvor, und ihr Mund zuckte. Annaferd sah sie verblüfft an, als ein Krampf – offenbar ausgelöst durch eine heftige Emotion – ihr Gesicht verzerrte und dann so schnell verschwand, wie er gekommen war. Ihre Augen öffneten sich, und sie begegnete seinem Blick ohne jede Spur von Arglist oder Schuld.

Leise seufzend wandte er sich an den Kirchendiener und nickte. Die Sammelbox wurde herumgereicht. Unter den Adleraugen des Priesters spendete jeder zumindest eine kleine Summe. Nach dem Ende der Predigt fuhr Annaferd mit dem Gottesdienst fort, mit Gebeten, Gesängen und Ritualen in der vorgeschriebenen Reihenfolge, bis zum abschließenden Amen. Wie üblich begab er sich dann zur Kirchentür und blieb dort, während die Gemeindemitglieder hinausgingen, um mit ihnen ein paar Worte, ein Lächeln oder ein Nicken auszutauschen, je nach ihrem Rang und Status.

Alice Glanvil verließ die Kirche wie immer hinter ihrer Familie, doch anstatt zur wartenden Kutsche zu laufen, entfernte sie sich ein Stück von den anderen. Der Reverend beobachtete aus dem Augenwinkel, wie sie langsam zwischen den Grabsteinen umherwanderte und schließlich hinter der Kirchenecke verschwand. Wenn sie während der Predigt unnatürlich heiter gewirkt hatte, war nun das Gegenteil der Fall: Ihr Gang war ungelenk und ihr Gesichtsausdruck nervös.

Mit einem letzten, allumfassenden Nicken verabschiedete er sich von den verbleibenden Gemeindemitgliedern (Hauptsächlich Dienern) und ging in die Kirche zurück. Seine langen Schritte brachten ihn schnell in die Sakristei. Durch die Seitentür trat er nach draußen. Nun befand er sich an der Rückseite der Kirche. Als er um einen Stützpfeiler schielte, erspähte er etwas Gelbes. Es war Alice, die ihm den Rücken zudrehte. Sie stand im Schatten einer Eibe und war durch einen hohen Grabstein vor weiteren Blicken geschützt.

Alice warf einen letzten, nervösen Blick in Richtung der Straße und bückte sich hinunter zum Saum ihrer Röcke. In Annaferds Gesicht spiegelten sich sowohl Schuldbewusstsein als auch Empörung, als er erkannte, dass sie wohl ihre Blase erleichtern wollte. Dennoch sah er weiter zu, als der Seidenrock emporgezogen wurde, die Krinoline umgestülpt, die reich verzierten Unterröcke hochgerafft. Zum Vorschein kamen Spitzen, wohlgeformte Beine in Seidenstrümpfen, ein bloßer, runder Hintern, und ein Zwerg.

Eiserne Jungfer

Chi-Mai sah zu der eleganten, metallisch grünen Turmspitze empor. Rechts und links davon reckten sich ähnliche Konstruktionen gen Himmel – in anderen Farben zwar, aber im selben Baustil. Sie befanden sich an einem Streifen aus hartem schwarzem Material. Die Gelehrte Juilla Tia war im Torbogen des nächstgelegenen Gebäudes stehen geblieben. Sie hatte ihren Vortrag unterbrochen, um die Architektur zu bewundern. Außer Chi-Mai selbst, der Dozentin und ihren sieben Mitstudentinnen war weit und breit keine Menschenseele zu sehen.

„Hier sehen Sie das Gebäude der Albion Surity“, erklärte Juilla Tia und wies auf den Schriftzug über der Tür. „Die Bürgschaftsgesellschaft existierte schon seit dreihundert Jahren, als dieser Bau entstanden ist. Beeindruckend, nicht? Die elegante, neo-perpendikulare Formensprache findet man in der heutigen Architektur gar nicht mehr. Obwohl es sich um einen reinen Zweckbau handelte, hat man die Ästhetik trotzdem nicht außer Acht gelassen.“

„Und warum der ganze Aufwand, Frau Gelehrte?“, erkundigte sich Xui, die direkt neben Chi-Mai stand. „Ist das Kunst um der Kunst willen?“

„Weit gefehlt“, erwiderte Juilla Tia. „Hier kommt die Kunst der Zweckmäßigkeit zugute, einem Eckpfeiler des damaligen Kapitalismus. Diese Bauwerke dienten nicht als Unterkünfte, sondern als Arbeitsstätten. Damals konnten die Menschen alle Feststoffe nur rein physikalisch von einem Ort zum anderen befördern. Um gemeinsam an einer Aufgabe zu arbeiten, mussten sie sich also meist an einem Ort zusammenfinden. Jede dieser Menschengruppen bildete dann ein sogenanntes Unternehmen. Und jedes Unternehmen – oder sogar jede Abteilung, wenn das Unternehmen etwas größer war, – war in einem eigenen Gebäude untergebracht. Gestern habe ich Ihnen ja schon erklärt, dass viele dieser Arbeitsgruppen miteinander konkurriert haben. Aus diesem Grunde mussten die Unternehmen ihre Gebäude auch so schön wie möglich gestalten: um die

Leute zu beeindrucken, an denen man verdienen wollte. Die sollten ihr Geld nämlich nicht zur Konkurrenz tragen."

„Das kommt mir ziemlich verschwenderisch vor", urteilte Mia Ki. „Und dabei sagten Sie doch, die Energiereserven seien knapp bemessen gewesen?"

„Ja, das war allerdings ziemlich verschwenderisch", sagte Juilla Tia. „Trotzdem lag die Produktivität deutlich über der anderer Systeme, wie etwa der des Kommunismus. Und was die knapp bemessenen Energiereserven angeht – das ist alles relativ. Wie Sie gleich sehen werden, funktionieren einige der alten Maschinen auch heute noch, nach über sechshundert Jahren. Kommen Sie bitte mit."

Die Dozentin betrat das Gebäude durch den Torbogen. Ihre Studentinnen folgten ihr in eine elegant gestaltete Empfangshalle mit hohen Decken. Links und rechts führten zwei identische Wendeltreppen an der Wand entlang nach oben und begegneten sich in der Mitte wie eine verschlungene Doppelhelix. Von den Türen, die in die Wände eingelassen waren, standen einige offen, die meisten waren jedoch geschlossen. Juilla Tilla durchquerte den Raum und zog dabei einen schmalen, silbern glänzenden Gegenstand aus ihrer Tunika. In der Mitte der gegenüberliegenden Wand, unter der Stelle, an der sich die Wendeltreppen begegneten, befand sich eine hohe Bogentür. Juilla Tilla wies mit ihrem silbernen Gerät auf das Tor und drückte fest mit dem Daumen auf dessen Mitte. Nichts.

„Ich empfange hier auf jeden Fall Energie", sagte sie. „Das Hauptsteuerungssystem ist auch noch funktionstüchtig. Es kann natürlich sein, dass sich der Mechanismus im Laufe der Jahre zersetzt hat. Hinter der größten Tür müsste eigentlich die Kantine liegen. Möglicherweise befinden sich dahinter sogar noch ein paar Gynoiden, die damals günstig für den Gastronomiebereich entwickelt wurden. Die Roboterfrauen wirken übrigens überzeugend menschlich. Ich habe schon einige alte Modelle gesehen, die noch voll funktionstüchtig waren."

Jetzt wies Juilla Tia mit ihrem Gerät auf die etwas kleinere Tür rechts neben dem mittleren Tor.

Immer noch nichts.

Die dritte Tür blieb ebenfalls verschlossen. Dafür sprang die vierte auf.

„Wie gesagt", verkündete die Gelehrte, „das System funktioniert immer noch. Heute wird ja gemeinhin angenommen, dass unsere Vorfahren ziemlich primitiv waren – aber das stimmt nicht. Ich glaube sogar, dass selbst die männlichen Vertreter der menschlichen Gattung zu mehr zu gebrauchen waren, als wir heute vermuten."

Chi-Mai warf Xui einen kurzen Seitenblick zu und kicherte leise. Unvorstellbar, dass die hünenhaften, haarigen Männchen mit ihrem übermäßigen Sexualtrieb in der Lage gewesen sein sollten, auch nur einen vernünftigen Gedanken zu fassen. Für sie waren das keine Menschen, sondern Tiere.

Juilla Tia ging als Erste durch die Tür, ihre Studentinnen folgten ihr. Als auch die letzte den Eingangsbereich verlassen hatte, fiel die Tür mit einem lauten Klick ins Schloss.

Der Raum wirkte völlig anders als die elegante Empfangshalle. Die gewölbte Decke war viel niedriger, die Wände waren in leuchtenden Farben gehalten. In der Zimmermitte lag ein runder Teppich, der von Formplastiken und seltsamen Konstruktionen aus zurechtgebogenem Metall umgeben war. Links und rechts an den Wänden türmten sich Kisten mit leuchtend bunten Gegenständen, und an der gegenüberliegenden Wand befanden sich mehrere Computerterminals. Dazwischen saß eine Frau.

„Sehen Sie? Das ist eine von den Gynoiden, von denen ich eben gesprochen habe." Mit einem zufriedenen Lächeln auf den Lippen durchquerte Juilla Tia den Raum.

„Ist das hier ein Museum?", erkundigte sich Que-Li. „Oder eine Kunstgalerie?"

„Weder noch, wir befinden uns in einer Art Spielzimmer", erwiderte die Dozentin. „Genau genommen handelt es sich um eine Kinderkrippe.

Hier haben die Erwachsenen ihren Nachwuchs abgegeben, während sie ihre Arbeitszeit abgelten mussten. Der frauenähnliche Roboter hier, der Gynoid also, hatte die Funktion einer Aufseherin, man hat damals auch ‚Erzieherin' oder ‚Nanny' dazu gesagt. Ich glaube, das hier ist eine alte Version des Modells ‚Eiserne Jungfer'."

„Ich bin die Eiserne Jungfer Nr. 4, du freches Früchtchen", antwortete der Gynoid und erhob sich.

Sofort trat Chi-Mai einen Schritt zurück und stolperte dabei fast über ihre eigenen Füße. Über ihr erhob sich der Gynoid. Die menschenähnliche Roboterfrau war fast doppelt so groß wie sie selbst und dazu äußerst stabil gebaut. Sie hatte enorm breite Schultern, ein ausladendes Becken, dicke Brüste sowie kräftige Arme und Beine. Das runde, stark gerötete Gesicht der Nanny wirkte nicht minder bedrohlich. Die dünnen Lippen hatte sie fest zusammengepresst. Umso größer waren die Augen, die von ihrer Gestaltung her wohl eigentlich gutmütig wirken sollten, aber seltsam leblos wirkten. Das stahlgraue Haar des Gynoiden war zu einem straffen Knoten hochgesteckt.

Auch Juilla Tia war schnell zurückgewichen, als die Roboterfrau plötzlich angesprungen war. Schnell fing sie sich wieder und verbeugte sich höflich. „Guten Tag", setzte sie an und lächelte vorsichtig. „Ich bin Juilla Tia, Gelehrte und Dozentin für die Geschichte politischer Systeme am Bildungsinstitut Laig. Darf ich fragen, mit wem ich gerade die Ehre habe?"

„Du kannst Nanny zu mir sagen, junge Dame", erwiderte der Gynoid. „Aber was ist das hier eigentlich für ein Auflauf? Meine Güte! Gleich neun Stück auf einmal, und alles Mädchen! Windeln habt ihr auch keine an, wie es aussieht. Ts-ts-ts, als hätte ich nicht schon genug zu tun! Na, hilft ja alles nichts, also frisch ans Werk! Heute sind zum Glück keine frechen kleinen Jungs da, die zugucken könnten, da erledigen wir es gleich hier auf dem Teppich. So, Mädels, und jetzt stellt euch schön brav hintereinander auf!"

„Ich fürchte, Sie irren sich", begann Juilla Tia, als die riesige Roboter-

Nanny auf sie zusteuerte. „Wir sind nicht Ihre Schützlinge. Ich bin Geschichtsdozentin, und das hier sind meine Studentinnen. Wir sind alle erwachsen."

„Papperlapapp", erwiderte die Nanny. „Ihr reicht doch gerade mal bis zur Tischkante, alle miteinander."

„Ja, weil die Menschheit in den letzten sechs Jahrhunderten wieder ein Stück kleiner geworden ist", erklärte Juilla Tia schnell. „Das wurde absichtlich so eingerichtet, um den Pro-Kopf-Verbrauch gering zu halten. Und das Unternehmen Albion Surity gibt es schon seit sechshundert Jahren nicht mehr. Ihr Steuerungssystem funktioniert zwar noch, ist aber völlig veraltet."

„Alles Märchen vom roten Bärchen", lachte die Nanny. „Deine Geschichten kannst du uns später erzählen, Miss Julia. Jetzt erst mal ab auf den Teppich mit euch! Solange ich das Sagen habe, gibt es hier keine Schweinereien."

Hinter Chi-Mai kicherten die Zwillingsschwestern Sui-Ei und Sui-Vei. Juilla Tia warf ihnen einen mahnenden Blick zu, dann wandte sie sich wieder an den Gynoiden. Ganz ruhig sagte sie: „Überprüfen Sie doch bitte nochmal Ihre Personenerkennungs-Software, Eiserne Jungfer Nr. 4. Ich vermute nämlich, dass sich da ein Fehler eingeschlichen hat. Wenn alles wieder richtig läuft, sollte sofort klar sein, dass Sie mit erwachsenen Menschen sprechen."

„Da habe ich es ja mit einer richtigen kleinen Lady zu tun", stellte die Nanny fest. „Bist wohl das Töchterchen des Geschäftsführers? Tja, Miss Geschäftsführertochter Julia, du weißt bestimmt, was mit kleinen frechen Ladys passiert, die nicht auf ihre Nanny hören wollen? Egal, wessen Tochter sie sind?"

„Ich bin erwachsen", beharrte Juilla Tia.

„Schauen Sie doch mal her …"

Sie öffnete den Gürtel ihrer Tunika und hob den Stoff hoch, um der riesigen Roboterfrau ihre Brüste zu zeigen. „Wie Sie sehen, bin ich körperlich voll entwickelt und verfüge über alle Voraussetzungen für die Laktation."

„Du liebe Güte!" rief die Nanny aus. „Du bist ja eine richtige kleine Angeberin … und wirfst auch noch mit Fremdwörtern um dich. Ich sage es ungern noch einmal, aber dieses Benehmen kann ich nicht durchgehen lassen. Jetzt aber ab auf den Teppich, ihr alle!"

Zackig klatschte sie in die Hände und trat ein Stück vor. Que-Li, Ana und Lui Zei bewegten sich ebenfalls auf den Teppich zu und beobachteten den riesigen Gynoiden dabei verängstigt. Der Rest der Gruppe versteckte sich hinter Juilla Tia. Die Dozentin zog ihre Fernsteuerung aus der Tasche und richtete sie auf die Nanny.

„Kommt gar nicht infrage!" fuhr der Roboter sie an und langte mit einem riesigen Arm nach dem Gerät – so schnell, das Juilla Tia keine Chance hatte.

„Du weißt genau, dass du kein eigenes Spielzeug mitbringen darfst, Miss Julia, das gibt nur Neid und böses Blut. Das war jetzt übrigens schon meine dritte Verwarnung in nur drei Minuten, junge Dame. Beim nächsten Mal kriegst du Ärger."

Juilla Tia wollte etwas sagen, biss sich dann aber schnell auf die Lippen. Die Nanny ließ die einkassierte Fernbedienung in einer Innentasche ihres Kittels verschwinden und stellte sich mitten auf den runden Teppich. „Schluss mit dem Quatsch", sagte sie. „Jetzt werden Windeln angezogen. Mit wem soll ich anfangen?"

Niemand rührte sich.

„Nun mal nicht so schüchtern", sagte die Nanny. „Hier gucken keine Jungs zu, und wir wissen doch alle, wie Mädchen unten rum aussehen, oder? Also los! Wie heißt du denn, meine Kleine?"

„Ana." Sofort wich die junge Frau einen Schritt zurück.

„Also gut, Miss Anna", erwiderte die Nanny. „Dann bist du die Erste." Mit ihrem großen, kräftigen Arm langte sie nach Ana, die kreischend versuchte, sich loszureißen.

„Verhalten Sie sich möglichst ruhig", empfahl Juilla Tia ihrer Studentin schnell.

„Genau", bestätigte die Nanny und kniete sich auf den Teppich. „Herrje, ich verstehe gar nicht, warum ihr so ein Theater macht, wegen nichts und wieder nichts! Dabei gehört ihr doch ordentlich gewindelt – in eurem Alter!"

„Ich bin neunzehn!" protestierte Ana lautstark und trat um sich, bis Nanny mit ihrer Riesenhand beide Knöchel umgriff und zu Boden drückte.

„Ganz ruhig, Ana", redete Juilla Tia auf ihre Studentin ein. „Sie wird Sie auf keinen Fall verletzen, das ist eine der Grundeinstellungen im Programm."

Statt einer Antwort wimmerte Ana nur leise. Völlig wehrlos lag sie jetzt am Boden, während ihr die Nanny die Beine in den Teppich drückte.

Wie gebannt sah Chi-Mai dabei zu, wie der Gynoid ihrer Mitstudentin eine Windel anzog. Das ging sehr schnell. Jeder Handgriff saß, und die Nanny summte dabei fröhlich vor sich hin. Erst zog sie Anas Tunika hoch, sodass ihr knapper schwarzer Slip zum Vorschein kam. Die Nanny gab einen missbilligenden Laut von sich und riss ihr das Höschen herunter, da konnte Ana kreischen und sich winden, wie sie wollte. Als Nächstes hob die Riesenfrau die Beine des Mädchens hoch. Jetzt konnten alle ihre rosa Muschi sehen – und die kleine braune Vertiefung darunter.

Zunächst wischte die Nanny ihr das Geschlechtsorgan und den Analbereich mit einem feuchten Tuch ab. Dann wurde Ana trocken gerubbelt. Mit einer dicken Quaste brachte der Gynoid Puder auf, anschließend massierte die Nanny mit kräftigen Fingern eine blassgelbe Creme in die äußeren Schamlippen und um den Anus herum ein.

Immer noch hielt sie Anas Beine fest umklammert und kümmerte sich gar nicht darum, dass die junge Frau sich vor Scham wand. Schließlich zog die Nanny eine große pinkfarbene Windel aus der vorderen Tasche ihres Kittels. Sie öffnete das Klebeband, schob den Zellstoff unter Anas

Hintern, zog die Windel zwischen ihren Beinen hoch und befestigte sie an den Seiten. Dann ließ sie das Mädchen los.

„Na also", sagte die Nanny freundlich. „War doch gar nicht so schlimm, oder?"

Ana stand auf. Sie war knallrot angelaufen und schluchzte vor Scham. Ihr schwarzer Slip war irgendwo in der voluminösen Kittelschürze der Nanny verschwunden. Und obwohl Ana ihre Tunika wieder runtergezogen hatte, wölbte sie sich deutlich über Hintern und Bauch, und zwischen ihren Beinen schaute die bauschige, pinkfarbene Windel hervor. Einige ihrer Mitstudentinnen kicherten. Es klang eindeutig nervös.

Ana schlüpfte an den anderen Mädchen vorbei und versteckte sich hinter ihnen. Sie hob die Tunika an und zog an der Windel. Chi-Mai versuchte ihr zu helfen, aber der Klebeverschluss war nicht mehr aufzukriegen – die beiden Seiten schienen fest miteinander verschmolzen zu sein.

„Ich sehe ganz genau, was du da gerade machst, Miss Anna", rügte die Nanny sie. „Und dich sehe ich auch, junge Dame. So geht das nicht!"

Sofort wich Chi-Mai zurück, und Ana zog schnell die Tunika wieder herunter. „So ist es brav", sagte die Nanny. „Ich bin nämlich heute auf ‚Goldener Nachmittag' programmiert, und wir wollen doch das System nicht durcheinanderbringen. Also dann, wer kommt als Nächstes?"

Alle Studentinnen hatten sich zurückgezogen, keine stand mehr auf dem runden Teppich in der Mitte. Nur Juilla Tia war nicht von der Stelle gewichen. Mit fester Stimme wandte sie sich an die Roboterfrau: „Wir möchten jetzt gehen, Nanny", sagte sie. „Bitte geben Sie mir mein Steuergerät zurück."

Die Nanny zögerte keine Sekunde. Blitzschnell langte sie nach der Dozentin und umschloss ihr Bein mit einer riesigen Hand. Instinktiv wich Juilla Tia zurück – zu spät! Der Gynoid hatte sie gepackt. Sie leistete keinen Widerstand, aber auf ihrem Gesicht spiegelten sich Angst und Scham wider. Chi-Mai wurde sofort klar, dass diese Gefühle berechtigt waren.

Seelenruhig und ohne mit der Wimper zu zucken, verschlte die Nanny der Gelehrten Juilla Tia kräftig den Hintern. Dabei ging der Gynoid genauso zügig und ökonomisch vor, wie sie vorhin Ana in ihre Windel gesteckt hatte. Sie legte die Dozentin übers Knie, behielt sie dabei fest im Griff und schob die Tunika hoch. Darunter kam ihr kleines, festes Hinterteil zum Vorschein, das in einem schlichten weißen Slip steckte. Die Nanny ignorierte konsequent Juilla Tias Protestgeschrei und sämtliche Aufforderungen, sie wieder loszulassen. Stattdessen zog sie ihr grob den Slip herunter und warf ihn auf den Boden.

Kaum war Juilla Tias knackiger rosa Po entblößt, warf die Dozentin die eigenen Ermahnungen über den Haufen und wehrte sich mit aller Kraft. Unter den kräftigen Händen der Nanny wand sie sich verzweifelt und trat um sich, aber vergeblich – stattdessen bekamen ihre Studentinnen ihre aufgeworfene Honigblüte und das kleine rosa Afterloch zu sehen.

Die Nanny machte unbeirrt weiter. Der pralle Po der Lehrerin vibrierte unter den festen, zielsicheren Schlägen. Rote Striemen zeichneten sich auf der Haut ab, als die Tortur vorbei war. Juilla Tia schnappte nach Luft.

„Da siehst du, was passiert, wenn kleine Mädchen frech werden, Miss Julia. Dann lege ich sie nämlich übers Knie und ziehe ihnen das Höschen runter. Und – klatsch-patsch – ab geht's. Da kannst du zehnmal die Tochter des Geschäftsführers sein, du musst ausbaden, was du dir eingebrockt hast. Einfach wieder abhauen, das gibt es bei mir nicht. Das treibe ich dir schnellstens aus, meine Kleine, zwölf knackige Hiebe müssten reichen ..."

Prompt setzte es zwölf Schläge auf Juilla Tias zuckendes Hinterteil.

„Und dann auch noch mit mitgebrachten Geräten herumspielen! Dabei weißt du genau, dass das verboten ist. Dafür gibt's noch mal ein Dutzend ..."

Sofort legte die Nanny los.

„Und zu allem Überfluss hältst du uns deinen kleinen Busen unter die Nase. Da muss man sich ja schämen! Dafür kriegst du zwei Dutzend obendrauf und kannst dich glücklich schätzen, dass ich nicht gleich das Paddel hole."

Juilla Tia konnte kreischen, wie sie wollte – es half alles nichts. Aus ihrem lautstarken Protest wurden schnell Schmerzensschreie.

„Und dann behauptet sie, ich sei ein altes Modell", schloss die Nanny und holte weit mit ihrem riesigen Arm aus, um der Dozentin noch ein paar kräftige Schläge auf den Hintern zu klatschen.

Juilla Tia trat wie wild um sich und stieß dabei laute spitze Schreie aus. Ihre Beine waren weit gespreizt, sodass man deutlich ihre Muschi und ihren Anus sah. Sie zitterte vor Schmerzen. Wie gebannt schauten ihre Studentinnen zu. Einige waren völlig schockiert, andere kicherten nervös. Die Hände hatten sie entweder vor den Mund geschlagen oder schützend über ihre empfindliches Hinterteil gelegt.

„... und der hier soll dir Glück bringen!" schloss die Nanny und verpasste Juilla Tia einen letzten gezielten Klaps. Ihr Po war inzwischen scharlachrot und geschwollen.

Als der Gynoid sie endlich, endlich losließ, versuchte die Dozentin aufzustehen.

„Hey! Wo willst du denn hin, Miss Julia?" wollte die Nanny wissen. „Ohne Windel?"

Juilla Tia setzte sich und ließ den Kopf sinken. Sofort war die Nanny wieder zur Stelle. Sie hob die Beine der Frau, säuberte Scheide und Anus, puderte und cremte alles sorgfältig ein. Auch ihr rotes Hinterteil versorgte die Nanny, sie rieb eine dicke weiße Salbe auf die schmerzenden Pobacken, während sie die Beine der Dozentin auf Brusthöhe festhielt, sodass ihr gesamter Intimbereich gut sichtbar war. Dann erst zog die Nanny ihr eine Windel an und gab sie frei.

Juilla Tia rieb sich das Hinterteil durch den dicken Zellstoff hindurch. Sie wirkte entsetzt.

Inzwischen hatten sich alle Studentinnen auf dem Teppich eingefunden. Zu deutlich hatten sie mitbekommen, was ihnen blühte, wenn sie weiter Widerstand leisteten. Keine von ihnen wollte sich den Hintern versohlen zu lassen, allerdings war auch niemand scharf darauf, Windeln zu tragen.

Also versuchten alle, sich dezent im Hintergrund zu halten, ohne dass es den Anschein erweckte, als wollten sie sich ernsthaft dagegen wehren.

Die Nanny, die immer noch mitten auf dem Teppich saß, lächelte zu ihnen hoch und klopfte neben sich auf den Boden. „Also wirklich, ihr seid vielleicht scheu“, tadelte sie die Mädchen. „Jetzt aber los, oder muss ich euch erst alle vermöbeln? Du da drüben, wie heißt du?“

„Lui Zei.“ Die Antwort kam als ängstliches Flüstern. Sofort wichen die anderen zurück.

„Dann komm doch mal her, Miss Lucy“, befahl die Nanny. In ihrer festen Stimme klang eine unausgesprochene Drohung mit.

Lui Zei folgte der Anweisung und kniete sich auf den Teppich. Augenblicklich griff die große Frau nach ihr, zog ihr den Slip herunter, säuberte sie und steckte sie in eine Windel. Verschämt stellte sich das Mädchen wieder zu den anderen und versuchte dabei, die auffällige pinkfarbene Wölbung unter ihrer Tunika hinter vorgehaltenen Händen zu verbergen.

Chi-Mai wollte es auch endlich hinter sich bringen, sie kam ein paar Schritte vor. Die Nanny schnappte sie sich, umfasste ihre Knöchel und hob ihre Beine an. Beschämt schloss Chi-Mai die Augen, während ihr der Gynoid das Höschen herunterriss. Jetzt war zwar ihr gesamter Intimbereich für alle Umstehenden deutlich zu sehen, aber immerhin versohlte ihr niemand dabei den Hintern.

Vorsichtig berührte die Nanny Chi-Mais äußeres Geschlechtsorgan, wischte mit einem feuchten Tuch erst die Schamlippen ab, dann schob sie den Finger kurz in ihren Anus. Als Nächstes wurde sie gepudert, dann rieb der Gynoid sie mit Creme ein. Mit ihren großen Fingern massierte die Nanny behutsam ihre Klitoris. Unwillkürlich zuckte Chi-Mai zusammen, und die Zwillinge kicherten – auch als die Cremeprozedur am After fortgesetzt wurde. In pinkfarbener Windel lief sie zu den anderen zurück.

Danach war Xui dran, dann Que-Li und schließlich der Rest. Keiner der Studentinnen blieb es erspart, sich vor den anderen entblößen zu lassen, alle mussten ihre rosa Schamlippen und den winzigen Anus zur Schau stellen. Und alle mussten sie die gleiche peinliche Prozedur über sich ergehen lassen. Am Ende standen die neun jungen Frauen fertig gewindelt nebeneinander, rot bis an die Haarwurzeln.

„Das ist alles furchtbar schlecht organisiert“, schimpfte die Nanny in Richtung Zimmerdecke. „Jetzt habe ich nur noch zwei Windeln übrig. Also, so was!“ Stirnrunzelnd konzentrierte sie sich weiter auf die Zimmerdecke.

„Sie versucht gerade, Verbindung mit dem Hauptsteuerungssystem aufzunehmen“, raunte Juilla Tia ihren Studentinnen zu. „Wenn wir Glück haben, erfährt sie auf diese Weise, dass überhaupt keine Kinder hier sein sollten, um die sie sich kümmern müsste.“

Die Nanny klatschte in die Hände. „So, Mädels. Als Nächstes steht Freies Gestalten auf dem Programm.“

Einige der jungen Frauen warfen sich besorgte Blicke zu, wirkten aber gleich erleichtert, als der Gynoid nicht etwa auf sie zukam, sondern stattdessen wieder Position zwischen den Monitoren einnahm. Juilla Tia ließ sich auf den Teppich sinken. Als sie die Windel an ihrem Po spürte, verzog sie ärgerlich das Gesicht. Chi-Mai setzte sich neben sie, die anderen taten es ihr nach. Die Nanny kümmerte sich nicht weiter um die Frauen, sondern versuchte stattdessen, einen der Bildschirme in Betrieb zu nehmen.

„Wie kommen wir hier wieder raus, Frau Gelehrte?“, erkundigte sich Mia Ki.

„Das dürfte eigentlich nicht so schwer sein“, erwiderte Juilla Tia. „Die Nanny ist so programmiert, dass sie in erster Linie für unser Wohlergehen sorgen muss. Und bald sind alle ihre Vorräte verbraucht. Da das Hauptsteuerungssystem nicht funktioniert, muss sie früher oder später den Raum verlassen.“

„Ja, aber können wir dann auch raus?“ hakte Ana nach.

„Höchstwahrscheinlich schon“, erwiderte Juilla Tia. „Das hängt ganz von ihrem Verhaltensprogramm ab. Meinte sie nicht, es hieße ‚Goldener

Nachmittag'? Das sagt mir zwar erst mal nichts, aber wahrscheinlich darf sie uns nicht allein lassen. In dem Fall bräuchten wir also bloß zu warten, bis irgendein Vorrat aufgebraucht ist. Und wenn wir dann mit ihr draußen sind, müssen wir schnell in alle Richtungen weglaufen. Sie kann uns unmöglich alle einfangen. Diejenigen, die ihr entwischen, holen dann Hilfe."

„Und die anderen bekommen wahrscheinlich den Hintern versohlt – so wie Sie, oder?" erkundigte sich Que-Li.

„Ich fürchte ja", erwiderte Juilla Tia und erschauerte. Die acht Studentinnen um sie herum spürten in diesem Moment deutlich die acht Windeln an ihren acht Hinterteilen.

„Wir haben bald Mittag", fuhr Juilla Tia fort. „Genau wie heute hat man damals zu dieser Uhrzeit etwas zu sich genommen. Wir können wohl davon ausgehen, dass es hier keine brauchbare Nahrungsquelle mehr gibt, vielleicht ist man mit den Kindern sogar in die Kantine gegangen. Da hätten wir auf jeden Fall eine gute Gelegenheit, ihr zu entkommen."

„Und was tun wir in der Zwischenzeit?" hakte Chi-Mai nach.

„In der Zwischenzeit verhalten wir uns möglichst unauffällig." Juilla Tia schaute vorsichtig über die Schulter zur Nanny hinüber. „Immerhin wissen wir jetzt ungefähr, wie ihr Programm schlechtes Benehmen definiert. So, wie sie mit mir verfahren ist, stammt das Programm ‚Goldener Nachmittag' vermutlich noch aus der späten Christenzeit. In diesem Fall wäre Lügen ein schlimmes Vergehen, ebenso vulgäres Verhalten – es ist allerdings schwer zu erklären, was das genau bedeutet. Möglicherweise wurde auch Feigheit bestraft, aber wohl hauptsächlich bei Jungen. Am besten, Sie bleiben einfach ruhig sitzen, dann kann nichts Schlimmes passieren."

Die Mädchen nickten. Immer wieder sahen sie besorgt zur Nanny, die einen Monitor nach dem anderen einschaltete – ohne Resultat. Die riesige Frau runzelte die Stirn. Chi-Mai beobachtete sie aufmerksam, während sie angestrengt über einen guten Fluchtplan nachdachte. Wenn ihr etwas Kluges einfiele, würden alle anderen sie bewundern, ganz besonders Juilla Tia. Wie ihre Dozentin schon gesagt hatte, hing die Lösung wahrscheinlich mit dem Steuerungsprogramm der Nanny zusammen.

Chi-Mai war immer noch tief in Gedanken versunken, als Juilla Tia plötzlich aufstand. „Ich probiere jetzt aus, was passiert, wenn ich sie um etwas zu essen bitte", verkündete sie.

Inzwischen saß die Nanny wieder an ihrem gewohnten Platz. Sie musterte die Dozentin aufmerksam. „Willst du dich bei mir entschuldigen, Miss Julia?" fragte sie. „Das hast du nämlich noch nicht getan."

Einen Moment lang wirkte Juilla Tia verwirrt, dann hob sie ihre Tunika am Saum an, dass die Windel zum Vorschein kam, und ging ein Stück in die Knie. „Es tut mir leid, Nanny", sagte sie leise.

„Ich verzeihe dir", erwiderte der Gynoid. „Wenn du so einen schönen Knicks für mich machst … Allerdings finde ich dein modernes Kleidchen viel zu kurz, das ist ja schon unanständig! Außerdem ist Schwarz gar keine passende Farbe. Mädchen sollten Rosa tragen, Jungen Hellblau. Das ist eine ganz einfache und vernünftige Regel."

„Ja, Nanny", sagte Juilla Tia. „Ich habe Hunger, Nanny. Wir haben alle Hunger."

„Du bist ziemlich keck, Miss Julia, das muss ich schon sagen", gab die Nanny zurück. „Dabei habe ich dir gerade erst den Hintern versohlt, und du hast noch nicht mal geweint. Wackeres kleines Bürschchen … aber ein Junge bist du nicht, oder? Nein, das bist du nicht." Mit veränderter Stimme sprach sie weiter: „*Penis: Nein. Vulva: Ja. Weiblich. Kleines Mädchen. Name: Julia. Unverschämt. Bestrafung durchgeführt. Strafe: Prügel. Durchführung: manuell. Kontaktaufnahme mit dem Steuerungszentrum … keine Verbindung.*"

Die Nanny verstummte und starrte wieder mit glasigem Blick in Richtung Zimmerdecke. Schnell trat Juilla Tia einen Schritt zurück.

Als die Nanny sich wieder zu Wort meldete, wirkte sie deutlich ruhiger. „Du liebe Güte … ich bin ja ganz durcheinander. Was meintest du gerade, Miss Julia?"

„Wir haben Hunger, Nanny“, wiederholte Juilla Tia.

„Du bist ziemlich keck, Miss Julia, das muss ich schon sagen“, antwortete die Nanny, genau wie beim ersten Mal. „Dabei habe ich dir gerade erst den Hintern versohlt, und du hast noch nicht mal geweint. Wackere kleine Prinzessin. Und stimmt, wir haben jetzt Mittagszeit. Also los, Mädels, runter vom Teppich. Du auch, Lucy.“

Der Gynoid stand auf, und Lui Zei sprang blitzschnell vom Teppich, der plötzlich flimmerte. Vor den Augen der Mädchen veränderte sich seine Farbe; aus dem gelb-blau-roten Muster wurde eine reinweiße Fläche. Gleichzeitig wuchs darunter ein großer runder Sockel aus dem Boden, rundherum erschienen in gleichmäßigen Abständen Sitzplätze.

„Setzt euch, Kinder“, wies die Nanny sie an und schritt zügig zu einer Wand.

Zögernd gehorchten die jungen Frauen. Sie warteten, bis Juilla Tia Platz genommen hatten, dann taten sie es ihr nach. Gerade hatte die Nanny eine Hand nach der Wand ausgestreckt, da drehte sie sich abrupt um. „Also wirklich, Mädels“, rief sie aus, „ich glaube es ja wohl nicht! Miss Julia, Miss Anna, Miss Lucy – gerade von euch hätte ich das nicht erwartet. Wollt ihr euren kleinen Freundinnen gegenüber denn nicht mit gutem Beispiel vorangehen und ihnen zeigen, wie wir uns bei Albion Surity zu benehmen haben?“

„Wir …“, begann Juilla Tia, dann hielt sie inne. „Doch, Nanny.“

„Sehr gut. Und was tun wir vor jeder Mahlzeit? Miss Lucy?“

Lui Zei sah fragend zu Juilla Tia hinüber, die allerdings mit den Schultern zuckte.

„Na, na, Miss Lucy“, rügte die Nanny sie. „Du sollst nicht deine kleinen Freundinnen fragen, sondern selbst antworten. Du weißt nämlich ganz genau, was ich meine.“

„Es … es tut mir leid, Nanny“, stammelte Lui Zei. „Ich habe keine Ahnung.“

„Miss Lucy!“

„Ich … entschuldigen Sie bitte, Nanny, aber ich weiß es wirklich nicht!"

„Ich fasse es nicht!" rief die Riesenfrau aus. „Bockiges kleines Ding! Dass ich so was noch mal erleben muss, was ist heute bloß los mit euch? Ihr wisst alle ganz genau, dass wir immer erst ein Tischgebet sprechen. Wer so bockig ist, gehört bestraft!"

„Aber ich weiß nicht, was ein Tischgebet ist", weinte Lui Zei.

„Lui Zei!" zischte Juilla Tia der Studentin zu.

Die Nanny beugte sich über die Tischplatte. „Was für ein Quatsch!" empörte sie sich. „Du unverschämtes, freches Mädchen, dir bringe ich gleich Respekt bei. Für dich gibt's den Rohrstock!"

Sie langte nach Lui Zei und zog die junge Frau am Ohr einmal quer über den Tisch. Lui Zei kreischte und wand sich, aber die Nanny hatte mit zwei Griffen ihre Windel geöffnet, sodass Lui Zeis knackiger runder Po zum Vorschein kam. Schnell wichen die anderen Studentinnen zur Seite, und die Nanny hob ihren rechten Arm, in dem sie einen langen dünnen Stab hielt – vermutlich aus Holz. Lui Zei schaute sich noch einmal um, dann schrie sie laut auf: erst in heller Panik, dann vor Schmerz, als der Rohrstock auf ihre nackten Pobacken herunterschnellte.

„Was … passiert hier gerade?" erkundigte sich Ana fassungslos.

„Ich … ich weiß es nicht", stammelte Juilla Tia. „Ihr Programm stammt noch aus der späten Christenzeit. Das war eine harte, barbarische Epoche. Wahrscheinlich handelt es sich bei diesem Tischgebet um ein Ritual. Schnell, steht alle auf!"

Lui Zei stieß einen spitzen Schrei aus. Der Rohrstock klatschte gerade zum zweiten Mal auf ihren bloßen Hintern. Wie wild trat sie um sich und trommelte dabei mit den Fäusten auf die Tischplatte. Verzweifelt versuchte sie, sich aus dem festen Griff der Nanny zu befreien. Vergeblich. Ein fester Hieb nach dem anderen landete zielsicher auf ihrem zuckenden Po, bis ihre vorher noch blütenweiße Haut mit roten Striemen überzogen war. Sie hörte nicht auf, sich zu wehren, und schien sich gar nicht darum zu scheren, dass ihr Geschlechtsteil und ihr Anus deutlich sichtbar waren.

Plötzlich verlor sie völlig die Kontrolle über sich und furzte laut.

Die Nanny erstarrte mitten in ihrer Bewegung, der Rohrstock vibrierte über ihrem Kopf in der Luft.

Schließlich begann sie zu sprechen: „*Übersteuerung. Stockkapazität ausgereizt. Kontaktaufnahme mit der Wartungszentrale. Keine Verbindung …* Das soll dir eine Lehre sein, junge Frau! Unmöglich!"

Die Nanny ließ Lui Zei los, steckte den Stock weg, zog ihr die Windel hoch und schloss sie wieder. „Und jetzt entschuldigst du dich, Miss Lucy", wies sie die junge Frau an.

„Es tut mir leid, Nanny", sagte Lui Zei sofort. „Wirklich."

Die Nanny ging zur Wand zurück. Ganz langsam stand Lui Zei auf – als könnte sie immer noch nicht begreifen, was ihr eben passiert war. Vorsichtig tastete sie nach ihrem Hinterteil und berührte die Windel darüber. Die junge Frau zitterte am ganzen Körper. Ihr standen die Tränen in den Augen; eine nasse Spur zog sich schon über eine Wange.

Xui hielt ihrer Freundin die Hand hin. Laut schluchzend griff Lui Zei danach. Hin und wieder zuckte sie vor Schmerz zusammen und schnappte schniefend nach Luft. Entsetzt und voller Mitgefühl beobachteten ihre Mitstudentinnen sie. Allmählich beruhigte sie sich wieder; ihr Schluchzen wurde immer leiser, bis sie nur noch ein Wimmern von sich gab und schließlich ganz verstummte.

Die jungen Frauen standen um den Tisch herum. Keine wagte es, sich zu setzen, während die Nanny an der Wand mit irgendeiner Aufgabe beschäftigt war. Schließlich wandte sie sich wieder zu ihnen um, und sofort waren acht ängstliche Augenpaare auf Juilla Tia gerichtet.

Die Dozentin machte einen Knicks. „Mögen Sie vielleicht heute das Tischgebet durchführen, Nanny?" schlug sie vor. „Wir … wir würden uns sehr darüber freuen."

„Ach, Miss Julia, du bist wirklich eine aufmerksame junge Dame", erwiderte die Nanny freundlich. „Seht ihr, Mädels? Es bringt nämlich eine Menge, euch konsequent den Hintern zu versohlen."

Lächelnd stellte sich der Gynoid zu ihnen an den Tisch und drückte die Handflächen vor der Brust zusammen. Dann schloss sie die Augen. „Lieber Gott, wir danken dir für deine Gaben. Amen. So, und jetzt dürft ihr euch setzen – sofern die freche Miss Lucy dazu überhaupt noch in der Lage ist."

Leise lachend ging die Nanny wieder zur Wand. Als sie kurz davor stehen blieb, glitt eine Platte zur Seite. Dahinter kam ein Regal zum Vorschein, auf jedem Bord stand ein kleines Tablett. Chi-Mai hatte sich inzwischen so unauffällig wie möglich hingesetzt. Sie hatte eine Heidenangst davor, einen Fehler zu machen und dafür ohne nachvollziehbaren Grund so qualvoll leiden zu müssen wie Lui Zei. Inzwischen hatte die Nanny zwei Tabletts aus der Nische geholt und eines davon vor Chi-Mai abgestellt.

Auf dem Tablett stand ein Teller mit einem Klacks aus einer hellen, halbfesten Substanz. Daneben lagen vier grasgrüne unregelmäßig geformte kugelartige Gebilde und außerdem zwei flache rosafarbene Rechtecke. Neben dem Teller stand ein Schüsselchen, in dem sich ebenfalls ein halbfester Klacks befand, der diesmal unter einer knallgelben dickflüssigen Soße versteckt war. Der pikante Geruch des Hauptgerichts vermischte sich in Chi-Mais Nase mit dem süßlichen des Nachtischs. Fragend sah sie Juilla Tia an. Als die Dozentin nickte, stach Chi-Mai vorsichtig mit der Gabel in eine der grünen Kugeln.

„Na, na, junge Dame", sagte die Nanny und stellte sich wieder an den Tisch. Ihr Tonfall klang auf bedrohliche Weise vertraut. Chi-Mai erstarrte und ließ sofort die Gabel wieder sinken.

„Dieses Benehmen!" beschwerte die Nanny sich. „Dabei ist es gar nicht schön, so gierig zu sein, oder?"

„Nein, Nanny, es tut mir leid, Nanny", erwiderte Chi-Mai schnell.

„Und wie heißt du?"

„Chi-Mai."

„May? Das ist aber ein hübscher Name! Trotzdem musst du warten, bis die anderen ihr Essen haben. Dann erst darfst du anfangen. Wie heißt es doch so schön: Reine Wäsch' und Höflichkeit zieren einen allezeit." Die Nanny stellte noch ein paar Tabletts auf den Tisch und wandte sich wieder ab. Erleichtert atmete Chi-Mai auf. Das Herz schlug ihr bis zum Hals, und zwischen ihren Schenkeln fühlte es sich nass und warm an. Sie errötete, als ihr klar wurde, dass sie sich vor Angst ein bisschen in die Windel gemacht hatte.

Da kam ihr eine Idee: Im Gegensatz zu Juilla Tias Annahme war das Steuerungssystem offenbar immer noch in der Lage, sie mit Essen zu versorgen. Trotzdem erschien der Grundgedanke hinter dem Plan der Dozentin einleuchtend, und immerhin hatte die Nanny vorhin gesagt, dass ihr bald die Windeln ausgingen. Wenn sie also bei zwei zusätzlichen Schützlingen schon in Schwierigkeiten gekommen wäre, konnte das nur heißen, dass sie nur noch ein oder zwei Stück übrig hatte.

Auf einmal war Chi-Mai das weitere Vorgehen klar, wenn sie die Vorstellung auch schrecklich unangenehm fand. Allerdings hielt sie es nicht für unwahrscheinlich, dass die Nanny ihr wegen der nassen Windel den Hintern versohlen würde – so, wie sie eben auf Lui Zeis Unkenntnis des Tischgebets reagiert hatte!

Für Chi-Mai wäre es schon schlimm genug, überhaupt verprügelt zu werden. Aber dann auch noch mit nassem Po und vor den Augen ihrer Mitstudentinnen … undenkbar! Trotzdem wollte sie ihre Idee gern weitergeben, vielleicht konnte ja jemand anders sie umsetzen? Also lehnte sie sich zu Juilla Tia hinüber und flüsterte ihr alles ins Ohr.

„Miss May!" donnerte die Nanny plötzlich los. „Was habe ich eben zum Thema gutes Benehmen erzählt? Flüstern ist unhöflich, das weißt du ganz genau! Und ich warne dich nicht noch einmal, Miss May."

„Ja, Nanny, es tut mir leid, Nanny", brachte Chi-Mai hervor.

„Schon gut, aber vergiss nicht, was mit frechen kleinen Mädchen passiert", warnte der Gynoid sie. „Und jetzt iss dein Mittagessen."

Chi-Mai nahm die Gabel in die zitternden Finger und ließ sie sofort wieder fallen. Als die Nanny sie angefahren hatte, hatte sie sich so erschreckt, dass sie ihr Pipi schon wieder nicht hatte zurückhalten können. Inzwischen fühlte sich die Windel an ihrer Muschi ziemlich durchnässt an. Die Nanny hatte sie nun schon zweimal verwarnt, und sie hatte keine Ahnung, was die große Roboterfrau als Vergehen werten würde.

Das Essen schmeckte seltsam, der helle Brei war fade, hatte aber einen unangenehmen Nachgeschmack. Die grünen Kugeln waren matschig und bitter, die rosafarbene Masse regelrecht unangenehm. Trotzdem würgte Chi-Mai alles hinunter. Wenn sie nämlich ihren Teller nicht leer aß, gab das bestimmt die dritte und letzte Warnung – vielleicht bekam sie dann sogar den Rohrstock zu spüren, so wie Lui Zei?

Während die Mädchen aßen, beobachtete die Nanny sie mit einem gutmütigen Lächeln auf den Lippen. Die riesigen Hände hatte sie im Schoß gefaltet. Que-Li war zuerst fertig, gerade verschwand die letzte grüne Kugel in ihrem Mund. Die Nanny wandte sich zu ihr um. „Einen Anstandsrest hättest du ruhig übriglassen können, junge Dame“, sagte sie. „Leider weiß ich noch gar nicht, wie du heißt.“

„Ich heiße Que-Li, Nanny.“

Der Gynoid blieb reglos stehen, nur noch die Lippen bewegten sich: „*Namenssuche. Kali: unpassend, Kaley: modern und ordinär, Kay: akzeptiert.* Einen Anstandsrest hättest du ruhig übriglassen können, junge Dame. Leider weiß ich noch gar nicht, wie du heißt.“

„Ich heiße Que-Li, Nanny.“

„Angenehm, Miss Kay. Und jetzt macht schnell weiter. Wenn ihr euer Fleisch nicht esst, gibt es nämlich keinen Nachtisch, das wisst ihr doch.“

Chi-Mai spießte das letzte Stück rosa Masse auf und schluckte es mühsam herunter. Sofort fixierte die Nanny sie, und Chi-Mai sank in ihrem Stuhl zusammen. Schon wieder konnte sie für kurze Zeit den Urinstrahl nicht zurückhalten.

„Hast du nicht gehört, was ich gerade zu Miss Kay gesagt habe?“ fuhr die Nanny sie an und stellte sich direkt hinter sie.

„Ich … ich weiß nicht … es tut mir leid, Nanny … ich …“ Während Chi-Mai vor sich hinstammelte, verlor sie vollständig die Kontrolle über ihre Blase und ließ dem Pipi freien Lauf.

„Wir lassen immer ein Anstandsrest am Tellerrand übrig“, wiederholte die Nanny. „Das ist wohl völlig an dir vorbeigegangen, du gieriges kleines Gör! Weil du nämlich nicht aufgepasst hast. Das war jetzt die letzte Warnung, Miss May!“

Die Nanny wandte sich wieder ab, und Chi-Mai zitterte am ganzen Körper. Das Pipi strömte immer noch aus ihrer Vulva und kroch ihr die Pobacken hoch, bis zum Anus. Sie ließ es einfach zu, bis sie in einer völlig durchnässten Windel dasaß, die sich unangenehm zwischen ihren Beinen aufwölbte. Als sie an sich heruntersah, um zu überprüfen, ob es schon auffiel, stellte sie entsetzt fest, dass die pinkfarbene Hülle sich inzwischen knallrot gefärbt hatte.

Von den anderen jungen Frauen hatte niemand etwas bemerkt, alle waren vollständig mit ihrem Nachtisch beschäftigt und darauf bedacht, bloß nichts falsch zu machen. Chi-Mai probierte die Masse ebenfalls. Sie schmeckte süß und hatte eine unangenehm schleimige Konsistenz. Trotzdem aß sie weiter und achtete darauf, weder als Erste noch als Letzte fertig zu werden und außerdem einen Anstandsrest in der Schüssel zu lassen. Die ganze Zeit kämpfte sie gegen ihre schreckliche Scham an. Bald war die Mahlzeit vorbei, und dann würden alle sehen, dass sie sich eingenässt hatte.

Kaum hatte die Nanny die Tabletts weggeräumt, war der schreckliche Moment auch schon da.

„Achtung, gleich liegt hier wieder ein Teppich“, verkündete die Nanny und klatschte in die Hände. „Mädels, weg vom Tisch.“

Da blieb Chi-Mai nichts anderes übrig, als aufzustehen und die aufgedunsene knallrote Windel zur Schau zu stellen, die unter ihrer Tunika hervorlugte. Das Blut schoss ihr in den Kopf. Juilla Tia sah kurz zu ihr herüber und nickte zustimmend. Chi-Mai lächelte schwach. Jetzt sank auch noch der Tisch in den Boden zurück, sodass ihr Malheur für jeden sichtbar wurde.

Die Nanny war sofort zur Stelle. „Oh, hat Miss May Pipi gemacht?", fragte sie. „Oder sogar noch mehr?"

„Ich … ich habe Wasser gelass… ich meine: Ja, ich habe Pipi gemacht." Chi-Mai konnte die Blamage kaum ertragen.

„Wir sind im Moment etwas knapp dran mit Windeln", antwortete die Nanny. „Also musst du es noch ein bisschen in deiner aushalten. Ich verstehe wirklich nicht, warum das Bevorratungssystem nicht funktioniert."

„Nanny?" meldete sich Juilla Tia zu Wort.

„Ja, Miss Julia?"

„Miss May fühlt sich bestimmt gerade sehr unwohl, und wahrscheinlich passiert ein paar anderen gleich etwas Ähnliches. Vielleicht wäre es am besten, noch ein paar neue Windeln zu besorgen."

„Tja, Miss Julia, früher oder später kommen wir gar nicht drum herum", sagte die Nanny. „Aber jetzt ist das noch nicht nötig – nicht wegen so ein bisschen Pipi, und eine Windel habe ich ja noch. Wenn jemand allerdings auch noch groß macht … bist du so weit?"

„Wie bitte?" hakte Juilla Tia nach.

„Ich will wissen, ob du so weit bist, Miss Julia."

„Wie meinen Sie das, Nanny? Ob ich so weit bin, nach draußen zu gehen?"

„Nein, ob du so weit bist, jetzt dein großes Geschäft zu machen, das weißt du doch ganz genau!" fuhr die Nanny sie an. „Du bist unverschämt und ungehorsam. Noch ein freches Wort, und mein Freund, der Rohrstock, massiert dir deinen dreisten kleinen Hintern. Ich habe dich gewarnt! Aber jetzt ist es Zeit für den Mittagsschlaf. Legt euch bitte alle auf den Teppich!"

Die jungen Frauen setzten sich so schnell sie konnten in die Mitte des runden Teppichs. Nanny ließ sie nicht aus den Augen und nickte ihnen schließlich anerkennend zu, dann ging sie wieder zu den Bildschirmen.

Kaum hatte sie den Frauen den Rücken zugekehrt, forderte Juilla Tia ihre Studentinnen auf, ihr zuzuhören.

„Sie haben ja mitbekommen, was die Nanny gesagt hat", begann sie. „Sobald sie neue Windeln braucht, kommen wir hier raus. Übrigens meine ich an ihrer Sprache und an ihrem Verhalten deutlich erkennen zu können, dass ihr Programm ‚Goldener Nachmittag' tatsächlich aus der späten Christenzeit stammt. Und die arme Lui Zei wurde dafür bestraft, dass ihr ein religiöses Ritual völlig fremd war … Eins ist klar: Das Programm ‚Goldener Nachmittag' reicht sehr weit zurück, möglicherweise noch bis in die Epoche vor der Erfindung des Computers – eine äußerst primitive Zeit also! Damals, vor vielen hundert Jahren, hat man vom ‚goldenen Nachmittag des britischen Empire' gesprochen, wahrscheinlich rührt diese Bezeichnung daher. Zu dieser Zeit waren schlimme körperliche Züchtigungen an der Tagesordnung, meist aus religiösen Gründen. Die Leute damals waren schrecklich unkultiviert und disziplinverliebt. Immerhin haben sie sich in Ansätzen mit dem Thema Körperhygiene befasst. Deswegen versucht die Nanny auch die ganze Zeit mit dem Hauptsteuerungssystem zu kommunizieren, das aber wahrscheinlich gestört ist. Das heißt, dass wir gegebenenfalls unsere nassen Windeln anbehalten müssen – wie Chi-Mai, die so mutig war und versucht hat, uns weiterzubringen. Jetzt möchte ich gern, dass Sie dem Beispiel Ihrer Mitstudentin folgen, aber diesmal richtig in die Windel machen."

„Wie bitte, wir sollen in die Windeln koten?" hakte Xui fassungslos nach. „Dass alles an der Haut klebt?"

„Empfindlichkeiten können wir uns leider gerade nicht leisten", erwiderte Juilla Tia. „Wir brauchen eine oder sogar zwei Freiwillige. Und es ist wirklich dringend. Ihnen ist sicher aufgefallen, dass das Steuerungssystem der Nanny nicht mehr richtig funktioniert; das kann gefährlich für uns werden. Wer von Ihnen hat einen vollen Enddarm?"

Die Zwillinge kicherten, Chi-Mai schüttelte den Kopf, die meisten anderen auch.

Schließlich sagte Xui: „Ich könnte das nicht, es geht sowieso im Moment nicht …“

Gerade wollte Juilla Tia etwas erwidern, aber als sich ihre Studentinnen abrupt von ihr abwandten, hielt sie inne. Alle sahen verängstigt zu der Nanny, die in diesem Augenblick auf sie zukam. Auf ihrem runden Gesicht lag ein ganz neuer Ausdruck: Der Gynoid wirkte besorgt. Juilla Tia wurde kreidebleich.

„Was ist denn hier los?“ wollte die Roboterfrau von Xui wissen.

„Nichts … gar nichts, Nanny“, antwortete Xui schnell.

„Mach mir bitte nichts vor, junge Dame“, gab die Nanny zurück. „Ich bin nämlich nicht taub, und ich habe genau gehört, was du eben gesagt hast. Du kannst also gerade kein großes Geschäft machen?“

„Nein“, erwiderte Xui. „Aber ich muss auch nicht.“

„So ein Unsinn.“

Auf einmal klang die Nanny ganz freundlich. „Dafür brauchst du dich doch nicht zu schämen, wir haben alle unsere kleinen Schwierigkeiten. Wie heißt du denn?“

„Xui.“

„Dann komm mal her, Miss Sue, die Nanny kümmert sich schon um alles.“

Xui zögerte.

„Na los“, drängte Juilla Tia ihre Studentin. Also stand Xui auf und ließ sich von der Nanny an die Hand nehmen und zur Wand führen. Dort blieb die Nanny stehen. Ein Teil der Wand schob sich in den Raum hinein und formte ein breites Becken. Gleichzeitig kam ein Schlauch aus der Wand. Der Gynoid griff danach und zog ihn ein Stück weiter heraus. Die ganze Zeit beobachtete Xui sie, trat von einem Bein aufs andere und biss sich die Lippen auf. Schließlich hockte die Nanny sich hin und klopfte sich auf den Schoß.

„Nein!“ kreischte Xui. „Bitte nicht verprügeln!“

Die Nanny langte mit ihrer kräftigen Hand nach dem Arm des Mädchens. „Quatsch“, rügte sie Xui. „Ich will dir nicht den Hintern versohlen, ich will dir nur einen Einlauf verabreichen.“

„Wie bitte? Ich … „, brachte Xui noch hervor, dann legte die Nanny sie sich über den Schoß.

„Das ist nicht schlimm, ich lasse bloß ein bisschen sauberes Wasser in deinen Popo laufen“, erklärte die riesige Frau.

„Und dann messen wir gleich noch Fieber, sicher ist sicher. Jetzt bitte stillhalten!“

„Nein, nicht in den Po, bitte nicht!“ jammerte Xui, aber die Nanny reagierte nicht darauf. Mit einem geübten Handgriff zog sie der jungen Frau die Tunika hoch, um ihr anschließend die Windel zu öffnen.

„Und jetzt halt bitte still.“

„Nein, nicht in meinen Po, bitte nicht!“ kreischte Xui.

Unbeirrt schob die Nanny die Windel nach unten, sodass die runden rosa Pobacken des Mädchens zum Vorschein kamen. Die lauten Schreie kümmerten die Nanny nicht, sie drückte Xuis Backen auseinander, gab einen Klecks Creme auf ihren eng zusammengezogenen Schließmuskel und bohrte ihr den kräftigen Finger in den Enddarm. Eben noch hatte Xui verängstigt ausgesehen, jetzt wirkte sie schockiert, sogar wütend

„Sie … sie … spritzt mir Wasser in den Hintern“, brüllte die Studentin. „Hilfe!“

„Ganz ruhig, junge Dame“, warnte die Nanny sie. „Oder es gibt was auf den Popo. Das willst du doch nicht, oder? Und du weißt genau, dass das hier nur zu deinem Besten ist.“

Dazu sagte Xui gar nichts mehr, sie starrte bloß noch entsetzt vor sich hin, die Augen weit geöffnet, während sich ihr Enddarm langsam mit Wasser füllte. Mit weit gespreizten Beinen hockte sie auf der Schüssel, der Finger der Nanny steckte nach wie vor in ihrem Darmausgang. Nach einer Weile keuchte sie laut auf, dann schnappte sie nach Luft. Sie zappelte mit den Beinen und ballte die Fäuste, um dem immer quälenderen Druck etwas entgegenzusetzen.

„Aua, Nanny!“ stöhnte sie schließlich. „Ich kann nicht mehr! Gleich platze ich!“

„Ach was, so ein Unsinn“, erwiderte der Gynoid und zog den Finger aus Xuis Anus.

Xui schrie auf, als das Wasser aus ihrem Darmausgang herausschoss und zusammen mit festen Brocken in die Schüssel unter ihr spritzte. Sie wurde von einem heftigen Weinkrampf geschüttelt, während weitere Wasserstrahlen in die Schüssel prasselten. Sprachlos sahen die anderen jungen Frauen ihr dabei zu, wie sie ihren gesamten Darm entleerte. Immer wieder kamen schmutziges Wasser und vereinzelte feste Brocken aus ihr heraus, bis schließlich nur noch ein kleines Rinnsal aus dem feuchten Anus lief, der von der Tortur heftig pulsierte. Auch ihre Beine zitterten vor Anstrengung.

„Lass alles raus, mein Schatz“, sagte die Nanny sanft.

Statt einer Antwort brachte Xui nur ein erbärmliches Schluchzen zustande.

Chi-Mai hatte die ganze Zeit die Hände vors Gesicht geschlagen, trotzdem hatte sie die schreckliche Demütigung ihrer Freundin genau mit angehört. Als sie sich endlich wieder hinzusehen traute, reinigte die Nanny gerade Xuis Hintern. Sie wischte ihn gründlich ab, puderte und cremte ihn ein – genau wie vorhin, als die Nanny alle jungen Frauen in ihre Windeln gesteckt hatte. Xui schluchzte immer noch und ließ dabei den Kopf hängen, sodass ihr das pechschwarze Haar wie ein Vorhang vors Gesicht fiel und die Tränen ungehindert auf den Boden tropften.

Die Nanny wickelte Xui neu, gab ihr einen Klaps auf den Po und schob sie zurück zu den anderen. Die jungen Frauen schwiegen betreten und warfen sich hin und wieder verstohlene, ängstliche Blicke zu.

Juilla Tia schaute eine nach der anderen fragend an, nur Xui ließ sie aus. Ana schüttelte den Kopf, Lui Zei sah zu Boden, Que-Li ebenfalls.

„Was ist eigentlich mit Ihnen, Frau Gelehrte?“ erkundigte sich Mia Ki.

Juilla Tia sah sie fest an. „Bei mir ist keine Grundlage vorhanden“, erwiderte sie vorsichtig. „Mal ganz abgesehen davon, dass der Vorschlag nicht angemessen ist. Es muss also jemand anders ran. Sie vielleicht, Chi-Mai?“

„Ich … vielleicht später“, stammelte Chi-Mai und wurde rot.

„Danke schön“, antwortete Juilla Tia. „Und Sie, Mia Ki?“

„Nein, Frau Gelehrte.“

„Sui-Ei und Sui-Vei?“

Die Zwillinge nickten kichernd. Chi-Mai fuhr zu ihnen herum. Die beiden saßen nebeneinander im Schneidersitz auf dem Boden, die voluminösen rosa Windeln waren deutlich unter ihren Tuniken zu erkennen. Die Mädchen wirkten vollkommen ruhig und entspannt, und als beide laut aufstöhnten, war Chi-Mai sofort klar, warum. Ihre rosa Windeln veränderten gerade die Farbe und blähten sich langsam auf, während die jüngen Frauen ihrem Urin freien Lauf ließen. Unter ihren Muschis verfärbten sich die rosa Windeln scharlachrot.

Chi-Mai konnte nicht mehr wegsehen. Fasziniert beobachtete sie die Zwillinge. Beide schlossen die Augen und schürzten die Lippen. Sie knieten sich gleichzeitig hin und hoben die inzwischen knallrot gepolsterten Hinterteile, ihre Windeln waren gleichmäßig prall gefüllt. Erneut stöhnten die beiden auf, und wieder wölbte sich die Hülle. Diesmal zeichnete sich eine längliche Beule in der Mitte ihres Pos ab. An dieser Stelle waren die Windeln jetzt dunkelrot.

„So, das wär's, Frau Gelehrte“, verkündete Sui-Ei.

„Schön, stehen Sie jetzt bitte auf, damit die Nanny das auch sieht“, wies Juilla Tia sie an. Als die beiden jungen Frauen sich aufrichteten, schlotterten ihre schwer gefüllten Windeln hin und her. Die Zwillinge nahmen sich an den Händen und drehten sich so, dass die Nanny genau erkennen konnte, was passiert war.

Der Gynoid seufzte laut und kam auf sie zu. „Habt ihr etwa Aa in eure Windeln gemacht?“

„Ja, Nanny“, antworteten beide im Chor.

„Das ist aber wirklich ungünstig". Die Nanny seufzte. „Andererseits – was sollt ihr auch machen, ihr seid ja noch klein und könnt nichts dafür."

„Stimmt, Nanny."

„Dummerweise habe ich nur noch eine Windel da. Aber wo ein Wille ist, ist auch ein Weg. Kommt mal mit, ihr zwei, und sagt mir erst mal, wie ihr heißt."

„Sui-Ei."

„Sui-Vei."

„Wie bitte, ihr heißt beide Suzie? Das geht nicht; ihr könnt nicht den gleichen Namen haben! Und dann auch noch so einen geschmacklosen!"

„Wir sind aber Zwillinge, Nanny."

„Ja, das sehe ich. Tja ... da wir schon eine Miss Sue haben, nenne ich euch Miss Susan und Miss Suki. Und jetzt legt euch bitte auf die Unterlage – du zuerst, Miss Susan."

Die Zwillinge standen neben der Nanny an der Wand, aus der wieder die Schüssel herausgefahren kam – blitzblank, als wäre sie nie benutzt worden. Darüber war eine dicke hellrosa Plastikunterlage ausgebreitet. Sui-Ei legte sich darauf, warf ihrer Zwillingsschwester noch einen nervösen Blick zu und schloss dann die Augen.

Chi-Mai tat es ihr nach und drehte sich schnell weg, als die Nanny die Windellaschen öffnete. Chi-Mai hörte eine Art Schmatzen, den Wasserstrahl und einen leisen dumpfen Aufprall. Dann war es ganz still. Vorsichtig öffnete sie die Augen – nur um sie sofort wieder zu schließen. Sui-Ei lag zusammengekrümmt auf der Unterlage, und die Nanny hielt ihre Beine an den Fußgelenken hoch, während sie die schmutzige braune Masse aus der Ritze zwischen den Pobacken des Mädchens entfernte und von ihren Schamlippen tupfte – so viel hatte Chi-Mai noch mitbekommen.

Als sie die Augen nach langer Zeit wieder öffnete, trug Sui-Ei eine frische pinkfarbene Windel, die schmutzige war entsorgt worden.

Die Nanny hatte sich inzwischen Juilla Tia zugewandt: „Miss Julia, du machst schon einen ziemlich erwachsenen Eindruck auf mich, und ganz schön frech bist du noch dazu. Ich kann mich wohl darauf verlassen, dass du schon trocken bist, also gib mir bitte deine Windel, damit ich sie der kleinen Suki anziehen kann."

Juilla Tia zögerte nur ganz kurz, dann senkte sie zustimmend den Kopf. Die Nanny zog ihr schnell die Windel aus, sodass man kurz ihren nackten Po sehen konnte. Schnell bedeckte die Dozentin die Blöße mit ihrer Tunika.

„Danke, Miss Julia", sagte die Nanny. „Sag mir sofort Bescheid, wenn du musst, damit es keine Schweinerei gibt."

„Ja, Nanny", erwiderte Juilla Tia.

„Und jetzt du, Miss Suki", forderte der Gynoid den zweiten Zwilling auf und klopfte auf die Wickelunterlage.

Sui-Vei legte sich hin und schloss ebenfalls die Augen. Die Nanny packte ihre Beine und zog sie weit auseinander. Sie öffnete die Verschlüsse und klappte die Vorderseite der prallen roten Windel nach unten. Als die ekelhaft braun verklebte Muschi und die schmutzigen Pobacken zum Vorschein kamen, schloss Chi-Mai schnell die Augen. Wieder hörte sie die schmatzenden Geräusche, bis es endlich ganz still war. Chi-Mai wartete noch einen Augenblick, dann öffnete sie die Augen. Die Zwillinge hatten sich eng zusammengekuschelt, beide trugen jetzt frische pinkfarbene Windeln.

„Wollen wir nicht mal … einen kleinen Spaziergang machen?" schlug Juilla Tia zögerlich vor.

„Also wirklich, Miss Julia." Die Nanny schüttelte den Kopf. „Warum willst du eigentlich so unbedingt nach draußen? Im Spielzimmer ist es warm, hier seid ihr gut aufgehoben. Außerdem habt ihr alles, was das Mädchenherz begehrt. Hier wartet ihr, bis eure Eltern kommen und euch abholen."

„Aber wir brauchen neue Windeln", sagte Juilla Tia hartnäckig. „Mein Hintern ist ganz nackt. Das ist doch unanständig, oder?"

„Du liebe Güte, du stellst dich vielleicht an!“ stöhnte die Nanny laut. „Dass dein Hintern nackt ist, stört hier niemanden. Wir sind doch unter uns, keine Männer weit und breit!“

„Ich habe aber Angst, auf den Boden zu machen“, beharrte Juilla.

„Wag es bloß nicht, junge Dame“, erwiderte die Nanny. „Ein einziger Tropfen auf dem Fußboden, und du hast eine Verabredung mit dem Rohrstock. Das ist ja wirklich unglaublich!“

Juilla Tia verstummte augenblicklich; sie murmelte schnell eine Entschuldigung und zog sich zurück.

Chi-Mai holte tief Luft. „Nanny?“ sagte sie. „Ich ... ich kann mein Geschäft nicht viel länger zurückhalten, und ich bin schon ganz nass. Können wir vielleicht doch neue Windeln holen gehen?“

Die Nanny runzelte die Stirn. Sofort trat Chi-Mai einen Schritt zurück.

„Also wirklich, Miss May, das ist ja ärgerlich!“ rief der Gynoid entsetzt aus. „Was ist bloß mit dem Versorgungsprogramm los? Versuch bitte, dich zu beherrschen, Miss May.“

„Ich halte es aber nicht mehr aus“, jammerte Chi-Mai.

„Meine Güte!“ beschwerte sich die Nanny. „Na, dann geht es wohl nicht anders, und du bekommst doch deinen Willen, Miss Julia. Müssen wir eben alle zusammen raus, aber so wie jetzt kannst du unmöglich das Gebäude verlassen. Man sieht ja jedes Mal deinen kleinen nackten Po, wenn du dich bückst. Was sollen da die Leute sagen?“

„Stimmt, Nanny, das geht nicht.“

„Außerdem ist dein Popo immer noch ziemlich rot, weil ich ihn dir vorhin versohlt habe. Dafür sollst du dich nicht schämen müssen“, fügte der Gynoid hinzu.

„Nein, Nanny“, erwiderte Juilla Tia.

„Hier hast du deine Unterhose. Aber bitte keine Allüren, nur weil du als Einzige keine Windel trägst. Das lasse ich nicht durchgehen.“

„Nein, Nanny.“ Sofort griff Juilla Tia nach dem weißen Höschen, das die Nanny anfangs einkassiert hatte, und zog es schnell an.

„Gut, stellt euch bitte zu zweit hintereinander auf, wir gehen zusammen raus. Aber zuerst versuche ich nochmal, Kontakt zur Versorgungszentrale aufzunehmen.“

Wieder stellte sich die Nanny an einen der Bildschirme. Zunächst passierte nichts, aber dann schob sich ungefähr dort, wo vorher die Schüssel aus der Wand gekommen war, eine Platte zur Seite. Dahinter kam ein ganzer Stapel frischer rosa Windeln zum Vorschein. Juilla Tia seufzte resigniert auf, und ein verängstigtes Raunen ging durch den Raum.

„Na also!“ triumphierte die Nanny. „Hatte ich mir doch gedacht, dass das nur ein vorübergehender Fehler war. Jetzt kann es weitergehen, Miss May.“

„Ja, Nanny“, erwiderte Chi-Mai vorsichtig.

„Also los!“ sagte die Nanny. „Du brauchst nichts mehr zurückzuhalten, danach ziehe ich dir die klitschnasse Windel gleich aus.“

„Ich ... ich muss aber nicht“, stammelte Chi-Mai.

Streng blickte die Nanny sie an. „Miss May, wenn du mich eben angeflunkert hast ...“

„Nein!“ rief Chi-Mai sofort.

„Dreimal habe ich dich nämlich schon gewarnt, junge Dame.“

„Ich ...“, begann Chi-Mai, dann hielt sie inne und fragte sich, was wohl schlimmer wäre: das, was die Zwillinge über sich hatten ergehen lassen müssen, oder eine Tracht Prügel.

„Dann muss ich dir wohl den Hintern versohlen, Miss May“, verkündete die Nanny und kam auf sie zu.

„Nein, ich muss wirklich mal“, sagte Chi-Mai schnell. „Ganz ehrlich.“

Die Nanny blieb stehen, verschränkte die riesigen Arme vor der Brust und sah der jungen Frau direkt ins Gesicht. Ihre Mitstudentinnen beobachteten sie ebenfalls – voller Mitgefühl.

Chi-Mai war im ganzen Gesicht knallrot angelaufen. Ihre Hände zitterten, und ihr Magen krampfte sich zusammen. Um nicht alles nur noch schlimmer zu machen, versuchte sie, im Stehen etwas herauszupressen

– ohne Erfolg, obwohl sie deutlich spürte, dass ihr Enddarm voll war. Schluchzend schob sie den Po nach hinten und versuchte, ihren Schließmuskel zu entspannen … aber noch immer passierte nichts.

Ungeduldig klopfte die Nanny mit einem Finger auf ihren stämmigen Oberarm.

Chi-Mai schlug sich die Hände vors Gesicht und ging tief in die Hocke, um ihren Hintern so weit wie möglich rauszustrecken, damit sich ihre Pobacken dehnten. Endlich wölbte sich ihr Darmausgang. Als sie die Augen schloss, liefen ihr dicke Tränen über die Wangen. Dann öffnete sich ihr Schließmuskel, und ein hartes, dichtes Stück Kot trat aus. Mit aller Kraft drängte Chi-Mai es aus ihrem Körper und gegen die Windel. Der Kot verteilte sich über ihre Kerbe und beschmierte ihre Muschi.

Xui schnappte nach Luft, als ihr bewusst wurde, dass Chi-Mai gerade Ernst machte. Die Nanny nickte zufrieden. Jetzt gab Chi-Mai auch ihrem Harndrang nach, und der Urin umströmte ihre Geschlechtsorgane, durchweichte die matschige Masse in ihrer Windel. Sie ließ es einfach geschehen; spürte, wie der Hygieneschutz um sie herum immer stärker gegen ihren Körper drückte. Endlich war es vorbei, und ihr Anus schloss sich wieder. Flehend sah sie zu ihrer Peinigerin hoch.

Aber die ließ nicht locker: „Na, Miss May, das war doch noch nicht alles, oder?“ forderte die Nanny sie auf.

Verzweifelt schluchzte Chi-Mai auf und vergrub das Gesicht in den Händen. Dann begann sie hemmungslos zu weinen – und drückte weiter. Erneut öffnete sich ihr Anus. Und wieder überkam sie dieses schrecklich erniedrigende Gefühl, sich in die Hose zu machen. Aber ihr Darminhalt war nicht mehr zu stoppen. Unaufhaltsam und in beängstigendem Umfang bahnte er sich seinen Weg in ihre Windel, die immer schwerer wurde und sich prall gefüllt um ihren Hintern spannte. Chi-Mais Kopf glühte vor Scham. Ihr Stuhl war längst tief in die Kerbe zwischen den Pobacken eingedrungen, auch ihre Vulva war völlig beschmiert, aber immer noch war kein Ende abzusehen. Immer mehr Kot drang aus ihr heraus, bis sie sich wünschte, sie hätte sich doch von der Nanny den Hintern versohlen lassen – so schmerzhaft das auch gewesen wäre.

Endlich hatte sie alles herausgedrückt. Schnell richtete sie sich wieder auf und verzog das Gesicht. An der dicken, fetten Wölbung an ihrem Hintern konnten alle genau erkennen, was sie gerade getan hatte.

Mit einem zufriedenen Lächeln auf den Lippen winkte die Nanny sie zur Wand. Chi-Mai blieb nichts anderes übrig, als sich auf die Wickelunterlage zu legen, damit der Gynoid ihr die Beine anheben und schließlich die völlig durchweichte Windel vom Körper lösen konnte. Ihr gesamter Intimbereich war mit der braunen, stinkenden Masse beschmiert: ihre ganze Muschi und ebenso ihr Hintern, genau wie bei Sui-Vei. Automatisch schloss sie die Augen, trotzdem wusste sie, dass die anderen sie gerade anstarrten – zumindest einige von ihnen. Als sie die Lider noch fester zusammenpresste, liefen ihr dicke Tränen über die Wangen.

Mit den Zwillingen war die Nanny für Chi-Mais Gefühl schnell fertig geworden, bei ihr selbst schien sie sich unendlich viel Zeit zu lassen. In aller Seelenruhe entfernte sie die schmutzige Windel, hob die junge Frau an den Fußgelenken hoch, säuberte sorgfältig die Kerbe zwischen ihren Pobacken, die Pobacken selbst, rieb ihren Darmausgang ab, ihre Muschi, ihre Klitoris, rauf und runter …

Plötzlich stieß Chi-Mai einen spitzen, unkontrollierten Schrei aus – und kam. Gegen den Orgasmus hatte sie sich nicht wehren können. Die Nanny hatte nur einmal kurz ihre Klitoris zu berühren brauchen, da hatte er sie unvermittelt überkommen. Sonst dauerte so etwas bei ihr viel länger, normalerweise erreichte sie ihren Höhepunkt erst, nachdem eine andere junge Frau sie mehrere Minuten lang mit der Zunge stimuliert hatte. Aber jetzt war alles anders – ausgerechnet jetzt, in diesem Moment der äußersten Erniedrigung! Schamerfüllt verzog sie das Gesicht. Hinter sich hörte sie die Zwillinge kichern.

„Miss May“, tadelte die Nanny sie. „Solche Schweinereien verbitte ich mir! Also wirklich! Und jetzt halt bitte ganz still!“

Chi-Mai überließ sich völlig der Roboterfrau. Die säuberte, puderte und cremte die Studentin und packte sie schließlich in eine frische Windel. Mit einem Klaps auf den Hintern schob sie sie zu den anderen zurück.

„Das haben Sie tapfer durchgestanden, Chi-Mai", lobte Juilla Tia sie.

„Habt ihr das gesehen, sie hatte einen Orgasmus!" rief Mia Ti aus. „Die kleine Schlampe!"

„Manchmal kann man gegen solche natürlichen Reaktionen nichts machen, Mia Ti", gab Juilla Tia zurück. „Dummerweise ist jetzt unser Plan fehlgeschlagen, weil es der Nanny gelungen ist, das Versorgungssystem zu aktivieren. Die Vorräte gehen ihr also so schnell nicht aus. Hat irgendjemand eine andere Idee?"

„Können wir nicht einfach abwarten?" schlug Que-Li vor. „Sie meinte doch vorhin, sie würde auf uns aufpassen, bis unsere Eltern uns abholen."

„Stimmt", erwiderte Juilla Tia. „Es gibt da nur ein Problem: Wir haben gar keine Eltern, die uns abholen. Und ich weiß nicht, was ihr Programm für solche Fälle vorsieht. Ganz bestimmt lässt sie uns nicht einfach so aus ihrer Obhut."

„Es muss doch eine Lösung geben!" jammerte Lui Zei.

Juilla Tia überhörte geflissentlich den panischen Unterton ihrer Schülerin: „Ich muss mir unbedingt meine Fernsteuerung zurückholen."

„Ja, aber wie?" hakte Mia Ki nach. „Sie ist viel schneller als wir, und auch viel stärker ..."

Sie verstummte; die Nanny kam schon wieder auf die jungen Frauen zu. Schnell setzten sich alle neun auf den runden Teppich. Ehrfürchtig sah Chi-Mai zu der riesigen Roboterfrau auf. Ihre Pobacken zuckten schon – noch ein Fehltritt, und das Monstrum würde sie verprügeln, dass ihr Hören und Sehen verging.

Die Nanny ließ sich neben ihnen auf den Boden sinken. „So, jetzt ist Vorlesezeit", verkündete sie. „Welche Geschichte möchtet ihr diesmal hören? Vielleicht etwas aus den Abenteuern des großen Captain Scott? Das kommt immer gut an, ist aber vielleicht eher etwas für Jungs. Was habe ich euch denn gestern vorgelesen, kann mir das jemand sagen? *Speicher durchsuchen: Datei fehlt. Rückverfolgung: gestohlen.*“

Die Nanny erstarrte kurz, bewegte sich aber sofort wieder. Ihre Miene war wutverzerrt. „Wir haben eine Diebin unter uns! Das darf doch wohl nicht wahr sein! Die Schuldige muss sich sofort stellen, sonst sehe ich mich gezwungen, der ganzen Gruppe den Hintern zu versohlen!“

Augenblicklich wichen die jungen Frauen zurück, doch die Nanny rückte ihnen immer näher. „Die Schuldige soll vortreten!“ kreischte sie. „Und zwar sofort! Sonst bestrafe ich die ganze Gruppe … die ganze Schule … das ganze Team … *Fehler im Unterprogramm. Einstufung: Kinderkrippe der Albion Surity Bürgschaftsgesellschaft.* Die Schuldige muss sich stellen! Sofort! Sonst versohle ich euch allen den Hintern!“

„Ganz ruhig bleiben“, versuchte Juilla Tia ihre Studentinnen zu beschwichtigen, aber die zogen sich nur noch weiter zurück. Ihre Stimme zitterte. „Wir dürfen sie nicht noch mehr verärgern. Seien Sie bitte ehrlich.“

„Ja, hört auf Miss Julia“, donnerte die Nanny den jungen Frauen entgegen. „Das ist ein vernünftiges Mädchen. Die weiß genau, was mit jungen Damen passiert, die nicht hören wollen. Die bekommen nämlich ihren Popo versohlt, klar? Und wenn das immer noch nicht reicht, hole ich den harten Rohrstock und lasse ihn gleich danach auf die nackten Popöchen klatschen, verstanden? Also – wer war’s?“

Niemand regte sich. Die Miene der Nanny verfinsterte sich noch mehr. „Na gut!“ Ihre Stimme dröhnte. „Ihr wollt es ja nicht anders. Stellt euch hintereinander auf! Sofort! Und jetzt beugt euch vorn über und berührt eure Zehen!“

„Machen Sie einfach, was sie sagt!“ zischte Juilla Tia ihren Studentinnen zu, dann bückte sie sich selbst so weit hinunter, dass ihre Tunika hochrutschte und ihr kleiner, weißer Slip zum Vorschein kam, der sich über ihren knackigen Hintern spannte. Chi-Mai schluckte den Kloß in ihrem Hals herunter und fasste zitternd an ihre Schuhspitzen. Die Nanny war dicht hinter ihnen, die Arme vor der Brust verschränkt. „Ich warte“, drohte sie. „Jeder, der bei Fünf noch nicht richtig steht, bekommt eine Extraportion Hiebe. Eins … zwei … drei …"

Sie hielt inne. Alle neun jungen Frauen hatten sich in Reih und Glied vor ihr aufgestellt. Alle neun hatten ergeben die Köpfe gebeugt und streckten ihr dabei acht gut gepolsterte pinkfarbene Windelhinterteile und einen Po im kleinen, weißen Slip entgegen. Die Nanny stellte sich hinter Lui Zei und riss die Windelverschlüsse auf. Das Höschen rutschte zu Boden, und Lui Zeis mit Rohstockstriemen überzogenes Hinterteil kam zum Vorschein. Die junge Frau schluchzte vor Angst laut los.

„Die Schuldige unter euch sollte sich das alles sehr genau überlegen", sagte die Nanny ganz ruhig und zog auch Que-Li die Windel vom Po. „Es wäre wirklich viel leichter für alle Beteiligten, wenn sie sich einfach stellen würde. Sonst muss ich euch nämlich alle bestrafen."

Sie ging weiter zu Xui, entblößte sie, dann stellte sie sich hinter Chi-Mai. Die junge Frau schloss die Augen, als ein kühler Luftzug ihre nackte Haut streifte. Als Nächstes zog die Nanny Juilla Tias Höschen mit einem Ruck herunter.

„Das muss richtig unangenehm für unsere Übeltäterin sein", fuhr die Nanny fort. „Dass jetzt ihre kleinen Freundinnen alle den Hintern versohlt bekommen, nur weil sie so egoistisch war. Bestimmt hat sie nachher ein ganz schlechtes Gewissen." Erst glitt Sui-Eis Windel zu Boden, dann Sui-Veis. Danach war Ana dran und schließlich Mia-Ki.

Inzwischen sah man neun nackte, jugendliche Popos unter neun hochgeschlagenen Tuniken; neun kleine, rosa Muschis lugten zwischen neun Paar wohlgeformten Schenkeln hervor, und neun fest zusammengekniffene Polöcher waren in Richtung Decke gestreckt.

„Ich weiß übrigens ganz genau, wer es war", sagte die Nanny, „aber ich will, dass die Schuldige sich selbst stellt. Jetzt aber!"

Schweigen. Auf einmal ein lautes Klatschen, gefolgt von einem spitzen Schrei. Die Nanny hatte mit der flachen Hand kräftig auf Mia Kis Po gehauen.

„Also gut", warnte sie die jungen Frauen. „Dann versohle ich euch eben allen den Popo." Es hagelte Schläge auf Mia Kis Hinterteil. Das Mädchen schrie laut los und sprang vor Schmerz hin und her.

„So, die Nächste, bitte", sagte die Nanny. „Miss Anna, zeig mir mal deinen Hintern."

Genau wie ihre Vorgängerin bekam auch Ana zwölf kräftige Hiebe auf den nackten Po. Sie zuckte bei jedem zusammen und krümmte sich.

„Miss Suki", sprach die Nanny Anas Nachbarin an und machte sich daran, Sui-Vei zu vermöbeln. Danach war Sui-Ei an der Reihe. Die Zwillinge schienen die Tortur gleich zweimal zu erleiden: einmal bei sich selbst und einmal stellvertretend für die Schwester. Zeitgleich schnappten sie nach Luft und bewegten sich synchron zu den Schlägen, als hätten sie eine seltsame kleine Choreografie einstudiert.

„Miss Julia", verkündete die Nanny, die sich zum zweiten Mal an diesem Tag daranmachte, der Gelehrten Juilla Tia den bloßen Hintern zu versohlen – vor den Augen ihrer Studentinnen.

Es ging immer weiter: „Miss May", rief die Nanny.

Chi-Mai nahm all ihre Willenskraft zusammen, um bloß nicht loszuheulen oder hysterisch durch die Gegend zu hüpfen wie ihre Mitstudentinnen – dabei standen ihr die Tränen längst in den Augen. Kaum klatschte die große Hand der Nanny fest auf ihr Hinterteil, konnte sie sich nicht mehr beherrschen. Genau wie ihre Vorgängerinnen fuhr sie zusammen und sprang bei jedem der zwölf Schläge vor Schmerz hoch, während ihr Po heftig vibrierte. Dicke Tränen rollten ihr über die Wangen, selbst als alles vorbei war.

„Miss Sue", sagte die Nanny.

Noch bevor die riesige Frau mit der Tortur anfangen konnte, gab Xuis Blase nach. Der Urin schoss in einem hohen bernsteinfarbenen Bogen nach hinten und prasselte auf den Boden. Xui begann laut zu schluchzen.

„Das ist ja ekelhaft!" kreischte die Nanny. „Kannst du dich nicht mal eine Minute zusammenreißen? Das machst du nachher aber selber weg!"

Während sie Xui den Hintern versohlte, lief der Urin weiter die Beine der jungen Frau hinunter und in die klatschnasse Windel zwischen ihren Füßen. Hinter ihr hatte sich eine beachtliche Pfütze gebildet.

„Miss Kay", artikulierte die Nanny ruhig und machte einen großen Schritt über die Lache.

Que-Li schluckte geräuschvoll und fing an zu weinen, bevor der Gynoid überhaupt mit den Schlägen angefangen hatte. Das Mädchen schluchzte immer heftiger, flennte sich die Seele aus dem Leib und trat dabei durch Xuis Pipipfütze.

„Ich hole gleich den Rohrstock, wenn die Schuldige sich immer noch nicht meldet", ermahnte die Nanny die Mädchen. „Dann könnt ihr euch bei ihr für das bedanken, was ich gleich der armen Miss Lucy antun muss."

„Bitte nicht", presste Lui Zei hervor, bevor die riesige Hand der Nanny auf ihrem grün und blau geschlagenen Hinterteil landete.

„Eine von uns muss sich freiwillig melden!" drängte Mia Ki ihre Mitstudentinnen. „Nun kommt schon!"

„Mach du es doch", gab Ana zurück.

„Ich will aber nicht mit dem Stock verprügelt werden! Lui Zei, sag, dass du es warst, dich hat sie doch schon in Arbeit. Vielleicht lässt sie es damit gut sein."

„Und?" hakte die Nanny nach. „Ich warte."

„Sie war's, sie war's!" schrie Lui Zei aufgeregt und zeigte mit dem Finger auf Mia Ki.

„Wirklich?" erwiderte der Gynoid und stemmte die riesigen Fäuste in die Hüften. Dann wandte sie sich Mia Ki zu, die zusammengekrümmt auf dem Boden saß. „Und, junge Dame, wie heißt du?"

„M… M… Mia Ki", stammelte das völlig verängstigte Mädchen.

„Micky?" gab die Nanny zurück und erstarrte. „*Namenssuche: Micky. Fehlermeldung: Geschlecht inkorrekt. Penis: nein. Vulva: ja. Geschlecht: weiblich. Namenssuche: Micky. Fehlermeldung: Geschlecht inkorrekt.*

Penis: nein. Vulva: ja. Geschlecht: weiblich. Namenssuche: Micky. Fehlermeldung: Geschlecht inkorrekt. Penis: nein. Vulva: ja. Geschlecht: weiblich. Namenssuche: Micky …"

Panisch wichen die Mädchen zurück. Mit lauter, schriller Stimme sprach die Nanny weiter und streckte beide Arme aus, in der rechten Hand hielt sie den Rohrstock. Sie ließ ihn vorschnellen, zog ihn wieder zurück, ließ ihn erneut vorschnellen … Dabei öffnete sich die große Tasche in ihrem Kittel, und sämtliche Gegenstände darin purzelten auf den Boden: uralte Modellautos, verschiedene leuchtend bunte Plastikfiguren in den seltsamsten Formen, röhrenförmige kristalline Gebilde … und auch Juilla Tias Fernsteuerung.

Blitzschnell schnappte sich Chi-Mia das Gerät und warf es ihrer Dozentin zu. Juilla Tia fing es, drückte die Aktivierungstaste und richtete es auf die Tür, die sofort aufschwang. Dann rannten die Studentinnen und ihre Lehrerin los.

Mädchen

Ein Gesicht spähte um die Tür des Studierzimmers, ein blasses, sommersprossiges Gesicht mit roten Haaren.

„Zisch ab, Pummel!“ antwortete Berenice automatisch.

Dagmar „Bosch“ von Pauling hob eine lateinische Grammatik auf und zielte damit auf den Kopf, der sich prompt zurückzog.

„Scheusale! Bestien!“ erklang die Stimme des Mädchens hinter der Tür. „Ihr werdet es noch furchtbar bereuen, wenn ihr herausfindet, was ich euch erzählen wollte!“

„Was denn?“ fragte von Pauling.

„Ich sage es euch nicht!“ hörte man Pummels Stimme erneut, bevor sie in einen langen Schmerzensschrei überging.

Thomasina „Pummel“ Planck wurde hereingeführt, den Arm auf den Rücken gedreht. Wer sie so gepackt hielt, war das dritte Mitglied der Studiergruppe, Charlotte „Kreidi“ Weiß.

„Spuck's aus, Pummel“, befahl Berenice.

„Nein!“, gab Pummel zurück. „Nicht, wenn ihr so gemein seid!“

Wieder quiekte sie auf, lauter als vorher, als ihr Arm noch weiter verdreht wurde.

„Ich sage es, ich sage es“, brabbelte sie los. „Es gibt einen Tanzball, am Ende des Semesters, für die ganze sechste Jahrgangsstufe.“

„Das wissen wir“, erwiderte von Pauling verächtlich. „Es gibt jedes Jahr einen Ball.“

„Ja“, fuhr Pummel fort, „aber dieses Jahr werden auch Jungs da sein.“

„Jungs?“ rief Charlotte aus. „Echt?“

„Was für ein Quatsch!“ erklärte Berenice. „Die Pinguine würden Jungs nicht einmal eine Meile entfernt von hier dulden, niemals.“

„Es ist wahr, du Hexe, frag doch deinen Bruder“, quäkte Pummel.

„Das werde ich, darauf kannst du dich verlassen“, gab Berenice zurück.

„Das heißt, es sind die Jungs von Saint Barnabas?“ fragte Charlotte.

„Ja“, antwortete Pummel, „und es ist ein Maskenball. Wenn ihr hingehen wollt, müsst ihr euch am schwarzen Brett eintragen.“

„Interessant“, meinte von Pauling. „Schmeiß sie raus, Kreidi.“

Thomasina wurde mit einem wohl platzierten Arschtritt von Charlotte hinausbefördert, und die drei Freundinnen scharrten sich umeinander herum.

„Jungs!“ erklärte Charlotte entzückt.

„Ja, Jungs“, erwiderte Berenice, „Jungs, mit denen wir nichts tun dürfen, außer ein paar der ödesten Tänze zu tanzen.“

„Du hast recht“, gab Charlotte zu. „Wenn wir uns nur einen Hauch danebenbenehmen, versohlen uns die Pinguine, wahrscheinlich gleich dort. Das würde mich nicht wundern.“

„Sei kein Dummkopf!“ sagte Berenice. „Sie würden uns nicht vor den Augen von Jungen versohlen!“

„Sie werden uns überhaupt nicht versohlen“, mischte sich von Pauling ein. „Ich habe einen Plan. Bernie, dein Bruder ist in Saint Barnabas. Du besuchst ihn doch am Wochenende, oder?“

„Ja“, antwortete Berenice.

„Dann musst du ihm sagen, dass er seine beiden bestaussehenden Freunde aussuchen soll“, instruierte sie von Pauling. „Gut aussehend und groß. Jeder von ihnen soll sich die Kutte eines Mönchs ausleihen und sie unter seinem Kostüm tragen. Sie müssen auch die richtigen Kostüme anhaben, damit wir wissen, wer wer ist. Am besten verkleiden sie sich als große Tiere, vielleicht als ein Bär, ein Gorilla und ein Werwolf. Okay?“

„Verstanden, Bosch“, sagte Berenice. Charlotte nickte.

„Auch wir müssen gut bedeckt sein“, sprach von Pauling weiter, „um die Tracht der Pinguine zu verbergen, die wir unten drunter tragen. Von da an ist das richtige Timing entscheidend. Die Jungs müssen wissen, was wir anhaben, und wir müssen wissen, was die Jungs anhaben. Die einzelnen Paare dürfen nicht miteinander tanzen, sonst schöpfen die Pinguine Verdacht. Zur genau festgesetzten Zeit, jeweils im Abstand von fünf Minuten, muss jeder sein äußeres Kostüm ablegen, damit wir durch die Tür gelassen werden und uns hinter der Kapelle treffen können …“

„… um richtig schön zu knutschen!“ fiel ihr Charlotte ins Wort. „Ich kriege Georgie!“

„Oh Gott, du bist doch wohl nicht scharf auf Georgie, oder?“ wollte Berenice wissen.

„Äh, nein, so ist es nicht“, stammelte Charlotte. „Ich meine, er ist nicht schlecht, und er wird bestimmt niemanden aussuchen, der nicht durch und durch anständig ist. Bestimmt nimmt er seine besten Freunde.“

„Bertie Mallowdale und Freddie Bostock, wette ich“, versicherte ihr Berenice. „Sie sind in Ordnung. Ich kann doch Bertie haben, wenn es dir nichts ausmacht, Bosch?“

„Freddie, ist er groß?“ fragte von Pauling.

„Ja, ziemlich groß, und blond. Er wird dich an deine Freunde zu Hause in Preußen erinnern“, versprach Berenice ihre Freundin.

„Gut“, sagte von Pauling. „Dann ist Freddie meiner. Er muss sich als Werwolf verkleiden, weil ich als Rotkäppchen gehen will. Dann kann ich weite Röcke tragen, und der Umhang und die Haube werden alles bedecken. Bertie wird der Gorilla, und Georgie der Bär. Das ist ein guter Plan, nicht wahr?“

„Ein höllisch guter Plan!“ erklärte Berenice. „Es kann gar nicht danebengehen!“

„Du bist wirklich schlau, Bosch, altes Mädchen!“ fügte Charlotte hinzu. „Wahnsinn, dass du das alles in nur ein paar Minuten ausgetüftelt hast.“

„Daddy sagt immer, die Deutschen sind verdammt gut in solchen Dingen, Strategie und so“, stimmte Berenice zu. „Als was gehst du, Charlotte?“

„Goldlöckchen“, antwortete Charlotte nach kurzer Überlegung. „Dann kann ich auch eine Haube tragen, und wenn Georgie der Bär ist, passt das doch perfekt! Und keinen BH, lasst uns wagemutig sein!“

Berenice nicke zustimmend. Sie kicherte bei dem Gedanken, ihre bloßen Brüste an den Freund ihres Bruders zu schmiegen. Von Pauling nickte ebenfalls. In diesem Augenblick wurden die drei Mädchen durch eine leichte Lichtveränderung davor gewarnt, dass jemand vor dem Schlüsselloch war. Charlotte riss die Tür auf. Davor kauerte Pummel Plank, die erneut mit einem Stiefeltritt in ihren wohlgerundeten Hintern fortgeschickt wurde.

„Was ist mit dir, Bernie?“ fragte Charlotte, als sie sich wieder hinsetzten. „Als wen verkleidest du dich für den Gorilla? Als Jane?“

„Sei nicht albern!“ protestierte Berenice. „Jane ist Tarzans Mädchen. Tarzan ist kein Gorilla! Ich verkleide mich als Florence Nightingale. Sie hat immer einen Umhang getragen, glaube ich zumindest.“

Berenice wartete, voller Vorfreude. Alle paar Minuten sah sie auf die Uhr. Die Aula war proppenvoll. Am einen Ende saßen die Mädchen, am anderen die Jungs. Die Pärchen waren in der Mitte und tanzten geziert zu einer einschläfernden Melodie. Dabei behielten sowohl die Mönche als auch die Nonnen ihre Schützlinge wachsam im Auge.

Am anderen Ende der Aula waren deutlich die drei Jungen zu erkennen, mit denen sie sich verabredet hatten: ein Werwolf, ein Bär und ein Gorilla, die nebeneinander saßen. Allein der Anblick ließ Berenices Herz rasen. Sie musste kichern, weil der Gedanke an einen Gorilla sie so erregte.

Von Pauling sollte zuerst gehen, um acht Uhr, gefolgt von Charlotte um acht Uhr fünfzehn. Beide würden ganze zehn Minuten mit ihrem ausgewählten Jungen verbringen können, bevor sie wieder hereinkommen müssten. Berenice, die die letzte war, hätte sogar noch mehr Zeit, wenn sie es wagte. Das bedeutete die Chance auf ein bisschen mehr als eine Knutscherei. Wenn Bertie Mallowdale so wagemutig war, wie George meinte, könnte das sehr weit führen …

Die Minuten verstrichen quälend langsam. Berenice ließ die Uhr kaum aus den Augen. Um fünf vor acht löste sich der Werwolf von den anderen

Jungen und verschwand hinter einem Paravent. Einen Moment später erschien ein Mönch am anderen Ende des Raumes, schlenderte zur Tür und ging hinaus. Er schien nicht die leiseste Aufmerksamkeit auf sich zu ziehen. Der Plan funktionierte.

„Wünsch mir Glück, ja?“ flüsterte von Pauling neben Berenice.

„Viel Glück, Bosch“, erwiderte Berenice.

Das deutsche Mädchen erhob sich und ging selbstsicher zu den Waschräumen. Eine Nonne folgte ihr unverzüglich. Berenice und Charlotte tauschten einen besorgten Blick aus. Einen Augenblick später wurde von Pauling an ihrem Ohr wieder hereingeführt.

„Verdammt!“ rief Charlotte.

„Das ist wirklich Pech“, pflichtete Berenice ihr bei. „Dass ihr auch ein Pinguin hinterherlaufen muss …“

„Jetzt kriegt sie den Po versohlt“, fügte Charlotte hinzu.

„Sie wird nichts ausplaudern. Nicht die Bosch.“

„Nicht die Bosch“, meinte auch Charlotte.

„Du bleibst doch dabei?“ fragte Berenice.

„Na klar“, antwortete Charlotte.

Dagmar wurde ins Hauptgebäude der Schule geführt. Berenice dachte daran, wie ihre Freundin sich jetzt wohl fühlen mochte. Ball hin oder her, es würde dieselbe alte Routine sein wie immer: Kleid hoch, Höschen runter, damit es richtig weh tat und schön peinlich war, und dann sechs Hiebe quer über den bloßen Hintern. Selbst die berüchtigt zähe von Pauling heulte nach sechs Schlägen auf den nackten Po.

Jetzt tauchte ein geknickt wirkender Werwolf hinter den Paravents auf und tauschte seinen Platz mit dem Bär. Berenice winkte ihrem Bruder zu. Er drehte seinen Daumen nach oben, bevor er hinter dem Paravent verschwand. Kurz darauf erschien wieder ein Mönch, der, ohne bemerkt zu werden, verschwand.

„Zeit für meine Knutscherei!“ verkündete Charlotte. Grinsend ging sie davon.

Sobald Charlotte in der Toilette verschwunden war, folgte ihr eine Nonne. Eine Minute verging, und dann noch eine. Dann wurde auch Charlotte am Ohr aus dem Waschraum geführt, wie vorher von Pauling. Berenice sah entsetzt dabei zu, wie die Nonne das widerstrebende Goldlöckchen wegbrachte. Dagmar von Pauling hatte den Nonnen bestimmt nichts verraten, nicht für alles in der Welt. Schon zweimal vorher hatte das deutsche Mädchen lieber zwölf Hiebe mit dem Rohrstock ertragen, anstatt ihre Komplizinnen bei ihren mädchenhaften Verbrechen preiszugeben. Das ließ nur noch eine Möglichkeit offen.

Thomasina Plank war nicht schwer zu finden. Sie trug ein Hasenkostüm, wie Berenice wusste, ein plüschiges rosa Ungetüm mit Riesenohren. Thomasina tanzte gerade mit dem Werwolf, was Berenice noch wütender machte. Sie lief zum Rand der Tanzfläche und wartete, bis die Musik aufhörte. Dann trat sie aus dem Schatten und packte den übergroßen Hasen am Arm. Er fuhr geschockt herum. Seine Nase kräuselte sich, als er vor Angst den Mund aufriss.

„Ich hab dich, Pummel!“ zischte Berenice. „Komm mit mir mit, du kleine Petze!“

„Nein! Nein!“ quiekte der Hase, während er durch die Aula zur Toilette geschleift wurde.

Berenice antwortete nicht und stürmte in den Waschraum. Es waren ein paar Mädchen darin, aber keine Nonnen. Sie sahen überrascht drein, machten aber keine Anstalten, Berenice aufzuhalten, als sie Thomasina in eine Kabine zerrte und die Tür schloss. Sie zog Thomasinas Hasenkopf herunter. Ihr rotes Haar und ihre Sommersprossen kamen zum Vorschein.

„Du hast uns verpetzt, stimmt es?“ wollte Berenice wissen. „Du hast an der Studienzimmertür gelauscht und uns verraten!“

„Nein, ich … na gut, ja, ich habe gepetzt!“ quiekte Thomasina. Berenice hatte sie am Hals gepackt und tat so, als ob sie ihren Kopf in die Toilettenschüssel tauchen wollte.

„Nein, Bernie, nicht, ich sage ja alles, ich schwöre es!“

„Ich habe Pauling verraten und Kreidi Weiß, aber nicht dich, das schwöre ich!“

„Lügnerin!“ schnappte Berenice.

„Es ist wahr!“ heulte Thomasina. „Wie hätte ich dich verraten können? Ich wusste doch nicht, als was du dich verkleiden würdest! Ihr habt mich erwischt, bevor du es gesagt hast!“

„Ja“, gab Berenice zurück, „aber ich glaube dir immer noch nicht. Was hast du den Pinguinen über mich erzählt?“

„Nichts!“ quiekte Thomasina.

Berenice drückte den Kopf des Mädchens tiefer in Richtung des verdächtig gelben Wassers in der Toilettenschüssel.

„Ich sage es, ich sage es!“ brabbelte Thomasina los. „Ich habe ihnen gesagt, dass du auch beteiligt bist, aber ich nicht weiß, was du tragen wirst. Das ist alles, das schwöre ich!“

Berenice hielt kurz inne und dachte nach. Die Nonnen wussten nicht, was sie anhatte, aber das würden sie leicht herausfinden. Sie würden einfach warten, bis sie sich irgendwie verdächtig machte, und dann …

„Raus aus dem Kostüm!“ fauchte sie. „Sofort!“

„Ich … ich kann nicht!“ heulte Thomasina.

„Tu es!“ befahl Berenice und drückte den rothaarigen Schopf des Mädchens tiefer.

„Ich kann nicht!“ wiederholte Thomasina. „Ich trage nichts unten drunter!“

„Hör auf zu kreischen, Pummel!“ meinte Berenice. „Du bekommst mein Kostüm! Und jetzt willige ein, oder ich tauche dich unter. Ich meine es ernst!“

„Du Scheusal!“ schrie Thomasina auf, als ihre Stirn die Mischung aus Pipi und Wasser berührte. „Nein, hör auf! Ich mache es, Bernie, ich mache es!“

„So ist es schon besser.“ Berenice lockerte ihren Griff und ließ Thomasina sich aufrichten. „Los jetzt, schnell!“

Die beiden Mädchen zogen sich eilig aus. Für Thomasina war das einfach. Ihr Hasenkostüm glitt hinunter und entblößte ihren schlanken, blassen Körper. Selbst ihre Brüste waren mit Sommersprossen bedeckt, und ihr Schamhaar war rot. Berenice kämpft immer noch mit den Spitzen an ihrem Kostüm, als Thomasina schon nackt war. Aber sie schaffte es bald, es abzustreifen. Darunter trug sie eine Nonnentracht. Thomasina beobachtete sie, zitternd und nackt in die Ecke gedrückt, zart und verletzlich. Berenice konnte nicht widerstehen.

„Das ist dafür, dass deinetwegen meine Freundinnen versohlt werden!" verkündete Berenice und packte Thomasina an den Haaren.

Thomasina fing an zu kämpfen, aber das war ein Fehler. An den Haaren wurde sie zur Toilettenschüssel geschleift und ihr Kopf hineingedrückt. Lachend zog Berenice an der Kette der Spülung. Sie lachte noch lauter, als Thomasinas Panikschrei in dem gurgelnden Geräusch unterging, als das schmutzige Wasser hochwirbelte. Berenice hielt den Kopf ihres Opfers nach unten, bis das Wasser versiegt war. Thomasinas normalerweise karottenrotes Haar war jetzt nass und dunkel, mit kleinen Fetzen Toilettenpapier dazwischen. Erlöst richtete sich Thomasina auf, mit düsterem Gesichtsausdruck. Wasser tropfte von ihrem Kinn und ihrer Nase und rann über ihre kessen Brüste.

„Lass dir das eine Lehre sein", sagte Berenice. „Jetzt zieh dir mein Kostüm an, schnell."

Die beiden Mädchen kleideten sich an. Berenice ließ Thomasina zuerst hinausgehen und folgte ihr dann. Sie traten aus der Waschraumtür und erstarrten. Die Musik hatte aufgehört, und die Tänzer auch. Die Aula war hell erleuchtet, und alle Augen waren auf die Bühne gerichtet. Dort standen Dagmar von Pauling und Charlotte White. Vielmehr waren sie vornübergebeugt und warteten auf ihre Bestrafung.

Beide waren für die Züchtigung entblößt worden, Goldlöckchen und Rotkäppchen Seite an Seite. Die Gesichter der beiden Opfer wurden durch die hochgeklappten Röcke und Umhänge verdeckt, aber das war auch alles. Man hatte keinerlei Rücksicht auf die Schamhaftigkeit der Mädchen genommen. Ihre Kleider waren so weit hochgezogen, dass man unter ihrem Oberkörper ihre mädchenhaften, rosa Brüste baumeln sah. Auch ihre Höschen waren ganz hinuntergezogen worden und gaben den Blick frei auf ihre runden, blassen Hintern, ihre geschwollenen, haarigen Schamlippen und ihre engen, dunklen Anuslöcher. Neben ihnen stand die Mutter Oberin, mit dem Rohrstock in der Hand. Sie sagte:

„... und um ihnen die Schwere ihres Vergehens klarzumachen, habe ich beschlossen, die Strafe öffentlich zu verabreichen. Wenn sie diese Erfahrung erniedrigend finden, hätten sie daran denken sollen, bevor sie ein solches Verbrechen begehen. Von Pauling, mach dich bereit."

Dagmars Hintern zuckte. Es sah so aus, als ob ihr Anus zwinkerte. Eine Sekunde später landete der tückische gelbe Rohrstock mit voller Wucht auf ihrem Po. Berenice stand stocksteif da und konnte nur entsetzt und verdattert dabei zusehen, wie zuerst von Pauling und dann Charlotte versohlt wurden. Erst als man die beiden Mädchen anwies, sich in die Ecke zu stellen und der Menge ihre bloßen, geröteten Hintern zu zeigen, dachte sie daran zu handeln.

Die Jungen hatte man hinausgeführt, aber sie wusste, wo sie sein würden. Es gab nur einen Ort, der groß genug dafür war, und das war der Speisesaal. Mittlerweile war es bereits halb neun, und mit etwas Glück war Bertie bereits in seinem Mönchsgewand. Wenn ja, hätte er nach draußen flüchten müssen, um nicht entdeckt zu werden.

Aller Augen ruhten auf den nackten Hintern der gezüchtigten Mädchen, sowohl die der Nonnen als auch die der Schülerinnen. Mit pochendem Herzen machte sich Berenice auf den Weg zur Tür. Niemand bemerkte, wie sie hindurchschlüpfte. Sie warf einen letzten Blick in die Aula zurück und sah, wie zwei Nonnen direkt an Florence Nightingale vorbeiliefen. Thomasina hielt sie nicht auf, sie drehte sich nicht einmal um. Zu ihrem Erstaunen erkannte Berenice, dass Thomasina sie nicht verraten würde. Das bedeutete, dass die Chance bestand, gar nicht erwischt zu werden.

Mit einem neuen Hochgefühl ging sie schnell weiter.

Draußen rannte sie los, um die Ecke der Aula und über den Rasen, bis zum dunklen Umriss der Kapelle. An der Rückseite ragten die Stützpfeiler in einen tiefen Graben hinein. Alles war schwarz. Berenices Augen gewöhnten sich nur langsam an das schwache, orangefarbene Licht von weit oben. Sie hielt an und lauschte. Ein Schatten löste sich aus den anderen, schwärzer als schwarz.

„Ich muss schon sagen“, wisperte eine Stimme, unverkennbar männlich.

„Pst! Kein Zeit!“ zischte Berenice.

Sie umarmten sich, Fell an Fell. Berenice merkte, dass er immer noch das Gorillakostüm anhatte. Er musste auf die gleiche Weise entkommen sein wie sie, als die Aufmerksamkeit aller anderen abgelenkt war. Es fühlte sich wundervoll an: sein Körper, stark und fest an ihrem, trotz der störenden Lagen aus pelzigem Stoff. Sie begannen, ihre Nasen aneinander zu reiben. Dann küssten sie sich. Sie drückten die Tierschnauzen weit auseinander, damit sich ihre Münder trafen, offen und nass und leidenschaftlich.

Selbst während sie knutschten, ging es Berenice durch den Kopf, dass etwas in dem, was Thomasina gesagt hatte, nicht zusammenpasste. Wenn sie den ganzen Plan verraten hätte, wären auch die Jungs bestraft worden. Und warum hatte sie sich nicht bei der ersten Gelegenheit hier herausgeschlichen?

Sie schob den Gedanken beiseite. Dann hatte Thomasina eben gelogen, es spielte doch keine Rolle. Rächen würde sie sich später, und in der Zwischenzeit gab es Wichtigeres zu bedenken. Der Gorilla, der Bertie Mallowdale war, hatte den Reißverschluss am Rücken des Hasenkostüms gefunden und zog ihn herunter. Seine Hände glitten über ihren Rücken und drückten ihren Hintern durch die Nonnentracht hindurch. Sie wollte protestieren, tat es aber nicht. Es fühlte sich zu schön an. Seine Finger zogen Zentimeter für Zentimeter ihr Kleid hoch, bis es sich oben an den Hasenbeinen raffte. Dann fehlte nicht mehr viel.

Mit schlafwandlerischer Sicherheit fanden seine Hände Berenices Höschen. Er quetschte ihre Pobacken und kitzelte die empfindliche Spalte dazwischen, streichelte durch den dünnen Stoff ihren Hintern. Sie ertappte sich dabei, wie sie erzitterte und den Po herausstreckte, während ihre Küsse immer leidenschaftlicher wurden. Als Antwort packte der Gorilla mit festem Griff ihr Höschen und zog es hinunter. Die kühle Nachtluft drang an Berenices Hintern. Zum ersten Mal in ihrem Leben war sie nackt für einen Mann. Seine großen Hände liebkosten ihre Pobacken und zogen sie weit auseinander. In ihr stieg das Bedürfnis hoch, sich zu bücken, damit er in sie eindringen könnte. Es wuchs zu einem starken, unwiderstehlichen Drang …

„Ich muss schon sagen", flüsterte der Gorilla, der sich zurückzog. „Ich habe da einen Johannes, wenn dir nach einem Nümmerchen ist?"

Berenice nickte, unfähig zu sprechen. Der Gorilla kicherte entzückt und drehte sie um. Berenice ließ es einfach geschehen. Sie wurde hinuntergedrückt, gegen den Pfeiler. Ihr Hintern ragte aus ihrem Hasenkostüm, nackt und verletzlich. Sie stellte sich vor, was für einen Anblick sie bot: ein großer, rosafarbener Hase, mit Ohren und allem Drum und Dran, und einem vorgereckten, nackten Mädchenhintern. Sie kicherte. Hinter ihr erklangen seltsame Geräusche, ein Rascheln, ein Grunzen und ein Reißen, das sie an ihre Jungfräulichkeit erinnerte, die sie gleich verlieren würde. Starke Hände ergriffen sie an den Hüften, und etwas Hartes und Rundes schob sich zwischen ihre Pobacken.

„Nein, nicht da!" fauchte sie, als der Schwanz ihr Poloch erforschte.

„Sorry, altes Haus", gab der Gorilla zurück und begann, sie zu ficken.

Sein Schwanz fuhr direkt in sie hinein und zerriss die dünne Membran ihres Jungfernhäutchens. Berenice schrie vor Schmerz auf. Dann war der Schwanz in ihr drin und der Schmerz vergessen. Sie wurde gefickt; ein großer, harter Schwanz pumpte in ihrem Körper auf und ab und füllte das Loch ihrer Vagina aus. Berenice hatte sich das so oft vorgestellt, aber sie hatte nie gedacht, dass es sich so gut anfühlen würde.

Leider dauerte es nicht lange an. Der Gorilla, überwältigt von dem Vergnügen, sie zu ficken, kam in ihr, grunzte vor Ekstase und endete mit einem langen, leisen Stöhnen. In der darauffolgenden Stille dachte Berenice an ihre neu entdeckte Lust und an den schmerzhaften Rohrstock, den ihre Freundinnen zu spüren bekommen hatten. Sie würde liebend gerne hundert Stockhiebe ertragen, in aller Öffentlichkeit, für einen weiteren guten Fick. Hinter ihr ertönte eine Stimme.

„Ich muss schon sagen, Kreidi, das war prima!" verkündete der Gorilla, während er seinen Schwanz am Saum ihrer Nonnentracht abwischte. „Du bist wirklich ein Prachtmädchen!"

„Kreidi?" fragte Berenice. „Ich bin nicht Kreidi, du Dummerchen. Wie kommst du darauf, dass ich Kreidi bin?"

„Du bist nicht Kreidi? Ich meine, Charlotte White?"

„Nein, natürlich nicht!"

„Aber … das rothaarige Mädchen hat doch gesagt, dass wir die Kostüme tauschen sollen, und Kreidi würde das auch tun, mit … Oh, oh je, ich muss schon sagen …"

Berenice konnte nicht sprechen. Die Stimme des Gorillas, jetzt ganz klar, klang entsetzlich vertraut.

„Ich muss schon sagen", wiederholte er. „Ich glaube, ich habe gerade meine eigene Schwester gevögelt."

Zur Hure erklärt

Calebs Schwanz war groß, schmutzig und roch nach Ziege. Rosanna war das egal, sie interessierte sich nur für die Größe, als sie ihn in den Mund nahm und voller Liebe daran zu saugen begann. Sie kniete nieder, das Kleid hochgezogen, um es nicht mit dem schmutzigen Stroh unter ihr zu beschmutzen. Caleb saß auf einem großen Tonfass, die Beine weit auseinander, und lächelte, als er ihr zuschaute. Die Ziegen sahen ebenfalls zu, gafften müßig und neugierig aus ihren runden, braunen Augen.

Caleb streichelte Rosannas braune Locken.

„Ja, so ist es gut. Das ist mein Mädchen", sagte er. „Und du wirst auch ganz sicher alles schlucken, was herauskommt, nicht wahr?"

Rosanna nickte hingebungsvoll, ohne seinen Schwanz aus dem Mund zu nehmen. Caleb lehnte sich zurück und schloss zufrieden die Augen. Rosanna nahm ihn noch tiefer in den Mund, sodass seine Eichel zwischen ihre Mandeln gedrückt wurde. So mochte er es am liebsten. Ihr Hals rebellierte, verkrampfte sich ein paar Mal, doch das war sie gewohnt. Caleb schnappte nach Luft, sein Schwanz zuckte und pumpte die volle Ladung Sperma in Rosannas Hals.

Sie zog sich zurück, hustend und stammelnd, und musste gleichzeitig lachen. Um ihren Mund und ihre Nase bildeten sich Spermablasen. Caleb lachte ebenfalls. Doch plötzlich wurde er still. Rosanna blickte hoch und sah ein verhärmtes, hageres Gesicht am Fenster, das sie aus einer schwarzen Kapuze anstarrte.

„Gesegneter Vater!" rief Caleb.

Der Anblick des Priesters erschreckte Rosanna derart, dass sie sich am Sperma verschluckte. Sie hustete und zuckte am ganzen Körper. Caleb flüchtete, so schnell es ging, und ließ sie alleine zurück, keuchend und spuckend, nicht in der Lage, zu atmen oder aufzustehen. Der Priester sah alles mit an. Endlich brachte sich Rosanna unter Kontrolle und wischte das Sperma vom Kinn, das in langen Fäden von dort hinunterhing.

„Pater Ira?“ sagte sie.

„Was hast du getan?“ fragte er.

„Es tut mir leid, bitte vergebt mir“, sagte sie. „Ich habe gesündigt. Ich gebe es zu. Ich werde meine Strafe in aller Demut entgegennehmen.“

Sie senkte den Kopf und wartete, bis ihr Urteil gesprochen wurde. Lange sagte Pater Ira gar nichts, obgleich sie seine Blicke auf ihrem Körper spürte: auf ihrer Brust, wo sie das Kleid aufgeknöpft hatte, um Caleb mit dem Anblick ihrer nackten Brüste zu erregen. Schließlich sah sie auf.

„Komm her, mein Kind“, sagte er sanft.

Rosanna nickte und erhob sich. Schnell lief sie aus dem Stall nach hinten, wo der Priester unter den knorrigen Quittenbäumen des Gartens wartete. Mit gesenktem Haupt stand sie vor ihm, die Hände im Schoß gefaltet.

„Es ist schrecklich, was du getan hast, mein Kind“, sagte er.

„Bitte vergebt mir, gesegneter Vater“, antwortete sie. „Es war falsch, mich so zu benehmen. Ich bin schwach und nicht dazu fähig, die Bedürfnisse meines Körpers zu kontrollieren ...“

„Bedürfnisse? Für so ein Verhalten?“ unterbrach er sie. „Du sprichst, als seist du ein Mann. Du bist ein Weib, das passive Gefäß. Du hast keine solchen Bedürfnisse. Derlei zu ersehnen, als Frau, ist Hurerei, eine Gotteslästerung!“

Seine Stimme war vor Zorn laut geworden. Rosanna antwortete nicht, sie biss sich nur auf die Lippen und senkte den Kopf noch tiefer, sodass ihre zerwühlten Haare ihr Gesicht verbargen.

„Es ist die Pflicht der Frau“, fuhr er fort, „dem Manne zu dienen und seinen Samen in ihren Körper aufzunehmen. Das tut sie in Demut und Gehorsamkeit, gefügig und bescheiden, auf dass sie schwanger werde und seine körperlichen Bedürfnisse gestillt werden. Alle Männer haben diese Bedürfnisse, mein Kind, es ist der Fluch der Rasse von Adam. Eine anständige Frau hat solche Bedürfnisse nicht, kann aber auf die männlichen Bedürfnisse eingehen, ohne sich der Sünde schuldig zu machen, unter bestimmten Umständen.“

Rosanna nickte.

„Für eine unverheiratete Frau ist dies jedoch eine Sünde“, sagte der Geistliche. „Junge Männer sollten ihren Samen nicht verschwenden, weil es ihre Stärke mindert und sie auf dem Feld keine ordentliche Arbeit mehr verrichten können. Außerdem darfst du dich keinen verheirateten Männern zur Verfügung stellen, denn damit würdest du die Sünde des Ehebruchs begehen.“

„Ich habe keinen Ehebruch begangen, gesegneter Vater“, sagte Rosanna.

„Ich weiß, Rosanna, mein Kind. Im Herzen bist du ein gutes Mädchen. Zweifellos war Calebs Lüsternheit stärker als dein schwacher Willen. Du hast dich selbst beschmutzt. Und doch kann es für dich Vergebung geben.“

„Ich danke Euch, gesegneter Vater.“

„Wohlan. Und im Geiste der Vergebung bin ich bereit, dir ein großes Privileg zu gewähren. Auch wenn eine junge Frau sich sowohl von jungen als auch von verheirateten Männern fernhalten sollte, darf sie doch jenen zu Diensten sein, die sich dazu entschieden haben, einer höheren Instanz zu dienen. Hier wäre das, was du getan hast, weder sündig noch unanständig, sondern es wäre eine demütige Geste der Bereitschaft, den Weg zur Besserung einzuschlagen. Es abzulehnen, wäre arrogant und würde von falschem Stolz zeugen, sehr unpassend für eine junge Frau wie dich.“

„Gesegneter Vater, was verlangt Ihr von mir?“

„Nur das, was du Caleb, dem Ziegenhirten, gegeben hast, und ...“

„Ich soll euch in den Mund nehmen? Das könnte ich nicht, niemals! Wie könnt Ihr so etwas von mir verlangen? Und Ihr wollt ein Geistlicher sein!“

„Ich habe es dir doch erklärt ...“

„Erklärt! Ihr wollt mich übers Ohr hauen, mit Euren schönen Worten und ausgefallenen Ideen! Einen alten Mann zu lutschen, um einer Strafe zu entgehen? Das wäre die Tat einer Hure. Verlangt das nicht von mir. Es ist nicht richtig!“

„Was sagst du da?“ fragte er. „Woher willst du wissen, was Recht und Unrecht ist? Ich habe dir alles erklärt. Willst du etwa an meiner Autorität zweifeln, der Autorität eines gesegneten Vaters? Genug davon. Gehorche, sofort. Auf die Knie!“

„Niemals! Nicht für Euch! Ihr seid alt! Ihr seid hässlich! Ihr wollt euch Vorteile verschaffen, indem Ihr mich täuscht. Das ist noch schlimmer als das, was ich getan habe!“

„Wie kannst du es wagen! Du gibst dich einem stinkenden Ziegenhirten hin! Und mir willst du dich verweigern, einem gesegneten Vater, dem du nicht wert bist, die Füße zu küssen? Ich nenne dich eine Hure, ein wertloses Stück Dreck! Nun mach dich an die Arbeit, ich befehle es dir!“

„Niemals! Ihr seid abscheulich! Ein Lüstling!“

Ihr Fuß holte zu einem Tritt aus und traf den Priester unter seiner Robe. Er schrie vor Schmerz und griff sich mit verzerrtem Gesicht ans Bein. Rosanna rannte an ihm vorbei, über die Beete des Gartens und in ihr Haus. Sie knallte die Tür hinter sich zu.

Rosanna hörte, wie es an der Tür klopfte, und stand auf. Sie erwartete Kundschaft und öffnete die Tür. Ein gestiefelter Fuß stellte sich in den Spalt und schob die Tür weit auf. Sie holte tief Luft und wich einen Schritt zurück. Zwei kräftige Männer in der senfgelben Uniform der Kirchenwächter traten ein. Dahinter folgte der gesegnete Vater Ira Tiergarde. Rosanna wurde von den Männern in die Küche geschleift.

„Pater?“ fragte sie.

„Zieht sie aus“, kommandierte er, „und legt sie auf den Tisch.“

„Warum? Nein!“ schrie Rosanna, die rücklings auf den Tisch geworfen wurde.

Sie kämpfte und wehrte sich, so gut sie konnte, während raue Hände an ihren Kleidern zerrten. Ihr Mieder zerriss, und ihre großen Brüste kamen zum Vorschein. Ihr Rock wurde hochgeschoben, sodass ihre nackten Beine, ihr Bauch und ihr behaarter Venushügel sichtbar wurden. Ein

Mann hielt sie fest. Sie strampelte in ihrer Angst und ihrer Panik und zeigte das reife, rosa Zentrum ihrer Möse und ihren fleischigen Hintern. Der andere Mann zog ein Messer hervor, um damit den Gürtel ihres Kleids zu durchtrennen und es aufzureißen. Das zerfetzte Kleid wurde erst hoch- und dann ausgezogen. Bis auf die Schuhe und die kniehohen Strümpfe aus grober, blauer Baumwolle war sie nun völlig nackt. Die Kirchenwächter hielten sie an Armen und Beinen fest und drückten sie auf den Tisch.

„Fesselt sie", befahl Pater Tiergarde.

Ein Kirchenwächter beugte sich über Rosannas Körper und grinste, als ihre dicken Brüste unter seinem Arm zusammengequetscht wurden. Er packte ihre Handgelenke und hielt sie weit auseinander, während sein Kollege eine Kordel aus seinem Beutel zog. Ihre Handgelenke wurden an die Tischbeine gefesselt, sodass sie völlig wehrlos da lag und sich nicht mehr verteidigen konnte. Die Kirchenwächter wollten das Gleiche mit den Beinen tun, als Tiergarde seine Hände hob.

„Nein. Ich möchte sie zappeln sehen."

Die Männer gehorchten, verbeugten sich und traten schweigend zurück. Tiergarde trat an den Tisch und blickte voller Verachtung auf Rosannas nackten Körper herab. Seine Augen glitten ganz langsam über ihre Brüste, die kleine Wölbung ihres Bauches, ihre Schambehaarung und ihre Schamlippen.

„Warum, gesegneter Vater?" fragte sie. „Was habe ich getan?"

„Erinnerst du dich nicht", fragte Tiergarde zurück, „dass ich dich bei unserem letzten Treffen eine Hure genannt habe? Wo ist dann bitteschön dein rotes Lämpchen? Warum kommen keine Männer zu mir, um zu beichten, dass sie es mit dir getrieben haben?"

„Ich ... ich verstehe nicht, gesegneter Vater."

„Nein? Ich denke, du verstehst mich sehr gut. Du versuchst, deiner gerechten Strafe zu entgehen."

„Welche gerechte Strafe, gesegneter Vater? Ich habe nichts Falsches getan! Warum soll ich eine Hure sein? Weil ich mich geweigert habe, Euch zu Diensten zu sein?“

„Nicht ganz, nein. Deine Verweigerung hatte keine Bedeutung. Es ist, wie wenn ein Apfel von Würmern zerfressen ist: Dann nehme ich eben einen anderen und denke nicht weiter darüber nach. Dein Verbrechen ist deine Einstellung, deine krasse Unbesonnenheit. Du willst nicht verstehen, wo dein Platz in der Gesellschaft ist. Deshalb wurdest du zur Hure erklärt.“

„Nein, gesegneter Vater, das ist keine Gerechtigkeit!“

„Gerechtigkeit? Wie kannst du es wagen, von Gerechtigkeit zu reden? Gerechtigkeit ist das, was ich sage, und entzieht sich dem Verständnis einer Bauernschlampe mit dicken Titten!“

Während er sie anschrie, rötete sich sein Gesicht vor Zorn. Sie war sich sicher, dass er sie gleich schlagen würde. Er tat es jedoch nicht, sondern wich zurück, schloss die Augen und murmelte ein Gebet, bevor er mit ruhiger Stimme weitersprach.

„Was machen wir nur mit dir, hochmütige Rosanna? Ich werde dir beibringen, das zu sein, was du von nun an bist: die Hure des Dorfes. Denn das bist du, weil ich es so will. Und ich werde meine Autorität nicht von dir untergraben lassen. Ich bin sogar bereit, dich bei deiner neuen Aufgabe ein wenig zu unterstützen. Die Kosten wirst du natürlich selbst übernehmen müssen. Aber ich werde eine schöne blecherne Signallampe beim Schmied bestellen, mit rotem Glas. Außerdem schicke ich wöchentlich meine Männer zur Überprüfung vorbei. Sie werden nachsehen, ob du deiner Profession, Männer gegen Bezahlung in jede Öffnung deines Körpers eindringen zu lassen, ordnungsgemäß nachgehst. Und was, wenn du nicht eifrig genug zu Werke gehst? Zwei Dutzend Schläge mit der Birkenrute dürften angemessen sein, auf deinen nackten Körper, mitten auf dem Dorfplatz, damit alle zusehen können. Ich nehme an, dass wir damit deine fetten Schenkel weit genug auseinanderkriegen.

Stell dir nur vor, wie du daliegst und dich jedes Mal fürchtest, wenn es an der Tür klopft und du dich fragst, wer es sein wird und was er von dir verlangt. Ich denke, wir hängen eine Preisliste an deine Tür, sodass jeder, der vorbeikommt, sieht, was du machst. Welche Preise könnten wir nehmen? Einen Penny für deine Hand, zwei für deinen Mund oder die dicken Bauerntitten, einen Groschen für deine Fotze und dafür nur einen halben Penny für deinen stinkenden Hintereingang, um sicherzustellen, dass du auf so perverse Weise wie möglich benutzt wirst. Ich denke, viele werden ein solches Angebot annehmen.

Wen wirst du am meisten hassen, frage ich mich? Den dicken Bäcker Jankin vielleicht. Es heißt, er bevorzuge Analverkehr, und außerdem soll er einen völlig deformierten Schwanz haben, so groß wie ein Pferderiemen. Stell dir vor, Rosanna, dieser Schwanz in deinem Hintern, und das zweifellos sehr häufig."

„Bitte nicht, gesegneter Vater! Ich bin keine Hure. Ich bin eine Jungfrau!"

„Jungfrau? Entehre dieses Wort nicht mit deiner schmutzigen Zunge! Du bist keine Jungfrau, wenn du einen Schwanz in deinen Mund nimmst. Habe ich dich etwa nicht gesehen? Wenn ich euch nur ein wenig später erwischt hätte, wäre er in deiner Möse gewesen. Versuche nicht, es zu leugnen!"

„Nein, ich schwöre! Er war bereits gekommen, in meinem Mund. Ihr habt es doch gesehen! Da ist nichts passiert . ."

„Nichts passiert! Du weißt nichts über Anstand, nichts darüber, was gut ist für eine Frau. Ja, du bist eine Hure. Es ist deine Natur. Es ist dein gerechtes Schicksal."

„Ich bin eine Jungfrau, gesegneter Vater. Seht doch!"

Pater Ira zog eine Augenbraue hoch.

„Du scheinst ehrlich zu sein. Aber das kann man leicht nachprüfen."

Noch während er sprach, trat er zwischen Rosannas Beine.

„Zieht sie weit auseinander", befahl er.

Die Wächter kamen an den Tisch, packten Rosannas Beine und hielten sie hoch und weit gespreizt, sodass ihr Geschlecht zum Vorschein kam. Pater Tiergarde hob eine behandschuhte Hand und streckte sie aus, um Rosanna zu berühren. Sie holte tief Luft, als er mit Daumen und Zeigefinger ihre Schamlippen auseinanderdrückte und in das Loch spähte, in dem sich das dünne Häutchen verbarg, das ihre Jungfräulichkeit beweisen konnte.

„Jungfrau, tatsächlich“, bemerkte Tiergarde, während er in die fleischige, rosafarbene Öffnung ihre Körpers blickte. „Ich gestehe, ich bin erstaunt. Wie kann es sein, dass du es mit jedem Bauernjungen in diesem Dorf treibst und dabei dein Jungfernhäutchen intakt geblieben ist?“

„Das tue ich nicht, gesegneter Vater! Nicht oft jedenfalls, und die, mit denen ich etwas anfing, waren ordentliche Jungs, die sich nur genommen haben, was ich ihnen zu geben bereit war.“

„Unsinn. Wenn Jungen wie die erstmal erregt sind, nehmen sie sich, was sie wollen.“

„Nein! Sie haben Respekt und zwingen eine Frau zu nichts. Sie werden mich auch beschützen! Sie werden es nicht hinnehmen, wenn ich zur Hure gemacht werden soll.“

„Wer wird dich beschützen? Caleb, der Ziegenhirte? Der hat noch nicht einmal den Mut, mir in die Augen zu schauen.“

„Ich habe viele Freunde.“

„Was? Nachdem ich dich zur Hure erklärt habe? Du weißt wenig von dieser Welt, mein Kind. Deine angeblichen Freunde werden wegschmelzen wie Schnee. Komm, lass uns sehen, wie toll dich deine so genannten Freunde unterstützen. Fesselt ihr die Hände hinterm Rücken und steckt sie in ein Halfter. Halt, einen Moment noch. Aus einer Laune heraus ist mir gnädig zumute, obwohl sie es nicht verdient. Hier, Rosanna, ist deine letzte Chance. Ich werde dich von meinen Männern losbinden lassen, damit du in deine Kammer gehen kannst, um deinen Körper zu reinigen und zu parfümieren. Dort wirst du warten, um mir zu dienen, wenn ich zu dir komme. Du wirst mir dienen, weil es eine Ehre für dich ist.“

„Nein!" schrie Rosanna. „Wenn Ihr mich wollt, nehmt mich jetzt und hier, gefesselt und hilflos, wie ich bin. Nur so werdet Ihr jemals meinen Körper besitzen, Ihr alter, falscher Lüstling!"

Sie spuckte verächtlich aus. Ihr Speichel landete auf Pater Tiergardes Robe. Einen Moment lang wurde sein Gesicht rot vor Zorn. Doch er hielt sich zurück, nickte den Kirchenwächtern zu und verschwand aus dem Haus.

Rosanna wurde von den beiden Männern ergriffen. Ihre Handgelenke wurden von den Tischbeinen losgebunden und hinter ihrem Rücken zusammengefesselt. Dabei drückten sie ihr das Gesicht auf die harte Tischplatte. Sie zogen ihr Stiefel und Strümpfe aus, sodass sie nun vollkommen nackt war. Dann banden sie ihr einen Strick um den Hals. Während sie Rosanna fesselten, betatschten sie ihren Körper, grapschten nach ihren Brüsten und rieben ihr die Möse.

Die Kirchenwächter führten sie am Strick nach draußen. Auf dem Weg wartete Pater Tiergarde. Er lächelte amüsiert, als Rosanna stolpernd ins Tageslicht gezerrt wurde. Das sahen auch zwei Fremde, ein Mann mit einem Korb voller Gemüse und ein Mädchen aus dem Dorf. Beide starrten einen Moment lang hin, dann rannten sie zurück ins Dorf.

Rosanna stand barfuß im Dreck und schämte sich ihrer Nacktheit. Der Schmerz über die Ungerechtigkeit ihrer Behandlung brannte in ihrer Seele, während die Männer sie am Strick zum Dorfplatz führten. Dort versammelte sich eine Menschenmenge, die neugierig verfolgte, wie Rosanna die Stufen zum Pfarrhaus hinaufgeführt wurde und an einem eisernen Mauerhaken festgebunden wurde. Pater Tiergarde stieg die Stufen herauf und stellte sich neben sie. Er wartete, bis er die volle Aufmerksamkeit der Menge hatte, bevor er zu sprechen anfing.

„Gute Menschen, ich habe eure Nachbarin, Rosanna Faine, hierher gebracht, um euch ihre Sünden zur Kenntnis zu bringen und ihr dann Gerechtigkeit widerfahren zu lassen. Sie ist eine böse Frau. Sie ist jung, fruchtbar und Besitzerin eines Hauses. Doch hat sie einen Ehemann, auf dass sie Kinder auf die Welt bringt und ihr Land durch den Ehemann ordentlich bestellt wird? Nein! Vielmehr ergötzt sie sich daran, in engen Kleidern herumzulaufen und herzuzeigen, was allen Männern verborgen bleiben sollte, mit Ausnahme ihres eigenen. Sie sitzt im Wirtshaus, trinkt Bier mit jungen Männern und bezahlt deren Gunst mit ihrem Körper! Noch schlimmer, sie gibt sich ihnen hin, um ihre eigenen tierischen Gelüste zu befriedigen! Es ist wahr, ich habe sie gesehen, den Mund ausgebeult vom Glied des Ziegenhirten Caleb! Er hat sie nicht gefesselt oder sie geschlagen! Sie hat es freiwillig getan, aus reiner Begierde! Sie ein wollüstiges, liederliches Weib. Sie ist nichts, weniger als nichts!“

Er verstummte und lauschte dem Murmeln in der Menge. Rosanna hörte den Zorn aus den geflüsterten Kommentaren heraus, doch die meisten waren zu leise, um sie zu verstehen. Nur die Leute, die sie der Lüsternheit beschuldigten und ihr Verderben forderten, waren laut genug. Niemand nahm sie in Schutz. Tiergarde fuhr fort.

„Und darum habe ich sie zur Hure erklärt. Ab sofort hat sie den unverheirateten Männern im Dorf zu Diensten zu sein, mit Ausnahme derer, die noch keine dreißig Jahre alt sind. Wie es der Brauch will, wird sie am ersten Abend an einen Pfahl gebunden. Wer will, dem steht sie kostenlos zur Verfügung, auf dass sie in ihr neues Leben als Hure standesgemäß eingeführt wird. Die einzige Ausnahme wird derjenige sein, der sie als Erster nimmt. Denn trotz ihrer liederlichen Gepflogenheiten ist sie noch Jungfrau. Deshalb muss der Mann, der sie entjungfern möchte, einen Schilling an mich zahlen, an Stelle des Zehnten, den ich sonst für Hochzeitspaare erhebe. Nun bindet sie an den Pfahl.“

Er ging die Stufen hinunter. Der Kirchenwächter zog ruckartig an Rosannas Strick. Sie stolperte hinter ihm her, schockiert über das, was da völlig unerwartet über sie hereingebrochen war. Während sie über den Dorfplatz gezogen wurde, bettelte sie um Gnade, doch niemand schien sie zu hören. Als sie an den Pfahl gefesselt wurde, setzte man den Strick so tief an, dass sie in die Knie gehen musste, sehr zum Vergnügen der Zuschauer. Da ihr die Hände hinter dem Pfahl zusammengebunden wurden, konnte sie sich nicht wehren. So drückte sie sich nur ängstlich gegen den Pfosten, während sich die Männer vor ihr aufreihten, die ihre Dienste in Anspruch nehmen wollten. Andere traten zurück: junge Männer, die Mitleid empfanden oder auch Neid, und junge Frauen, die sich über Rosannas Strafe hämisch freuten. Ein faules Ei zerschellte an Rosannas Kopf, und die klebrige Masse verteilte sich in ihrem Haar. Einer der Kirchenwächter protestierte, was Rosanna mit selbstmitleidiger Dankbarkeit erfüllte.

Pater Tiergardes Stimme erhob sich über das Gemurmel der Menge.

„Der Kaufmann Hiram Tuller trete vor!"

„Macht Platz!" rief einer der Kirchenwächter, und die Menge teilte sich.

Ein Mann in einem blauen Umhang trat aus der Menge hervor. Er rieb sich die bleichen Hände, sein rotes Gesicht strahlte, seine Schweinsaugen starrten auf Rosannas Körper. Ohne große Umschweife zog er den Umhang hoch und die Unterwäsche hinunter und brachte seine schweren, dunklen Genitalien zum Vorschein. Er kam näher, packte Rosanna am Schopf und zog ihr Gesicht an seine Weichteile. Sie wehrte sich, doch sein schmieriger Schwanz und sein haariger Sack prallten gegen ihre Lippen. Einer der Kirchenwächter zog eine Peitsche hervor. Daraufhin öffnete Rosanna die Lippen und nahm den faul riechenden Penis in den Mund.

Die Menge murmelte beifällig, während sie am Schwanz des fetten Kaufmanns saugte. Der Schaft wurde schnell größer und schließlich hart. Ihre Lippen glitten an seiner feuchten Erektion auf und ab. Dann zog er seinen Schwanz aus ihrem Mund und deutete auf den Boden.

„Wie ein Hund", befahl er.

Es waren die einzigen Worte, die er zu ihr sprach. Der Kirchenwächter hatte seine Peitsche bereits in der Hand. Rosanna drehte sich auf ihren Knien um und reckte ihren Hintern in die Luft. Völlig ohne Vorwarnung wurde sie penetriert. Brutal und ohne das geringste Vorspiel rammte der Kaufmann seinen fetten Schwanz in ihre Möse. Ihr Jungfernhäutchen riss, und Rosanna entfuhr ein Schmerzensschrei. Dann begann der Kaufmann sie zu ficken. Sein dicker Bauch klatschte bei jedem Stoß auf ihre Pobacken. Ihr Jungfernblut tropfte an den Innenseiten ihrer Obersschenkel herab, warm und feucht, während er seinen Schwanz immer tiefer in sie hineinstieß. Nach ein paar Dutzend Stößen kam er, sein Samen spritzte aus der Öffnung ihrer Vagina, an seinen Hodensack und vermengte sich auf ihren Schenkeln mit dem Jungfernblut. Anschließend musste Rosanna die Mischung aus Blut und Sperma von seinen Weichteilen lecken.

Bevor sie damit fertig war, spürte sie bereits den nächsten Schwanz in sich. Ein dritter wurde ihr in den Mund gesteckt, genau in dem Augenblick, als sie den Kaufmann endlich gesäubert hatte. Der Mann hielt sie am Schopf fest, während er ihren Mund fickte. Beide Männer kamen schnell, füllten ihr den Mund mit Sperma und hinterließen an Rosannas besafteten Innenschenkeln noch mehr davon. Sofort nahmen andere ihren Platz ein. Weitere Männer versammelten sich, um ihr die Brüste zu befummeln, Kommentare abzugeben, über ihren nackten Körper zu lästern und zu wetten, wer eher kommen würde: der Schwanz in ihrem Mund oder der in ihrer Möse. Es dauerte nicht lange, da wurde ihr Anus befingert und schließlich von einem Mann penetriert, den sie nicht einmal sehen konnte. Er kam in ihrem Rektum und wurde sofort von den anderen weggezogen. Alle lachten, als sich ihr Hintern mit einem langen Furz wieder schloss. Sofort wurde sie auf einen anderen Mann draufgesetzt und in der Vagina genommen, anschließend noch einmal von hinten in den Anus.

Manche verloren die Geduld und ergossen sich auf ihre Arme oder ihre üppigen, wabbelnden Brüste. Sie musste zwei Schwänze auf einmal lutschen, die ihr riesige Ladungen Sperma ins Gesicht spritzen. Sie musste Schwänze lecken, die in ihrem Hintern gesteckt hatten und voll waren von ihrem eigenen Schleim. Männer ejakulierten in ihren Mund, und Spermablasen bildeten sich an Rosannas Nasenlöchern, an ihrer Vagina und an ihrem Rektum. Sie wurde geschlagen und gekratzt, ihre Nippel wurden geknetet und gezwickt. Man zog sie an den Haaren und zwang sie dazu, nicht nur die Hoden, sondern auch die Arschritzen der Männer zu lecken.

Erst als ihr ein verfaultes Ei ins Gesicht geschmiert wurde, merkte sie, dass die Männer fast fertig mit ihr waren. Ein Nachzügler kam in ihrem Hintern, dann überließ man sie den Frauen. Wo die Männer lüstern gewesen waren, waren die Frauen grausam. Verrottete Eier und fauliges Gemüse wurden in ihr Gesicht und auf ihren Körper gerieben. Ein Flaschenkürbis wurde in ihre Vagina gezwängt und festgebunden, sodass die eine Hälfte aus ihrem Körper herausragte. Kastanien von einem nebenstehenden Baum wurden ihr in den Hintern gesteckt, eine nach der anderen, bis ihr Bauch ganz aufgebläht war und die letzte Kastanie in ihrem Schließmuskel steckenblieb. Ihr Anus wölbte sich jetzt um ein Stück brauner Kastanienhaut. Rosanna musste Dreck und Unrat essen. Ihre gespreizten Hinterbacken wurden mit dem Wort Hure bemalt. Sie wurde geschlagen, mit Stöcken und einer Hundepeitsche. Ihr prächtiges Haar wurde geschoren, bis sie nur noch winzige Stoppeln auf dem Kopf trug. Zum Abschluss urinierte man auf sie. Dann erst ließen sie von ihr ab. Sie blieb in einer schmutzigen Pfütze liegen. Erst jetzt banden die Kirchenwächter sie wieder los und führten sie ab, besudelt und gebrochen, mit verrotteter Nahrung beschmiert, während Sperma aus jeder Öffnung ihres Körpers rann. So wurde sie vom Platz weggebracht und auf die Müllhalde des Dorfes geworfen. Dort wurde ihr die letzte Erniedrigung zugefügt: Ein Mann bohrte seine Stiefelspitze in ihre Möse und scheuerte, bis Rosanna zum Orgasmus kam.

Rosanna küsste Bäcker Jankin auf die riesige, mit bläulich schimmernden Adern durchzogene Nase. Er grinste und gab ihr einen Klaps auf den Hintern. Kichernd kletterte sie aufs Bett, kniete sich hin und präsentierte sich ihm neckisch in ihrem Kleid. Es war aus Samt, dunkelblau mit taubengrauer Schärpe. Darunter kam der Unterrock zum Vorschein. Ihre Beine steckten in seidenen Strümpfen, ihre Füße in Stiefeln aus grauem Leder.

Bäcker Jankin leckte sich die Lippen, als Rosanna das Kleid hochhob; seine Hände fummelten an den Knöpfen seiner Hose, die aufging. Er nahm seinen riesigen, deformierten Penis heraus. Rosanna reckte ihm ihren prallen, nackten Hintern entgegen, samt ihrer haarigen Scham und ihrem kleinen, rosafarbenen Anusloch. Es war ein bisschen geöffnet und glitzerte von Creme, die langsam schmolz.

„Mannomann, ist das ein schöner Anblick", meinte Jankin gedehnt. „So etwas sieht man nicht alle Tage."

Rosanna wackelte mit dem Hintern und warf einen Blick über die Schulter.

„Siehst du", sagte sie. „Und ich bin bereit. Gänseschmalz ist das, Peter Jankin. Du kannst dich also glücklich schätzen."

„Oh, das tue ich", versicherte er ihr. „Gänseschmalz ist das Beste, was es gibt, wenn man ein Mädchen in den Arsch ficken will, sage ich immer."

Rosanna lächelte, legte die Hände an ihre Pobacken und zog sie auseinander. Jankin masturbierte bereits. Sein Schwanz schwoll an. Ein fetter, roter Fleischball kam unter seiner Vorhaut zum Vorschein. Er wurde umso größer, je mehr er daran zog. Seine Augen waren immer noch starr auf Rosannas Hintern gerichtet.

Sie schmiegte ihr Gesicht ins Kissen, denn sie wagte es nicht, den riesigen Schwanz anzusehen, der für ihren Anus vorbereitet wurde. Erst als die Eichel gegen ihren Schließmuskel drückte, zeigte sie ihre wahren Gefühle und jaulte kurz auf. Als er sich in sie hineinschob, biss sie sich auf die Zähne und verkrallte sich im Laken.

Sie fühlte, wie sich ihr Anus um seinen Schwanz stülpte. Der Schmerz setzte ein, und ihre Muskeln begannen zu zucken, während ihr Anusring immer weiter gedehnt wurde. Sie war völlig außer Atem, ihre Wangen waren gebläht und ihre Augen vom Schock geweitet. Jankin begann, seinen Schwanz rhythmisch vor- und zurückzuziehen und glitt dabei immer tiefer in Rosannas Rektum.

Nun, da sie den monströsen Schwanz ganz in sich aufgenommen hatte, ließ sie ihren Oberkörper in die Kissen fallen und führte eine Hand an ihren Po. Jankin grunzte und murmelte, während er sie fickte, und Rosannas Hand glitt weiter hinab zu ihrer Möse. Dort fand sie ihre Klitoris und begann sie zu reiben.

Der Bäcker kicherte, als sich ihre Pobacken im Rhythmus ihrer eigenen Handmassage zu bewegen anfingen. Er hatte ihre Hüften gepackt, sein riesiger Bauch ruhte auf ihren Pobacken, und seine Hoden klatschten auf ihre Finger, mit denen sie sich masturbierte. Während sie sich immer intensiver rieb, wurden seine Stöße heftiger, bis sie wirklich schmerzhaft wurden. Doch sie befingerte sich weiter und konzentrierte sich das überwältigende Gefühl, von hinten gevögelt zu werden, bis sich schließlich ihre Muskeln verkrampften. Sie kam; ihr Arsch umschloss den fetten fleischigen Schwanz des Bäckers enger, ihre leere Möse zog sich zusammen, ihr Anus pulsierte.

Rosanna schrie in Ekstase, während ein heftiger Orgasmus ihren Körper schüttelte. Ihr Anus krampfte sich wild zusammen, und sie brüllte noch lauter, als ihr Rektum mit Sperma vollgepumpt wurde.

Endlich erschlaffte sie und ließ sich erschöpft aufs Kissen sinken. Jankin zog seinen Schwanz ganz langsam aus ihr heraus, rollte sich auf den Rücken und legte sich neben sie. Er schnappte nach Luft. Sein schleimiger Schwanz ragte in die Höhe. Schließlich rollte sich Jankin zur Seite weg und griff nach seiner Hose.

„Mein Gott, war das gut“, sagte er. „Ich habe noch nie eine Frau gesehen, die so guten Analverkehr macht wie du, Rosanna, und keine, die so begierig ist. Also, hier ist dein halber Penny. Die Sachen, die ich mitbringen sollte, sind unten in der Halle. Ich habe dir ein halbes Dutzend Johannisbeerwecken hingestellt, genau wie du es wolltest, einen schönen großen Biskuitkuchen, Zwetschgenmarmelade und Sahne. Besser, du isst es, bevor es schlecht wird.“

„Danke, Peter“, antwortete Rosanna. „Und was schulde ich dir?“

„Nicht einen Penny. Das weißt du doch, meine Schöne. Halte deinen Hintern schön rund und dein kleines Löchlein schön glitschig, dann wird dir der alte Peter Jankin kein Geld abknöpfen.“

Rosanna lächelte, küsste noch einmal seine Riesennase und stand auf. Jankin ging seines Weges, und Rosanna pflegte ihren wunden Hintern mit Salbe, bevor sie sich ein großes Stück von dem Biskuitkuchen abschnitt. Sie nahm es mit zu ihrem Fensterplatz und aß es, während sie hinaus auf den Obstgarten blickte. Da öffnete sich wieder die Tür. Zunächst kam ein Kirchenwächter zum Vorschein, dann Pater Tiergarde.

„Gesegneter Vater“, sagte Rosanna schnell, „ich dachte, der Zehnte wäre erst morgen fällig. Aber ich werde ihn holen, wenn Ihr einen Moment wartet.“

„Ich werde meinen Zehnten holen, wenn es soweit ist“, antwortete Pater Tiergarde, während zwei weitere Kirchenwächter hinter ihm eintraten. „Jetzt aber bin ich gekommen, um diesem Schauspiel ein Ende zu bereiten.“

Auf seinen Wink packten die Männer sämtliche Gegenstände von Rosannas geschmackvoll eingerichtetem Haus zusammen.

„Warum, gesegneter Vater?“ fragte sie. „Bin ich nicht bereits so erniedrigt worden, wie Ihr es wolltet? Wurde ich nicht bereits aus der Kirche verbannt? Spucken die Frauen des Dorfes mir nicht ins Gesicht, wenn ich vorbei gehe?“

„Ja“, antwortete Tiergarde, „und ihre Männer überschütten dich mit Geschenken und schützen dich vor der öffentlichen Demütigung, die dir sonst zuteil würde. Wie lange ist es her, dass du ausgepeitscht und gefesselt wurdest?“

„Viele Monate, gesegneter Vater.“

„Viele Monate, sehr richtig, und noch länger ist es her, dass dein Kopf rasiert und deine Möse mit Dung vollgestopft wurde. Ich habe einsehen müssen, dass es keine Strafe war, dich zur Hure zu erklären, nicht für dich. Sogar die nächtlichen Besuche vom alten Jankin schrecken dich nicht ab. Du bist so tief gesunken, dass du noch nicht einmal deinen Platz als Hure in diesem Dorf mit Demut einnehmen kannst. Stattdessen hast du dir ständig nur Vorteile erschlichen. Reißt ihr die Kleider vom Leib!“

„Wenn Ihr mich wollt, braucht Ihr mich nur zu fragen“, antwortete sie. „Ihr müsst keine Gewalt anwenden.“

Sie begann, ihre Kleider hochzuziehen, doch die Kirchenwächter gingen nicht darauf ein. Stattdessen ergriffen sie Rosanna und rissen ihr die Kleider gewaltsam vom Körper. Dann legten sie Rosanna nackt und schreiend auf den Tisch. Ihr Gesicht verfärbte sich rot vor Zorn und Angst. Als die Männer ihr die Beine auseinanderhielten, um ihre Vagina zu inspizieren, kam Pater Tiergarde und beugte sich über Rosanna.

„Also, was können wir nur mit dir tun?“ fragte er. „Ich könnte dich zur Bettlerin machen. Aber nein, Bettler werden geehrt in der heiligen Schrift. Das wäre nichts für dich. Ich könnte die Lippen deiner schönen Möse zunähen lassen und dich so durch die Straßen führen, damit jeder deine Schande sehen kann. Doch dann würdest du einfach deinen Mund und deine Hintertür benutzen und weiter deinem verderbten Gewerbe nachgehen. Nein, Rosanna, ich habe ein besseres Schicksal für dich.“

Er zog eine Pergamentrolle unter seiner Soutane hervor, zog sie glatt und hielt ihr das Dokument vor die Nase, sodass sie die schwarzen Schriftzeichen und das runde Siegel mit dem heiligen Symbol der Kirche erkennen konnte, verschlungen mit einem anderen, das ihr unbekannt war.

„Mit diesem Dokument“, sagte er, „wirst du für verrückt erklärt und ins Kloster eingewiesen. Genauer gesagt, kommst du zu mir in mein Haus. Von nun an bin ich für dich verantwortlich. Du bist meiner Obhut anheimgegeben – genauer gesagt, mein Eigentum. Für diesen Akt der Nächstenliebe erhalte ich zwölf Kronen extra pro Jahr. Es liegt an dir, wie du im Pfarrhaus leben wirst. Du kannst dort als Dienerin arbeiten, zwar in Ketten und nackt, aber gewaschen und wohlgenährt und mit dem Komfort einer Schlafmatratze, zumindest so lange, wie du dich ordentlich aufführst.“

„Wenn Ihr mich wollt, vergewaltigt mich“, spuckte sie. „Ich kann Euch nicht aufhalten.“

„Nein“, antwortete er. „Wenn du das nächste Mal zu mir kommst, wirst du auf dem Bauch gekrochen kommen. Du wirst darum betteln, dass ich dich berühre. Du wirst um das flehen, was du jetzt mit falschem Stolz und Arroganz ablehnst. Mein Glied zu lutschen, wird dir eine so große Ehre sein, dass du vor Dankbarkeit weinen wirst, wenn du meinen Samen schluckst."

„Niemals!"

„Doch, das wirst du, sei dir dessen sicher. Jetzt aber sollst du erstmal meine Diener hier unterhalten, bevor du ins Pfarrhaus gebracht wirst. Und mach das Beste daraus. Ihre Schwänze werden für eine Weile die letzten sein, an denen du dich erfreust."

Er machte auf dem Absatz kehrt und verließ das Haus. Als die Tür ins Schloss fiel, hatten die Kirchenwächter sie bereits an den Haaren gepackt, zerrten ihren Kopf zurück und steckten ihr einen großen Schwanz in den Mund. Während sie ihn zwischen die Lippen nahm, wurde sie umgedreht und fiel auf die Knie. Der zweite Wächter hockte sich hinter sie und ließ seinen Schwanz in ihrer Arschritze rauf- und runtergleiten. Der Dritte nahm ihre Hand und führte sie an seinen Penis, damit sie ihn masturbierte.

Sie hatte Angst vor ihren Peitschen und daher tat sie, was sie konnte. Mit ihrer ganzen Erfahrung saugte sie an ihren Schwänzen und reckte ihren Hintern in die Höhe. Die Wächter benutzten ihren Körper wie den einer Puppe, grapschten nach ihr und drehten sie hin und her, um ihre Schwänze in sie hineinzustopfen. Der erste, der kam, spritzte ihr in den Mund. Währenddessen hatte der Wächter hinter ihr seinen Schwanz aus ihrem Anus gezogen und wichste ihn, bis sein Saft auf ihren Hintern klatschte. Der dritte Wächter, dessen Schwanz Rosanna masturbiert hatte, nahm sofort seinen Platz ein, rammte ihr den Schwanz in ihren Anus und kam.

Das Sperma tropfte von ihr hinunter, als sie nackt und in einem Halfter durch die Straßen des Dorfes zum Pfarrhaus geführt wurde. Viele Frauen sahen ihr nach, tuschelten oder überzogen sie mit Häme und Spott. Einige schmissen mit Sand nach ihr. Eine nahm einen Pferdeapfel in die

Hand, warf ihn nach Rosanna und traf sie mitten ins Gesicht, von wo aus der Mist auf ihren Busen rutschte. Die Zuschauerinnen und Zuschauer amüsierten sich prächtig. Den Kirchenwächtern schien es egal. Sie achteten nur darauf, genug Abstand zu halten, um nicht auch getroffen zu werden. Als sie am Pfarrhaus ankamen, war Rosanna über und über mit dampfendem Dung beschmiert. Ein Dutzend Frauen war ihr gefolgt, weil sie hofften, dass Rosanna an den Pranger gestellt und öffentlich erniedrigt werden würde. Doch stattdessen wurde sie durch ein Tor in den Garten des Pfarrhauses gezerrt. Dort wurden ihre Hände entfesselt, und sie durfte sich in einem Teich waschen. Nass und zitternd wurde sie anschließend durch eine Tür ins Haus geschafft, eine Treppe hinuntergeführt und in den Keller gebracht. Dort saß Pater Tiergarde auf einem Fass, nippte an einem Glas Wein und wartete auf sie.

Er achtete nicht auf Rosanna. Stattdessen bewunderte er, wie der Schein des Kerzenlichtes durch sein Rotweinglas schimmerte. Als die Wächter Rosanna durch eine weitere Tür zogen, stand Tiergarde auf und folgte ihr. Hinter der Tür war es zunächst stockfinster. Nachdem die Kirchenwächter Öllampen und Kerzen angezündet hatten, kam ein großer, eiserner Käfig zum Vorschein, ein glühendes Kohlebecken und ein Fleischhaken, der an rostigen Ketten aufgehängt war und über einem schweren Stuhl baumelte, zu dem Rosanna hingezerrt wurde.

Der Stuhl war am Boden befestigt und mit eisernen Schellen für den Hals und die Hand- und Fußgelenke. Doch nichts davon zog Rosannas Aufmerksam auf sich, bis auf ein Pfahl, der von der Sitzfläche des Stuhles aufragte. Er war so geschnitzt worden, dass er aussah wie ein grotesker Schwanz. Die Eichel hatte eine normale Größe, doch sie saß auf einem Schaft, der noch dicker war als der von Bäcker Jankin. Der Pfahl war offensichtlich häufig gebraucht worden, denn er sah recht abgenutzt aus.

„Hier haben wir ein sehr interessantes Werkzeug“, sagte Pater Tiergarde hinter Rosanna. „Es ist ein Relikt aus jenen Tagen, als wir noch etwas mehr Schwierigkeiten hatten, in dieser Gegend unsere Autorität durchzusetzen. Meine Vorgänger pflegten einen Mann hierherzubringen, gemeinsam mit seiner Frau und vielleicht ein, zwei Töchtern, falls sie im heiratsfähigen Alter, aber noch Jungfrau waren. Wenn man den Aufzeichnungen Glauben schenken darf, reichte die Aussicht, vor den Augen der Familie auf den Phallus gesetzt zu werden, meist noch nicht aus, um einen Mann gefügig zu machen. Effektiver hingegen soll es gewesen sein, dessen Töchter langsam auf den Phallus herabzulassen, bis ihr Jungfernhäutchen platzte. Du mit deiner viel benutzten Möse würdest dabei jedoch nur moderate Schmerzen spüren. Deshalb wird er dir nicht in die Fotze eingeführt. Spießt sie auf! Anal!"

„Nein, bitte!" flehte Rosanna und wand sich im vergeblichen Kampf gegen die kräftigen Kirchenwächter. Es war zwecklos.

Sie schafften sie zum Folterstuhl und ignorierten all ihr Flehen und Wimmern. Ihre Handgelenke wurden zusammengebunden und über ihren Kopf gezogen. Ein Wächter ergriff den Fleischhaken und hakte ihn unter den gefesselten Handgelenken ein. Rosanna wurde auf den Stuhl gesetzt. Der Phallus ragte zwischen ihren Schenkeln empor. Ihre Waden wurden an ihre Oberschenkel gefesselt. Anschließend schlang man das Seil um ihre Taille. Auf diese Weise umgaben die Fesseln sie wie ein Kokon, und ihre Beine waren weit gespreizt.

Ein Wächter zog an den Ketten, und Rosanna begann zu schreien, als sie emporgehoben wurde. Dabei streichelte der hölzerne Schwanz ihr Geschlechtsteil. Ein anderer Wächter packte ihren Körper und richtete ihn so aus, dass der Schwanz gegen ihren Anus presste. Sie wand sich und versuchte, sich zu wehren, doch die Wächter hielten sie eisern fest. Schließlich wurde sie langsam heruntergelassen. Ihr Schließmuskel gab nach, geschmiert von Sperma und Gänseschmalz, bis die Eichel in ihren Anus eindrang.

„Er ist drin", verkündete der Wächter, und sein Kollege ließ die Ketten fallen.

Rosanna brüllte, als sich ihr Rektum mit einem Mal füllte. Ihr Anus dehnte sich weit, während sie von ihrem eigenen Gewicht auf den Schwanz gepresst wurde. Sie schrie noch einmal, weil sie einen plötzlichen Schmerz spürte. Einen schrecklichen Moment lang dachte sie, ihr Ring sei gerissen. Dann kamen ihre Pobacken auf der Sitzfläche des Stuhls auf.

Da hing sie nun, schwer atmend und mit schmerzverzerrtem Gesicht. Spucke rann ihr aus den Mundwinkeln, Schweiß tropfte von ihrer Stirn, und ihre Muskeln zuckten gequält. Ihr Anus war nur noch Schmerz. Pater Tiergarde trat herbei, um ihn zu inspizieren.

„Erstaunlich", sagte er. „Ich hatte keine Ahnung, dass ein Anus einen Schwanz dieser Größe in sich aufnehmen kann. Ich hatte erwartet, dass er deinen Ring zerreißen würde. Offenbar haben meine Vorgänger keine Person gekannt, die so verdorben war wie du. Dennoch denke ich, dass diese Behandlung dir erst einmal das Maul stopft. Das ist das Wichtigste."

Rosanna konnte nicht antworten. Ihr Körper brannte vor Schmerzen, die von ihrem gedehnten Anus ausgingen. Neben dem Priester machten sich die Wächter um das Kohlebecken herum zu schaffen. Langsam dämmerte es ihr, dass sie gebrandmarkt werden sollte. Erneut begann sie zu schreien. Pater Tiergarde sah ihr mit amüsiertem Lächeln zu. Es war das letzte, was Rosanna sah, bevor sie in Ohnmacht fiel.

Als sie wieder aufwachte, krümmte sie sich in ihren Fesseln, weil ihr eiskaltes Wasser ins Gesicht geschüttet wurde. Der Priester stand immer noch vor ihr, einen dicken Stab mit einem runden Ende in der Hand. Die Wächter waren offenbar gegangen, die Kohlen glühten immer noch. Als die Erinnerung zurückkam, wollte Rosanna wieder schreien. Doch in ihrem Mund steckte jetzt ein großer hölzerner Ball, der ihre Kiefer bewegungsunfähig machte. Alles, was sie tun konnte, war, sich auf dem riesigen Holzphallus zu winden, der in ihrem Hintern steckte. Und das verursachte ihr nur noch mehr Schmerzen. Ihre Augen weiteten sich vor Angst.

„Wo ist dein Stolz jetzt, Rosanna?" fragte Tiergarde. „Habe ich dir nicht gesagt, dass du auf dem Bauch zu mir gekrochen kommen wirst?

Das würdest du nun tun, da habe ich keine Zweifel. Doch du würdest es aus Angst tun. Das möchte ich nicht. Schau, Rosanna, es ist möglich, eine Frau so zu brechen, dass sie ohne ihren Folterer nicht mehr leben kann. Und genau das werde ich mit dir machen. Nein, Rosanna, wenn du zu mir gekrochen kommst, dann aus Anbetung!"

Er machte eine Pause und hielt den Stab in die glühenden Kohlen.

„Wenn die Zeit gekommen ist, wirst du es wissen, und ich auch. In der Zwischenzeit wirst du diesen Stuhl sehr gut kennenlernen und auch noch ein paar andere Werkzeuge, die ich dir zeigen möchte. Wenn du nicht hier im Keller bist, lebst du im Garten, angekettet zwar, doch manchmal lassen wir dich auf den Dorfplatz gehen, um dort Nahrung zu erbetteln. Es wird die einzige Nahrung sein, die du bekommst.

Natürlich müssen wir die Dorfbewohner vor dir und deinen Angriffen schützen. Daher wirst du eine eiserne Maulsperre tragen, sodass deine böse Zunge nicht mehr sprechen kann. Außerdem sorgen wir dafür, dass du deinem verdorbenen Gewerbe nicht mehr nachgehen kannst. Ein Teerpfropfen in deiner Möse wird verhindern, dass dir dort jemals wieder Schwänze hineingesteckt werden."

Er stieß den Stab in die Kohlen, drehte ihn und holte damit einen Pfropfen aus klebrigem schwarzen Teer heraus. Rosanna riss die Augen auf, zerrte an ihren Fesseln und krümmte sich auf dem Holzschwanz. Pater Tiergarde grinste und hielt ihr den Stab vor das Gesicht. Dann ließ er ihn langsam vor ihrem Körper hinunterwandern und schob ihn in Richtung ihrer Möse. Voller Panik wand sich Rosanna noch mehr. Plötzlich gab ihre Blase nach, und der Urin schoss in hohem Bogen durch die Luft. Zischend verdampfte er auf den heißen Kohlen. Der Priester wartete ab, bis sie ihre Blase ganz entleert hatte.

Dann schob er den Stab wieder zu Rosannas Geschlecht und berührte es damit. Ihr Körper versteifte sich, als der heiße Teer über ihre Möse lief. Sie biss auf den hölzernen Ball und hörte Tiergarde kichern. Ihre Vagina füllte sich mit Teer, während sie mit dem heißen Stab gefickt wurde, der immer tiefer in sie eindrang. Endlich wurde ein dickflüssiger schwarzer Pfropfen am Eingang ihrer Vagina sichtbar. Der Priester wischte den Rest des Teers an ihren Schamhaaren ab und hielt den Stab an ihre Klitoris, bis sich ihre Muskeln in einem wilden Orgasmus verkrampften. Er dauerte so lange an, bis Rosanna in Ohnmacht fiel.

Rosanna hockte im Garten des Pfarrhauses, nackt und schmutzig. Lange Ketten hingen von ihren Hand- und Fußgelenken herab. Sie trug eine Maulsperre, die sich wie ein eiserner Käfig um den Kopf legte. Ein Metallstück drückte auf ihre Zunge, sodass sie kaum sprechen oder essen konnte.

Drei Monate lang hatte sie jetzt als Tiergardes Mündel gelebt. Sie war ins Dorf gegangen, um nach Nahrung zu betteln, oder hatte sich im Garten versteckt. Wenn Tiergarde der Sinn danach stand, wurde sie gefoltert oder den Wächtern zugeführt, denen sie die Schwänze lecken und auf jede erdenkliche Weise zu Diensten sein musste. Ihre Möse blieb verschlossen, sodass ihr Urin zur Seite abstrahlte, was die Wächter ganz besonders amüsierte. Trotz allem hatte sie nie um Tiergardes Gunst gebettelt.

Sie war hungrig und hoffte, dass sie die Bäckerei von Peter Jankin erreichen könnte, wenn man sie zum Betteln herausließ. Er würde sie mit Kuchen füttern, wenn er dafür ihren Anus benutzen dürfte. Ansonsten gab es da noch ein paar andere männliche Freunde, die ihr eine Mahlzeit zukommen lassen würden. Allerdings konnte sie auch von Leuten erwischt werden, die ihr weniger gewogen waren, oder – noch schlimmer – von den älteren Frauen.

Sie lauschte, ob hinter dem Tor Stimmen zu hören waren. Es war still. Langsam drückte sie die Klinke hinunter. Draußen war der Platz völlig leer, bis auf zwei Mädchen, die am Brunnen standen und sich unterhielten. Rosanna lief los, so schnell, wie die Ketten es erlaubten, und rannte zur Straße, in der sich die Bäckerei befand. Als die beiden Mädchen Rosanna sahen, verstummten sie sofort.

Rosanna kämpfte ihre Scham hinunter und lief mit klirrenden Ketten weiter. Sie erreichte die Straße und blieb stehen, als eine Tür aufging. Darin stand die dickste und ihr am feindlichsten gesonnene Matrone des ganzen Dorfes. Dahinter noch eine, und hinter dieser eine weitere. Als Rosanna weglaufen wollte, fingen sie sie ein.

„Hab keine Angst, kleine Rosanna", sagte die Älteste. „Wir wollen dich doch nur füttern. Deshalb bist du doch herausgekommen, nicht wahr? Um ein paar Krumen von Jankin zu erbetteln? Wir können dir etwas viel Schöneres geben, und es kostet noch nicht einmal etwas. Komm herein."

Rosanna versuchte, sich zu wehren, doch sie zerrten sie ins Haus, in einen länglichen Raum, in dem nur ein langer Tisch mit Stühlen stand. Auf dem Tisch stand eine Schüssel. Die Frauen führten Rosanna zu dem Stuhl vor der Schüssel und bedeuteten ihr, sich zu setzen. Dann nahmen auch sie selber Platz. Als Rosanna in ihre Gesichter blickte, sah sie dort nur Grausamkeit, Verachtung und Hass.

Die Älteste kicherte, als sie die Angst in Rosannas Augen sah. Dann hob sie den Deckel von der Schüssel. Eine dickflüssige, graubraune Substanz kam zum Vorschein, von der ein abscheulicher Gestank ausging. Sie schob die Schüssel zu Rosanna herüber. Der Gestank wurde noch stärker.

„Dein Essen." Die Frau zog einen hölzernen Löffel hervor. „Passend für eine schmutzige, stinkende Hure wie dich, glaubst du nicht auch? Iss jetzt!"

„Was habe ich euch getan?" fragte Rosanna.

„Was du getan hast? Du wagst es, das zu fragen, nachdem du unsere Männer und Söhne verdorben hast? Weißt du, was die Männer des Dorfes jetzt von ihren Frauen verlangen?"

Ihre Stimme wurde zu einem hysterischen Schrei. Die beiden anderen Frauen packten Rosannas Kopf und tunkten ihren Kopf samt Maulsperre in die Schüssel mit der übelriechenden Substanz. Rosanna schloss die Augen.

„Iss! Schlürf es! Saug es auf!“ schrie eine Stimme in ihr Ohr. „Vielleicht wird dir das eine Lehre sein, deinen Körper nicht mehr unseren Ehemännern anzubieten!“

Rosannas Mund füllte sich mit fauligem Abwasser, während man ihren Hintern mit dem Holzlöffel schlug. Ihr Kopf wurde immer noch festgehalten, sodass sie nicht atmen konnte, und ihr Po brannte wie Feuer. Die Frauen schrien in rachsüchtigem Zorn durcheinander. Schließlich musste sie herunterschlucken, was sie im Mund hatte. Daraufhin riss man ihr den Kopf wieder hoch. Rosanna schnappte hastig nach Luft, und die Frauen untersuchten ihr Gesicht. Anschließend wurde ihr Kopf nochmals in die Schüssel gedrückt und ihr gleichzeitig der Hintern versohlt.

„Das geht so weiter, bis du ausgetrunken hast, Hure!“ schrie ein Stimme.

Völlig verzweifelt ließ Rosanna ihren Mund erneut volllaufen. Sie zwang sich zu schlucken, dann schlürfte sie wieder etwas auf und schluckte noch einmal, einen Mundvoll nach dem anderen. Eine weiche Substanz blieb ihr im Hals stecken. Ihr Magen rebellierte, und es stieg in ihr hoch. Als ihr Kopf zurückgerissen wurde, war ihr nur noch schlecht. Sie spuckte ihren Mageninhalt aus. Er landete an den eisernen Stäben ihrer Maulsperre und rann von dort aus hinunter auf ihre Brust. Die drei Frauen traten zurück und blickten voller Ekel auf Rosanna herab.

„Auf den Boden mit dir!“ kommandierte die Älteste. „Krieche und bleibe unten! Ich werde mir diese Chance nicht entgehen lassen!“

„Wie? Was meinst du?“ brachte Rosanna durch die Maulsperre hervor.

„Das weißt du nicht?“ lachte die alte Frau. „Na gut, du wirst es früh genug herausfinden.“

Rosanna versuchte noch einmal zu sprechen, doch sie verstummte, sobald sie den harten Schlag des Holzlöffels auf ihrem Hintern spürte. Die drei Frauen reagierten sich an ihr ab und malträtierten sie, bis Rosannas Hintern und Beine nur noch eine Masse blauer Flecken waren. Als sie keine Lust mehr hatten, auf Rosanna einzuschlagen, urinierten sie auf ihren Hintern, ihre Haare und in ihren Mund. Am Ende kniete sie in einer Pfütze aus Urin und der widerlichen Brühe, die man sie zu essen gezwungen hatte. Die Frauen brachten sie dazu, alles vom Boden aufzulecken, bis sie nicht mehr konnte und sich noch einmal auf ihre Brüste erbrach. Die Frauen lachten laut, blickten sie voller Abscheu an und setzten sich anschließend wieder.

Niemand versuchte, Rosanna aufzuhalten, als sie, so schnell sie konnte, aus der Tür stolperte. Auf dem Platz stand eine Gruppe Männer, die sie erstaunt anblickten, als sie an ihnen vorbeihuschte. Rosanna sah sie kaum. Sie dachte nur daran, sich in der kleinen Hütte im Garten zu verkriechen, die sie sich selbst gebaut hatte. Niemand hielt sie auf, und endlich erreichte sie das Tor zum Pfarrhausgarten. Drinnen brach sie vor Erschöpfung auf dem Rasen zusammen. Als sie ein wohlbekanntes Kichern hörte, sah sie auf. Pater Tiergarde saß auf einem Stuhl, mit einem Mädchen auf dem Schoß. Sie war klein, schwarzhaarig und hatte große Brüste. Hübsch, dachte Rosanna, bis sie die Augen des Mädchens sah. Sie blickten völlig leer, als sei sie jeden Verstandes beraubt worden. Tiergarde lächelte Rosanna an.

„Ah, Rosanna“, sagte er, „was für ein unschöner Anblick. Und dieser Geruch erst! Nun geh schon, Lily, mein Kleines, das solltest du nicht sehen.“

Das Mädchen sprang auf. Tiergarde gab ihr einen Klaps auf den Po, und sie setzte sich in Bewegung. Rosanna kämpfte sich auf die Knie. Flüssigkeit tropfte von ihrer Brust auf ihren Bauch. Pater Tiergarde zog ein Taschentuch aus seiner Soutane und hielt es sich vor die Nase. Langsam rappelte sich Rosanna auf.

„Immer noch aufsässig?“ fragte der Priester. „Unglaublich! Du hast wirklich keine Ahnung, wo dein Platz in dieser Welt ist, nicht wahr? Egal: In diesem Zustand, zu dem du dich selbst hast erniedrigen lassen, bist du niemandem mehr etwas nutze. Und, um ehrlich zu sein, belustigt mich deine Halsstarrigkeit nicht mehr.“

Ein Funke Hoffnung keimte in Rosanna auf.

„Also habe ich ein abschließendes kleines Drama arrangiert“, fuhr der Priester fort. „Gegen einen kleinen Unkostenbeitrag habe ich ein Treffen mit einem Eremiten arrangiert. Es handelt sich um einen ebenso weisen wie sonderbaren Mann; manche sagen, er sei besessen. Er warnt uns vor unserer weltlichen Lebensführung und behauptet, wir müssten die Schlimmsten unter uns opfern, andernfalls würden alle der Verdammnis anheimfallen. Er ist ein sehr überzeugender Redner, und die Menschen im Dorf suchen bereits nach einem Opfer. Du wurdest von verschiedenen Matronen als die beste Kandidatin ausgewählt. Nur mein Wort steht noch zwischen dir und einem extrem unappetitlichem Tod.“

Die Hoffnung in Rosanna wurde zu blanker Angst.

„Wie?“ fragte sie zitternd durch ihre Maulsperre.

„An dieser Stelle hat mein Eremit ein kleines Detail hinzugefügt. Offenbar muss das Opfer in die Wildnis entlassen werden, wo es von einem Dämon aufgefressen wird. Natürlich gibt es keinen solchen Dämon. Alles Geschichten für Abergläubische und Leichtgläubige … Doch die Menschen im Dorf glauben daran, und das ist schließlich entscheidend. Deshalb darf niemand die Gegend betreten, bis sicher feststeht, dass das Opfer verschwunden ist.

Nein, es gibt keine Bestie. Aber schon bald wirst du dir wünschen, dass es eine gäbe. Denn schließlich wäre der Tod unter den Klauen und Reißzähnen einer solch imaginären Kreatur schnell, wenn auch schmerzhaft. Tod durch Verhungern hingegen dauert sehr lange und ist nicht weniger quälend. Ohne Nahrung kann ein wohlgenährter Mensch fünfzig bis sechzig Tage durchhalten. Du wirst vielleicht fünfundzwanzig bis dreißig Tage schaffen, schätze ich. Du kannst dich von Käfern und Raupen ernähren, während du auf dem Bauch umherkriechst.“

„Warum?“ fragte Rosanna.

„Warum? Das fragst du noch? Du hast mich beleidigt, deshalb. Deine ganze Einstellung verlangt nach Vergeltung, und was könnte gerechter für dich sein als der Tod? Ich bin ein empfindsamer Mensch, Rosanna, empfindsamer, als dein beschränkter Verstand es je verstehen wird. Dies ist der Preis, den du für deinen Stolz und deine Arroganz bezahlen musst, weil du es ablehnst, den dir zugewiesenen Platz in der Gesellschaft einzunehmen. Also, wünscht du dir jetzt nicht, mir früher mehr Respekt und Ergebenheit entgegengebracht zu haben?“

„Nein“, antwortete sie finster.

„Du lügst“, antwortete er. „Wie viele Schwänze hast du gelutscht? Achtzig, wenn nicht hundert, immer und immer wieder. Wie viel Samenflüssigkeit hast du geschluckt? Wenn du mathematische Fähigkeiten hättest, könntest du es berechnen. Auf jeden Fall müssen es Gallonen gewesen sein. Wäre es da nicht einfacher gewesen, mir zu Diensten zu sein?“

Rosanna antwortete nicht. Sie schüttelte nur den Kopf.

„Stur bis zuletzt“, sagte er. „Doch du wirst es dir anders überlegen in den Minuten, kurz bevor dich der Tod übermannt.“

„Nein“.

„Du wirst schon noch herausfinden, wie falsch du in diesem Punkt liegst. Wir Priester kennen uns da aus. Ich versichere dir, in diesem entsetzlichen Moment wird dir das volle Ausmaß deiner eigenen Dummheit bewusst werden.“

„Nun komm.“

Er ging um sie herum, das Taschentuch dicht vor die Nase gepresst. Ein Wächter trat aus einem versteckten Alkoven hervor und ergriff die Kette, die Rosannas Handgelenke miteinander verband. Er zog daran, und Rosanna stolperte hinter ihm her.

Auf dem Dorfplatz wurde sie die Stufen hinaufgeführt. Die neugierige Menge gaffte sie an. Pater Tiergarde stand etwas abseits und wartete, bis er die volle Aufmerksamkeit der Menge hatte.

„Ihr guten Menschen! Ich habe mir lange den Kopf über die schreckliche Prophezeiung zerbrochen, die den Bewohnern unseres Dorfes gemacht wurde. In der Milde meines Glaubens habe ich die Verrückte Rosanna Faine eigentlich retten wollen. Doch wenn wir ein Opfer bringen müssen, dann ist mir klar, dass sie die einzige ist, die dafür in Frage kommt. Ich habe versucht, gnädig mit ihr zu sein, doch wer möchte bezweifeln, dass sie durch und durch böse ist? Bevor sie den Verstand verlor: Gab es je eine Hure, die schamloser war und weniger reuig? Kam sie auf allen Vieren zu euch gekrochen, meine werten Damen, und um Vergebung und Bestrafung zu flehen? Nein, sie war immer voller Trotz, und deshalb sage ich, *sie* werden wir dem Dämonen ausliefern. Ist irgendjemand anderer Meinung?“

Ein Murmeln ging durch die Menge. Die älteren Frauen stimmten dem Priester sofort zu; die jüngeren Frauen und die Männer zweifelten zunächst und schlossen sich dann doch der öffentlichen Meinung an.

„Dann gibt es nichts weiter zu sagen“, fuhr Tiergarde fort. „Ich werde sie an einen geeigneten Ort bringen, damit die Verantwortung nicht auf euren Schultern lastet. Falls ich durch meine Tat Schuld auf mich lade, werde ich Ihm Rede und Antwort stehen, der jeden von uns eines Tages richtet.“

Tiergarde beendete seine Rede unter zustimmendem Gemurmel. Einige Dorfbewohner streckten ihre Hand aus, um seine Soutane zu berühren, als er an ihnen vorbeilief. Rosanna folgte ihm, geführt von einem Wächter. Sie überquerten den Platz und gingen zur Schmiede, wo der Wächter neue Ketten, zwei riesige Klammern und einen großen Eisenhammer einpackte. Einige aus dem Dorf waren Rosanna gefolgt, doch sie zerstreuten sich, als sie an Rosannas altes Zuhause kamen. Der Weg führte an den Feldern und Obstgärten des Dorfes vorbei, bis sie schließlich an einem seichten Abwasserkanal stehenblieben. Hier, unter einer alten Eiche, blieb der Priester stehen.

„Hier ist es gut“, sagte er und machte es sich auf einen Felsen bequem. „Nimm ihr die Maulsperre ab. Wir wollen es ihr doch nicht erschweren, um Hilfe zu schreien, oder?“

Der Wächter lachte und nahm Rosanna den Käfig um ihren Kopf ab.

Tiergarde sah sie an und lächelte, wie immer, wenn er Angst und Schrecken in Rosannas Augen sah.

„Kein letztes Flehen?"

„Sie würden mich doch nicht erhören, wenn ich es täte", antwortete sie.

„Stimmt", kicherte er. „Eine Schande, dass du das erkannt hast. Es wäre schön gewesen, dich betteln zu hören. Egal. Ich habe Wichtigeres zu tun. Mach sie am Baum fest, sodass sie den Fluss erreichen kann, aber hämmere die Klammern richtig tief ins Holz, mit aller Kraft."

Der Wächter nickte und stellte Rosanna an die Eiche. Als sie dicht genug am Baum stand, hob er die Kette hoch und legte eine Klammer um das Bindeglied einer Kette. Er holte weit mit dem Hammer aus – dann schrie er plötzlich auf und rannte davon.

Rosanna drehte sich um, als sie hinter sich das Poltern von Steinen hörte. Wasser spritzte auf ihren Körper. Ein großer, schwarzer Schatten sprang in den Bach, hüpfte wieder heraus und stürzte sich geradewegs auf den Rücken von Pater Tiergarde, der sich eilig hochgerappelt hatte. Der Priester fiel zu Boden und blieb dort schreiend liegen, zwischen den Vorderbeinen der Kreatur.

Starr vor Angst presste Rosanna ihren Rücken an den Baum. Die Kreatur drehte sich um. Feurig gelbe Augen blickten sie aus einem hundeähnlichen Gesicht an, eine riesige rote Zunge hing zwischen den geöffneten Lefzen hervor. Das Biest schnüffelte; seine schwarze Nase zuckte und nahm Rosannas Witterung auf. Dann knurrte es einmal und biss Pater Tiergarde die Kehle durch. Rosanna fiel in Ohnmacht. Sie hat nie gesehen, wie die Kreatur den zerfleischten Körper des Priesters gefressen oder in die Büsche geschleift hat.

Mutter

„Hey, da kommt der Weiberheld!"

Grant ließ seinen Blick durch die Bar schweifen und hob die Hand, um die erwartungsvoll dreinblickenden Männer zu grüßen, die sich um einen Tisch in der Ecke versammelt hatten. Einer, ein dünner Jugendlicher mit sandblondem Haar, war bereits aufgestanden.

„Lass mich dir einen Drink holen, Grant", bot der Jugendliche ihm an. „Was möchtest du?"

„Ein Bier, Greg", antwortete Grant.

„Wie ist es gelaufen?" fragte ein anderer Mann, als Grant sich hinsetzte.

„Wie üblich", gab Grant zurück.

„Ja, Mann, aber hast du die Frau rumgekriegt?"

„Ob ich die Frau rumgekriegt habe? Was für eine Frage. Nein, Billy-Boy, ich habe die Frau nicht rumgekriegt. Ich habe alle drei Frauen rumgekriegt!"

„Drei!"

„Leck mich am Arsch."

„Du bist vielleicht einer!"

„Zu dritt in einem Bett!"

„Nein, Jimmy, zu viert in einem Bett." Grant trank einen Schluck. „Lerne erst mal Zählen, dann bringst du es vielleicht auch mal zu was."

„Zu viert in einem Bett", wiederholte Billy ehrfürchtig.

„Du hast sie alle zusammen ins Bett gekriegt?" wollte Greg wissen. „Die drei, mit denen du gestern Nacht gegangen bist?"

„Nein, Greg. Ich habe sie nach Hause gefahren und drei Neue aufgerissen."

„Was? Wie … Oh, klar. Echt witzig."

„Also, was ist passiert?" fragte Jimmy.

„Das Übliche", erwiderte Grant.

„Klar, aber was genau? Die Einzelheiten, Mann!"

„Verrate nie die Geheimnisse einer Frau. Das ist die wichtigste Regel, Kumpel."

„Komm schon, Grant. Du hast sie gevögelt, stimmt es?"

Grant spreizte vielsagend die Finger.

„Er hat sie gevögelt!" rief Greg. „Er hat sie einfach gevögelt! Drei auf einmal! Leck mich am Arsch!"

„Immer nur eine auf einmal", antwortete Grant. „Ich bin vielleicht ein Weiberheld, aber ich bin nicht dreifach bestückt."

„Aber nach dem was ich höre, kommst du nah dran. Komm schon, Mann, was ist passiert?"

„Oh, na gut", sagte Grant. „Also wir sind zusammen gegangen, klar? Dann gingen wir zu mir, tranken noch eine Flasche, hörten ein bisschen Musik und gingen ins Bett. Die kleine Blonde, sie heißt Michelle, und ihre Schwester Louise haben für mich gestrippt. Ihre Freundin Gina, die Große, hat mich während dessen ein bisschen verwöhnt, im Bett."

„Schwestern?" erkundigte sich Jimmy. „Beide zusammen?"

„Klar."

„Heilige Scheiße! Meinst du das ernst?"

„Sei still!" mischte sich Billy ein. „Erzähl weiter, Grant."

„Also, die beiden strippen für mich", fuhr Grant fort, „und es spielt keine Rolle, dass sie Schwestern sind. Sie helfen sich gegenseitig mit ihren Knöpfen und küssen sich und streicheln sich gegenseitig die Titten ..."

„Heilige Scheiße!"

„Sei still!"

„... und während dessen macht mich Gina bereit. Bis die beiden Schwestern nackt sind, kann ich loslegen. Ich bumse zuerst Michelle, von hinten, bis ihre Schwester ungeduldig wird. Also kriegt Louise das Gleiche. Bis dahin ist auch Gina nackt und leckt Michelles Muschi ..."

„Was, wie Lesben?"

„Hey, es gibt nichts Falsches daran, wenn es zwei Mädchen miteinander treiben, solange ein Mann dabei ist. Also, Gina leckt Michelles Fotze und ich ramme Louise meinen Ständer hinein. Aber ich will Gina. Diese Beine, einfach göttlich ..."

„Ja, in diesem roten Minirock, den sie anhatte."

„Den trug sie da nicht mehr. Sie war pudelnackt. Also, sie kniet da, ihren niedlichen Hintern in die Luft gesetzt und das Gesicht in Michelles Fotze vergraben. Ich muss sie einfach haben, aber ich will Louise nicht enttäuschen. Also wisst ihr, was ich getan habe?"

Alle sahen ihn gespannt an. Grant nahm einen Schluck Bier und redete weiter.

„Ich hebe sie hoch und setze sie direkt auf Michelles Gesicht. Auf das Gesicht ihrer eigenen Schwester! Dann nehme ich mir Gina und bumse sie, während wir zusehen, wie Michelle die Fotze ihrer Schwester leckt. Gina hat meine erste Ladung abgekriegt, direkt in die Möse."

„Schön!"

„Da sagst du etwas Wahres. Also mache ich eine kleine Verschnaufpause, aber sie sind weiter schwer dabei. Dreckige Schlampen, alle drei. Gina leckt immer noch Michelle, und Michelle ist so geil, dass sie ihr Gesicht im Arsch ihrer Schwester vergräbt. Ich schwöre es euch."

„Was, in ihrem Arschloch?"

„Ja, ich habe es gesehen. Sie leckte daran, als ob es nach Eiskrem schmeckte und nicht nach Scheiße."

„So eine dreckige Schlampe!"

„Mit ihrer eigenen Schwester, Jesus!"

„Klar, so werden die Mädels nun mal bei mir."

„Was hast du dann gemacht?"

„Ich habe sie gevögelt, das habe ich gemacht. Zuerst Michelle, sobald mich das Zusehen wieder in Fahrt gebracht hatte, und dann ihre Schwester."

„Von hinten?"

„Ja. Es gibt viele verschiedene Stellungen, aber ich komme immer, wenn ich sie von hinten vögele. Irgendein Arzt im Fernsehen hat mal gesagt, dass ist der beste Weg zur Empfängnis. Ich schätze, ich habe sie alle drei gekriegt."

„Schwanger gekriegt?"

„Nehme ich an. Ich muss ein Mädchen nur ansehen, und schon ist sie schwanger."

„Wie viele sind das?"

Grant zuckte die Achseln.

„Und was machst du dann?" fragte Jimmy.

„Was ich mache?" fragte Grant zurück. „Nichts. Ich schwängere sie. Das ist meine Aufgabe, und fertig."

„Ja?"

„Klar. Finde sie, ficke sie, vergesse sie. So sind die Regeln."

„Was ist mit den Babys?"

„Ich behalte sie im Auge, passe auf, dass die Mutter nichts Dummes anstellt. Wenn sie größer sind, dürfen sie mich vielleicht kennenlernen. Aber auf Bälger aufzupassen, ist Frauensache."

„Und was wenn Sie, du weißt schon, abtreiben?"

„Keine Frau ermordet mein Kind. Das erlaube ich ihnen nicht."

Grant trank noch einen Schluck Bier, während die anderen neidische Blicke wechselten.

„Ich wünschte, es wäre ich gewesen", sagte Billy. „Diese Gina, einfach göttlich. Glaubst du, ich hätte eine Chance bei ihr, Grant?"

„Nein", antwortete er. „Selbst wenn du kein hässlicher Zwerg wärst, sie hatte mich, das heißt, sie will nie wieder einen anderen."

„Ich wünschte, ich könnte sie so rumkriegen wie du, Grant", winselte Jimmy. „Wie machst du das nur?"

„Es gibt kein Wie, Jimmy-Boy", erklärte Grant. „Du bist entweder ein Weiberheld, oder du bist es nicht."

„Es läuft alles auf ein Zeug namens Pheromone heraus", bemerkte Greg. „Sie sind so etwas wie ein Geruch, nur kann man sie nicht riechen. Es ist unterbewusst."

„In dem Buch, das ich habe, steht, dass man so sein muss wie sie“, sagte Billy. „Ihr wisst schon, auf dieselben Bands stehen wie sie, die richtigen Filme, alles …“

„Schwachsinn“, unterbrach ihn Grant. „Es liegt nur am Aussehen. Schlag irgendeine Zeitschrift auf, dann siehst du es. Alles dreht sich nur um eines: Wer ist der bestaussehende Filmstar, wer der bestaussehende Popstar, die ganze Zeit. Ruhm zieht, und Geld. Alles andere ist Quatsch.“

Er lehnte sich zurück. Seine Aufmerksamkeit schweifte ab, während die anderen weiterdiskutierten. Eine Frau hatte die Bar betreten. Sie war jung, blond, mit einem frischen, unschuldigen Aussehen, das ihn sofort ansprach. Sie sah in seine Richtung, und für einen Moment trafen sich ihre Augen. Sie lächelte.

„Entschuldigt mich, Jungs“, sagte er zu seinen Freunden. „Der Weiberheld hat schon wieder eine im Sack.“

Grant lag ausgestreckt auf dem Bett und trank Bier aus der Flasche. Die frische, junge Blonde, Tina, lag quer über ihm, den Hintern rausgestreckt, damit er sie befummeln konnte. Ihr Mund war über seinem Schwanz. Er war bereits zweimal gekommen, einmal bei einem Quickie, bei dem er sie mit zitternden Knien gegen die Wand gedrückt hatte, in der Allee hinter der Bar. Und dann noch einmal in seiner Wohnung. Nun, nackt und willig, tat sie ihr Bestes, um ihm wieder eine Erektion zu bescheren. Es funktionierte. Ihr weicher, nasser Mund um seinen Schwanz und das Gefühl ihres festen, fleischigen jungen Hinterns in seiner Hand weckten in ihm schnell die Lust auf Sex.

„Lutsch fester“, befahl er. „Ich komme langsam.“

Tina gab ein ersticktes Geräusch von sich und bewegte ihren Kopf über seinem Schwanz auf und ab. Außerdem richtete sie sich auf, als ob sie ihr Bein über seines schwingen wollte. Grant schob sie wieder zurück.

„Hey!“ sagte er. „Ich lecke nicht, grundsätzlich nicht. Außerdem hast du Wichse in deiner Fotze, das ist doch ekelhaft!“

Sie ließ ein weiteres ersticktes Geräusch ertönen, es klang enttäuscht. Aber sie blieb unten und erlaubte ihm, in aller Ruhe ihren Körper zu befummeln. Er nahm einen Schluck Bier, trank die Flasche aus und warf sie zu Boden. Dann packte er Tina bei den Haaren und begann, sie in den Mund zu ficken.

„Rein damit", befahl er. „Tief in die Kehle."

Tina brachte ein protestierendes Grunzen zustande, verstummte jedoch, als er ihren Kopf herunterdrückte und ihren Schlund mit seinem mittlerweile erigierten Penis vollstopfte, bis sie zu würgen und zu strampeln anfing. Erst dann ließ er sie wieder hoch und lachte, als sie nach Luft schnappte.

„Du Mistkerl!" brachte sie heraus. „Du hast mich fast erstickt!"

„Da stehst du doch drauf!" antwortete er. „Ich werde dich jetzt ficken, also auf die Knie mit dir."

„Kann ich nicht oben sitzen? Anders komme ich nicht."

„Du wirst kommen. Auf die Knie."

Zögernd bewegte sie sich in eine kniende Position. Sie umklammerte ein Kissen und hob Grant den runden, weißen Mond ihres Hinterns entgegen. Er nahm sich einen Moment Zeit, um den Anblick ihrer Kehrseite zu genießen. Zwischen ihren Beinen war die Unterseite ihrer kleinen Brüste zu sehen, die sanfte Wölbung ihres Bauches und ihres Schamhügels, ihr offenes, feuchtes Geschlecht und das braune Oval um ihren Anus. Er grinste in sich hinein, als er sich vorstellte, was für einen Anblick sie in derselben Stellung böte, wenn ihr Bauch schwanger und aufgedunsen war – fett und verlegen, den Beweis seiner Männlichkeit für alle sichtbar.

Er kniete sich hin, brachte seinen Schwanz an ihr Loch, das bereits glitschig von Sperma war, und rammte ihn hinein. Tina seufzte und fing an zu stöhnen, als er sie fickte. Ihre Pobacken wackelten, und ihre blonden Haare hüpften in seinem Rhythmus auf und ab. Er konnte ihr Geschlecht riechen, und sein eigenes Sperma. Das stieß ihn ab, und sie machte es schlabbrig.

„Sorry, Puppe“, sagte er und zog sich zurück, um seinen Schwanz direkt an den engen, braunen Ring ihres Arschlochs zu führen.

„Hey, nein!“ protestierte Tina, „nicht in meinen Po! Au!“

Er ignorierte sie und hielt sie an der Taille fest, während er mit der anderen Hand die Mischung aus Sperma und ihrem eigenen Saft auf ihren Anus rieb.

„Oh, du dreckiger Mistkerl!“ beschwerte sie sich und zappelte.

Der Protest war nur halbherzig, ihr schwacher Kampf auch. Sie tat es eher, um ihre Würde zu wahren, als um wirklich zu verhindern, dass sie in den Arsch gefickt wurde. Schon bald hatte er seine Eichel in ihrem kleinen, braunen Poloch. Sobald er in sie eingedrungen war, gab sie auf. Der Rest seines Schwanzes folgte. Er zwängte ihn hinein, während sie jammerte und vor Schmerz quiekte.

„Das ist wirklich eng“, seufzte er und fing an, sie zu ficken.

Tina ertrug es besser, als er erwartet hatte. Sie klammerte sich an ihrem Kissen fest und gab seltsame Grunzgeräusche von sich, aber weinte oder versteifte sich nicht wie andere Mädchen, die er in den Hintern gevögelt hatte. Nicht, dass es eine Rolle gespielt hätte. Alles, was ihn interessierte, war das Gefühl seines steifen Schwanzes in der weichen, schleimigen Röhre ihres Rektums und die Enge ihres gedehnten Anus. Es dauerte nicht lange, bis er die Vorzeichen des Orgasmus spürte und schneller zu pumpen begann. Ihr Quieken wurde lauter und schriller, Zeichen von echtem Schmerz. Als er ihr seinen Saft in den Hintern spritzte, brüllte sie. Er behielt seinen Schwanz in ihr drin, ihre Pobacken gegen seinen Bauch gequetscht, bis seine Ekstase allmählich abebbte.

„Eng“, sagte er, als es vorbei war. „Dein erstes Mal im Scheißloch?“

Tina nickte schwach. Grant lachte und spreizte mit den Daumen weit ihre Pobacken auseinander, als er seinen Schaft aus ihrem Loch löste. Tina keuchte vor Schmerz, hielt aber still. Erst, nachdem er sich befreit hatte, brach sie auf dem Bett zusammen.

„Du bist ein guter Fick, danke“, bemerkte er.

Tina sagte nichts, streckte aber die Arme aus, damit er mit ihr kuschelte. Grant nahm keine Notiz davon, wischte sich den Schwanz am Vorhang ab und begann, sich anzuziehen.

„Also, was schätzt ihr, wie spielt Man City gegen Leeds?“ fragte Billy. Sein Stift schwebte abwartend über dem Wettcoupon auf dem Tisch.

„Heimsieg, was sonst“, sagte Jimmy.

„Ich weiß nicht“, mischte sich Greg ein. „Könnte ein Unentschieden werden. Salentino ist verletzt …“

Grant schaltete sich aus dem Gespräch aus, als die Tür der Kneipe aufging und ein blondes Mädchen eintrat. Sie sah frisch und unschuldig aus, was ihn sofort ansprach, und hochschwanger. Sie sah sich um, entdeckte ihn und kam herüber.

„Entschuldigt mich, Jungs“, sagte er. Er drehte sich in seinem Stuhl um und versuchte, sich daran zu erinnern, wer sie war.

„Hi, Grant“, begrüßte sie ihn mit einem schiefen Lächeln.

„Hi, Puppe“, antwortete er.

„Könnte ich kurz mit dir reden?“ sagte sie schüchtern.

„Klar.“

„Unter vier Augen, vor der Tür?“

„Okay. Passt auf mein Glas auf, Jungs.“

Er stand auf und folgte ihr nach draußen. Sie gingen ein kleines Stück, zu einer Bank, über die die nackten, schwarzen Äste eines Baumes hingen. Ihr Atem war weiß in der kalten Luft. Das Mädchen setzte sich hin, er blieb stehen und blickte zum warmen, gelben Licht zurück, das durch die Fenster der Kneipe fiel.

„Sorry, Puppe“, sagte er. „Ich kann mich ums Verrecken nicht an deinen Namen erinnern.“

„Tina“, sagte sie leise.

„Tina? Tina … Ach ja, du warst so schlabbrig, dass ich dich in den Arsch ficken musste! Ja, du warst gut. Wir waren gut, nicht wahr?“

Sie nickte und wurde rot.

„Und das da ist meines?“ fragte er. Er deutete auf ihren aufgedunsenen Bauch. Wieder nickte sie. Lange war es still.

„So … äh … schön“, sagte er.

„Was passiert jetzt?“ fragte sie.

„Jetzt? Du kriegst ein Baby, Puppe. Das solltest du aber wissen.“

„Das weiß ich, Grant. Ich meine, was passiert mit uns?“

„Uns? Es gibt kein ‚uns‘, Puppe, nur dich und mich.“

„Aber, Grant …“

„Schau, Puppe, wir hatten Sex. Es war gut. Ende der Geschichte.“

„Aber – was ist mit dem Baby? Sie braucht einen Vater!“

„Er, Puppe, er. Ich mache Jungs. Und er wird einen Vater haben, mich.“

„Wird sie … er? Du wirst mich heiraten … mit mir zusammenleben?“

„Ich bin nicht der Heiratstyp, Puppe.“

Er hockte sich hin, nahm ihre Hände und sah ihr in die Augen.

„Das musst du verstehen, Puppe“, erklärte er. „Ich bin ein Freigeist. Ich fliege von Blüte zu Blüte. Man kann mich nicht festbinden. Also bitte mich gar nicht erst darum, sonst verdirbst du das, was wir haben.“

„Aber, Grant …“

„Schau, Puppe“, fiel er ihr ins Wort, „hör auf meinen Rat. Suche dir irgendeinen kleinen Idioten und heirate ihn. Er wird dankbar sein, ein so gut aussehendes Mädchen wie dich abgekriegt zu haben, selbst wenn du schwanger bist. Er wird dir alles geben, was du willst, und dem Baby auch: eine hübsche kleine Wohnung, vielleicht sogar ein Haus, Kleider, alle Haushaltsgeräte, die du dir wünschst. Und dir bleibt immer noch die Erinnerung an mich, und wer weiß, vielleicht komme ich ja ab und zu mal vorbei … Hey, Puppe!“

Sie hatte ihm ihre Hände entrissen und rannte schluchzend die Straße hinunter. Grant stand einen Moment lang da und sah ihr nach. Dann ging er achselzuckend in die Kneipe zurück. Seine Gedanken kreisten schon wieder um die Fußballwette.

Grant hielt inne und beobachtete die Frau, die ihm durch den Park entgegenkam. Sie war vielleicht vierzig Jahre alt, schlank unter ihrem Ledermantel, souverän und elegant. Ihr Gesicht war feingeschnitten, irgendwie vertraut, und ihr Ausdruck kühl, amüsiert. Beim Gehen strahlte sie Selbstvertrauen aus, wenn nicht gar Arroganz. Das erfüllte ihn mit dem Wunsch, sie auf den Knien zu sehen, leidenschaftlich grunzend, mit seinem Schwanz tief in ihrem Geschlecht, der sie schwängerte. Ein schönes Bild, aber leider nicht allzu realistisch. Bei ihrem Alter und offensichtlichem Wohlstand war sie wohl nicht so leicht zu verführen wie die viel jüngeren Frauen, auf die er es normalerweise abgesehen hatte. Nichtsdestotrotz ging sie direkt auf ihn zu und lächelte ihn an.

„Sind Sie Grant?“ fragte sie, als sie ihn erreicht hatte.

„Grant ist mein Name“, antworte er. „Und Sie sind?“

„Paris.“

„Passt zu Ihnen. Klingt mondän. Was kann ich für Sie tun, Paris?“

„Das werden wir sehen“, erwiderte sie. „Meine Tochter spricht in den höchsten Tönen von Ihnen.“

„Ihre Tochter?“

„Tina.“

„Tina? Die blonde Tina?“

Sein Herz machte einen Sprung, als ihm klar wurde, wer sie war. Aber er beruhigte sich schnell. Es hatte keine Feindseligkeit in ihrer Stimme gelegen, nur Wärme.

„Ja, ich kenne Tina“, sprach er weiter. „Sie sind also Tinas Mutter. Wie nett. Ich hätte Sie erkennen müssen. Wie geht es meinem Baby?“

„Wenn Sie Tina meinen, sie ist bei bester Gesundheit. Ebenso wie ihre ungeborene Tochter.“

„Tochter? Sind Sie sich da sicher?“

„Ganz sicher. Ich bin Ärztin, Grant, Gynäkologin. Ich nehme an, Sie haben die neuesten Ultraschallbilder noch nicht gesehen? Hier sind sie.“

Sie öffnete ihre Handtasche und holte ein Foto hervor. Grant nahm es entgegen und starrte erstaunt auf die perfekte Farbaufnahme eines fast vollständig entwickelten, und ganz klar weiblichen Babys.

„Wie schön“, sagte er. „Aber … äh …“

„Machen Sie sich keine Sorgen, Grant“, fuhr sie fort. „Sie erhebt keine Ansprüche gegen Sie. Ich habe sie davon überzeugt, dass sie als Ehemann völlig ungeeignet sind.“

„Genau das habe auch ich ihr gesagt. Ich habe gesagt, sie soll irgendeinen netten Kerl heiraten, anständig, zuverlässig.“

„Einen ‚kleinen Idioten’, sagten Sie, glaube ich, offenbar ohne jede Ironie. Nein, Grant, sie wird keinen kleinen Idioten heiraten. Sie wird im September ihr Studium aufnehmen. Glücklicherweise sind wir in der Lage, für die Betreuung des Kindes zu sorgen.“

„Gut. Gut.“

„Aber das ist nicht der Grund, weshalb ich sie aufsuche. Jedenfalls nicht der einzige.“

„Ach ja?“

„Ich will ganz offen zu Ihnen sein, Grant. Mein Ehemann ist vor sieben Jahren gestorben. Er hat mich als wohlhabende Witwe zurückgelassen. Ich habe nicht den Wunsch, mich wieder zu verheiraten, am allerwenigsten mit den Männern, die mich umwerben. Ich möchte jemanden, der jung und dynamisch ist und der versteht, dass mein Liebhaber zu sein ihm nicht das Recht gibt, mich zu kontrollieren – jedenfalls nicht außerhalb des Schlafzimmers. Tina scheint zu glauben, dass Sie ideal dafür wären.“

„Ich bin Ihr Mann“, sagte Grant und nahm sie am Arm.

„Das dachte ich mir“, erwiderte sie. „Und da ist noch etwas. Auch Tina würde Ihre Aufmerksamkeiten zu schätzen wissen. Sie hat es etwas schwer, seit sie es nicht mehr verstecken kann, und sie hat so starke sexuelle Bedürfnisse.“

„Tina auch? Aber doch nicht zusammen?“

„Natürlich zusammen.“

Tina streckte sich genüsslich aus und schob ihren angeschwollenen

Bauch vor, als sie sich auf Grants Schwanz niederschlängelte. Sie war eine Zeitlang auf ihm oben gesessen und hatte das Gefühl seiner Erektion in ihr genossen, während Öl auf ihre Brüste und ihren Bauch strich. Er hatte ihr erlaubt, auf ihn hinaufzusteigen, gleichzeitig fasziniert und abgestoßen von ihrem riesigen Bauch und ihren schweren Brüsten. Aber wer ihn wirklich vollkommen faszinierte, war ihre Mutter.

Paris verhielt sich so, wie er es sich nur hätte träumen können. Sie war nicht nur willig und unterwürfig, sondern schien diese Rolle auch noch zu genießen. Praktisch gleich, nachdem sie das Haus betreten hatten, hatte sie sich ausgezogen, und ihm sein Bier nackt serviert. Sie hatte seinen Schwanz zur Erektion gelutscht, um ihn für ihre Tochter vorzubereiten, während Tina für Grant strippte. Sie hatte Massageöl aufgetragen, nicht nur auf seinen Körper, sondern auch auf Tinas. Mit offensichtlicher Freude hatte sie die dicke, gelbe Flüssigkeit auf die Brüste, den Bauch und den Po gerieben. Sie hatte sogar mit zwei Fingern die Vagina ihrer Tochter gedehnt. Die Geste wirkte sowohl mütterlich als auch sinnlich. Grant fand das alles höchst erregend, so sehr, dass er sich nur mit Mühe davon abhalten konnte zu kommen, als Tina ihn ritt. Doch er hielt sich zurück, fest entschlossen, den größten Teil seines Spermas für Paris aufzusparen.

„Ich komme!“ stöhnte Tina. „Fick mich, Grant. Sieh zu, wie ich komme.“

Sie ergriff ihre Brüste und presste die bereits geschwollenen blassen Fleischkugeln zusammen, als ob sie sich selbst melken wollte. Grant fing an, in sie zu pumpen. Ihr Körper hüpfte auf seinem auf und ab, und ihr aufgedunsener Bauch wabbelte im Rhythmus seiner Stöße. Sie seufzte und ließ die Hand über ihre ölige Bauchhaut zu ihrem Geschlecht gleiten. Er beobachtete fasziniert, wie sie ihre plumpen Schamlippen spreizte und das rosa Zentrum ihrer Möse entblößte, mit seinem Schwanz, der sich in ihrem engen Loch raus- und reinbewegte. Ihr Finger wanderte schnurstracks zu ihrer Klitoris, uns sie begann zu masturbieren. Sie schloss die Augen und legte ihre freie Hand wieder auf ihre Brust.

Grant spähte zur Seite. Paris sah zufrieden lächelnd dabei zu, wie ihre Tochter auf seinem Schwanz saß und masturbierte. Nicht nur das, sie streichelte auch ihre Brüste und ihr Geschlecht. Ihre Bewegungen spiegelten die von Tina. Er machte die Augen zu und versuchte, nicht an die beiden miteinander zu denken, denn er wusste, dass er dann kommen würde. In diesem Augenblick kam Tina, mit einem langen, leisen Stöhnen. Sie wackelte in Grants Schoß mit dem Hintern und wand ihre Möse auf seinem Schwanz, während der Orgasmus sie schüttelte. Seine Zähne waren fest zusammengebissen, aber er zwang sich dazu, weiterzustoßen, bis sie fertig war. Erst als sie über ihm zusammenbrach, rollte er sie zur Seite.

Er stand auf und schob seinen Schwanz in Richtung von Paris' Mund. Sie nahm ihn sofort in die Hand und streckte die Zunge heraus, um den Saft ihrer Tochter abzulecken. Er verfolgte, wie die kleine, scharfe Zungenspitze bei jedem Mal eine Spur in der dicken, weißen Flüssigkeit hinterließ, mit der sein Penis beschmiert war. Paris aß, was sie wegleckte, und schluckte es mit offensichtlichem Genuss hinunter, immer schneller, bis sie endlich die Kontrolle über sich verlor, seinen ganzen Schaft in den Mund nahm und begierig daran lutschte.

Er wäre beinahe gekommen, als sein Schwanz tief in ihre Kehle gezwängt wurde, doch er hielt sich mit stählerner Entschlossenheit zurück. Nach einem letzten, starken Saugen gab sie seinen Schwanz frei. Er war jetzt sauber, glitzerte aber vor Speichel. Tina auf dem Bett kicherte.

„Aufs Bett, und auf die Knie“, befahl Grant. „Ich werde dich jetzt ficken.“

Paris gehorchte unverzüglich. Sie kletterte neben Tina und reckte ihren Hintern hoch, die Knie weit auseinander, ihre hübschen Schamlippen geschwollen und bereit. Ihr Anus war ein braunes Oval und sah genauso aus wie der ihrer Tochter.

„Stell dich neben sie“, wies Grant Tina an. „Mach schon.“

Tina kicherte und wechselte einen Blick mit ihrer Mutter, tat aber, wie geheißen. Grant kletterte hinter die beiden und nahm seinen Schwanz in die Hand, während er die zwei nackten Frauen bewunderte. Sie waren sich wirklich ähnlich, was den Körperbau und die Hautfarbe anging. Beide waren kompakt und hellhäutig, bis auf die etwas dunklere Haut an ihrem Arschloch. Beide hatten das gleiche gekräuselte, blonde Haar an ihrer Muschi, das dicht auf dem Schamhügel und den äußeren Schamlippen wuchs, aber nur dort. Abgesehen von leichten Spuren des Alters bei der älteren Frau bestand der einzige wirkliche Unterschied in Tinas Schwangerschaft. Deren Bauch hing riesig und bis zum Bersten gespannt unter ihr hinunter. Auch auf den Pobacken und Oberschenkeln zeigte sie ein paar überflüssige Pfunde. Irgendwie passte das zur Persönlichkeit der beiden: die Mutter schlank, elegant und kühl, die Tochter pummelig, quietschvergnügt und enthusiastisch.

Da er wusste, dass er in seiner Hand kommen würde, wenn er ihn nicht schnell hineinsteckte, brachte Grant seinen Schwanz an Paris' Geschlecht. Er glitt mit Leichtigkeit hinein und rutschte tief in ihren Körper, bis sein Bauch an ihre Pobacken stieß. Er begann, sie zu ficken, und sie stöhnte. Während er sie ritt, klammerte sie sich am Bett fest. Grant packte sie und schob sich schneller und schneller in sie hinein. Er war zu erregt, um sich noch länger zurückzuhalten. Seine Hände umfassten Paris' hübsche, kleine Pobacken, während sich der Orgasmus in ihm aufbaute. Tina blickte über ihre Schulter und sah zu, wie er ihre Mutter fickte. Bei diesem Anblick kam Grant und pumpte seine ganze Ladung Sperma in Paris' Körper. Dabei schrie er vor Ekstase.

„Ihr geilen Schlampen!" krächzte er, als sein Schwanz in ihr explodierte. Selbst auf dem Gipfel seines Höhepunktes hoffte er noch, dass er sie damit schwängerte.

Er setzte sich zurück, auf das Bettende. Sein Schwanz ragte in die Höhe, immer noch hart, und wieder einmal mit weißem Schleim überzogen. Er zeigte darauf und leckte sich die Finger. Paris kroch sofort zu ihm, gehorsam wie ein Hund, und machte sich daran, ihren Saft wegzulecken.

„Du auch, Tina", befahl er. „Sie hat auch deinen Dreck weggemacht."

Zu seiner Überraschung sagte Paris nichts, sondern bewegte sich nur ein Stück zur Seite, um ihrer Tochter Platz zu machen. Grant schwieg und sah erstaunt dabei zu, wie die beiden Frauen seinen Schwanz säuberten, ihn küssten und die Mischung aus Mösensaft und Sperma aufleckten. Beide waren eifrig bei der Sache. Ihre Zungen waren weit rausgestreckt und berührten sich manchmal. Tina schluckte hinunter, was sie nur kriegen konnte; Paris hielt sich zurück und sammelte eine klebrige, weiße Pfütze in ihrem Mund an. Erst als er fast schon ganz sauber war, verstand Grant, warum. Paris nahm seinen Schwanz in die Hand und führte ihn in den Mund ihrer Tochter ein. Tina saugte. Ihre Wangen beulten sich aus, und sie schluckte. Dann gab sie seinen halbsteifen Schwanz frei, rollte sich auf den Rücken und öffnete den Mund. Paris legte sich sogleich über Grants Beine, positionierte sich über Tinas Gesicht und machte ihren Mund auf. Etwas von der klebrigen Mischung aus Speichel, Sperma und ihrem eigenen Mösensaft ergoss sich direkt zwischen die geöffneten Lippen ihrer Tochter.

Tina sammelte die Flüssigkeit in ihrem Mund, bis er überfloss. Sie rann über ihre Unterlippe und aus ihren Mundwinkeln. Paris ließ noch mehr hinuntertropfen, wie eine Vogelmutter, die ihr Küken füttert. Tina öffnete den Mund, um die Flüssigkeit entgegenzunehmen, und schloss ihn wieder. Mutter und Tochter küssten sich, auf den Mund, teilten sich das Sperma in einem offenen, sinnlichen Kuss. Grant beobachtete sie sprachlos, bis sie sich voneinander lösten. Tina kicherte, Paris war so kühl wie immer.

„Das war wundervoll“, stellte Paris ruhig fest. „Zeit für meinen eigenen Orgasmus.“

„Ich habe dich zum Höhepunkt gebracht, was?“ antwortete Grant.

„Mein lieber Junge, du warst gerademal ein paar Sekunden in mir drin“, erwiderte sie. „Da musst du dich noch ein bisschen mehr anstrengen. Machen wir ihn bereit, Liebes. Ich werde es so tun wie du. Leg dich hin, Grant.“

Er gehorchte. Sein automatischer Protest erstarb in seinem Mund, angesichts ihrer plötzlichen und unerwarteten Bestimmtheit. Grant lag der Länge nach auf dem Bett und sah zu, wie Paris zwischen seinen Beinen krabbelte, um seinen Schwanz in den Mund zu nehmen. Als sie zu lutschen begann, so willig und unterwürfig wie zuvor, verschwand sein plötzlicher Anflug von Unbehagen.

„Ihr macht es doch zusammen, oder?“ fragte er, begierig darauf, mehr von ihren Sexspielen zu sehen und zu erfahren, wie weit sie wohl gehen würden.

„Ich will, dass du meine Muschi leckst!“ beschwerte sich Tina.

„So etwas tue ich nicht“, gab er zurück. Paris zog ihre Lippen von seinem Schwanz.

„Sei kein Spielverderber, Grant“, sagte sie.

„Lass Tina auf dir sitzen, dann können wir deinen wunderbaren Schwanz gemeinsam lutschen.“

„Ich lecke keine Fotzen“, beharrte er.

„Ich wette, du wirst es tun“, antwortete Paris, die seinen Schwanz zu streicheln begann, „wenn man dir den richtigen Anreiz bietet. Na schön, wenn wir schon handeln müssen: Wie würde es dir gefallen, Tina und mir zuzusehen, nachdem ich gekommen bin?“

„Klar würde mir das gefallen, aber …“

„Kein Aber, Grant. Sie setzt sich auf dein Gesicht, und sie und ich spielen miteinander. Ich versohle sie, weißt du. Manchmal versohlt sie sogar mich. Macht dich das an?“

„Nicht mein Fall.“

„Wie wäre es dann mit Lecken? Du kannst uns in Stellung 69 sehen und deinen prächtigen Schwanz überall hineinstecken, wo du willst: in unseren Mund, unsere Muschi, sogar unseren Hintern.“

„Leck mich.“

„Das wäre doch schön, oder?“ gurrte Paris. „Du hast doch gesehen, wie gern ich für sie saubermache. Wie wäre es, wenn du ihr den Schwanz in den Hintern steckst und sie in den Arsch fickst, und dann lecke ich ihn sauber? Du kannst in meinem Mund kommen und …“

„Abgemacht“, sagte er schnell. „Du kriegst, was du willst, Tina.“

Tina kicherte, hüpfte zu ihm hinüber und schwang sofort ein Bein über seinen Körper. Er schluckte, als sie ihr breites, blasses Hinterteil über seinem Gesicht in Stellung brachte und schwor sich selbst, diesen Teil auszulassen, wenn er das nächste Mal mit seinen Eroberungen prahlte. Paris' Mund schloss sich um seinen Schwanz. Sie fing an zu saugen, als ihre Tochter ihren Hintern auf Grant niederließ. Die vollen Pobacken klatschten auf Grants Gesicht und spreizten sich, wodurch Tinas Geschlecht auf Grants Mund gepresst wurde. Ihr Arschloch drückte gegen seine Nase. Ihr Anusring war noch schleimig vom Ficken, sodass seine Nasenspitze ein Stück weit hineinglitt. Tina mahlte kichernd ihren Hintern in sein Gesicht.

Er begann zu lecken und stellte zu seiner Verlegenheit fest, dass sein Schwanz in Paris' Mund anschwoll, viel schneller, als er das normalerweise getan hätte, so bald nach einem Orgasmus. Er sagte zu sich, dass dies an den verdorbenen Dingen lag, die die beiden ihm in Aussicht gestellt hatten, wenn er Tina leckte, und fuhr mit seiner Aufgabe fort.

„Ich komme auch gleich, Mama“, verkündete Tina.

„Tu das, Liebes“, gab Paris zurück, die sich kurz zurückzog. „Als Erste, wenn du willst.“

Erneut schlossen sich ihre feuchten Lippen um seinen Schaft. Tina wackelte mit dem Hintern und rammte seine Nase dadurch noch tiefer in ihr Arschloch hinein. Das erschwerte es ihm, sie ordentlich zu lecken. Es schien ihr nichts auszumachen, ebenso wenig wie seinem Schwanz, de in Paris' Mund immer härter wurde, bis er wieder vollständig erigiert war. Ihre Lippen ließen von ihm ab. Sie küsste ihn zum Abschluss noch einmal auf die geschwollene Eichel und verlagerte dann ihr Gewicht. Das Bett quietschte.

„Ich komme, Mama“, keuchte Tina. „Ich komme!“

Tinas Bewegungen waren dringlicher geworden, ihr Hintern wand sich frenetisch auf Grants Gesicht. Grant bekam kaum Luft. Das Fleisch ihres Pos und ihrer Muschi verstopften seine Mund und seine Nase, bis er es nicht mehr aushielt und an ihren Schenkeln zog.

„Nein, Grant, lass mich, lass mich!“ quiekte sie. „Denk daran, was du gleich tun darfst, denk daran …“

Sie brach ab, seufzte und schlängelte ihren Hintern noch wahnsinniger als zuvor. Grant hielt eisern durch. Er dachte an den Anblick von seiner Erektion in Tinas Anus, und daran, wie sein dicker, langer Ständer in Paris' Mund aussehen würde, nachdem er Tina in den Arsch gefickt hatte. Er stellte sich ihr feingeschnittenes Gesicht vor, das immer so kühl dreinschaute, mit weit aufgerissenen Mund, in dem ein fetter Schaft steckte, der besudelt war vom Arschloch ihrer eigenen Tochter …

Tina kam. Sie schrie ekstasisch auf und rammte ihren Hintern hart in Grants Gesicht. Dort blieb er; ihr Anus pulsierte um Grants Nase, und Grant erstickte fast an ihrem plumpen Mösenfleisch. Er war kaum noch dazu in der Lage, sie zu lecken, und völlig unfähig zu atmen. Seine Lungen begannen zu schmerzen. Grant geriet in Panik. Er stieß Tina beiseite und schnappte nach Luft. Da legte sich eine Maske über sein Gesicht, und in seinen Ohren dröhnte das Zischen von Gas, während er immer noch um Atem rang.

Langsam kam Grant wieder zu Bewusstsein. Zuerst wurde er Stimmen gewahr, die aus weiter Ferne zu kommen schienen. Dann bemerkte er grelle Lichter und schließlich Gestalten, die auf ihn hinunterblickten. Vage Erinnerungen überkamen ihn: ein merkwürdiger halbwacher Zustand, Injektionen, eine beruhigende Stimme …

Sein Blick wurde wieder scharf. Paris beugte sich über ihn, in einen weißen Kittel gekleidet. Tina stand neben ihrer Mutter, ebenfalls in Weiß. Sie hielt etwas im Arm, was wie ein Bündel von Decken aussah. Dahinter war noch mehr Weiß, und Silber, außerdem Bilder: komplizierte Diagramme, die für ihn keinen Sinn ergaben, und rot-braune Modelle innerer Organe.

„Er ist wach“, hörte er Paris’ Stimme. „Kannst du mich klar erkennen, Grant?“

Er schaffte es zu nicken. Dann versuchte er, seine Arme zu bewegen. Er fragte sich, warum sie über seinen Kopf gezogen waren. Metall klirrte, und etwas zerrte an seinen Handgelenken. Grant ließ sich zurücksinken. Weitere seltsame Erinnerungen strömten in sein Bewusstsein, von Schmerzen, und Messern. Er begann in seinen Fesseln zu strampeln.

„Keine Panik, Grant“, sagte Paris ruhig. „Wir haben dich ans Bett gefesselt, zu deiner eigenen Sicherheit wie auch zu unserer.“

„Warum? Was habt ihr getan?“ wollte er wissen.

„Gleich“, sagte Paris. „Würdest du in der Zwischenzeit gern deine Tochter kennenlernen? Wir haben sie Laura genannt.“

„Mir egal“, antwortete er. „Was habt ihr mit mir gemacht, ihr verrückten Schlampen!“

„Nur mit der Ruhe“, schalt Paris.

„Mein Schwanz, ihr habt etwas mit meinem Schwanz angestellt!“ schrie er und blickte an sich hinunter, wo ein Laken seine Genitalien verhüllte.

„Aber mitnichten“, erwiderte Paris. „Es geht ihm gut, und ich wage zu sagen, dass er bald wieder in der Muschi irgendeines unglücklichen Mädchens stecken wird.“

„Was habt ihr dann gemacht? Ihr habt etwas getan, das weiß ich!“

„Nun“, sagte sie, „zum einen wurde dir dein Wunsch erfüllt. Du hast erfolgreich eine meiner Eizellen befruchtet.“

„Du bist von mir schwanger? Hör zu, nimm es mir nicht übel, Paris. Das wollte ich nicht. Ich …. Ich kann einfach keine Kondome benutzen. Sie machen mich schlaff, und ich dachte, du wärst geschützt, wo du doch Ärztin bist und alles. Ich …“

„Du brabbelst dummes Zeug, Grant“, sagte sie sanft. „Weißt du, was das hier ist?“

Sie löste den Riegel eines gedrungenen Behälters. Heller Dampf stieg auf, als der Deckel geöffnet wurde. Mit einer Zange nahm sie ein Reagenzglas aus Plastik heraus.

„Das“, fuhr sie fort“, „ist eine Probe deines Spermas, die du uns netterweise während unserer kleinen Schäferstunde zur Verfügung gestellt hast. Wir haben es in mir warmgehalten, bis wir es gebraucht haben. Ich habe mir schon vor Jahren einige Eizellen entnehmen lassen. Es war sehr einfach, eine davon zu befruchten. Sie in die mesodermale Kavität einzupflanzen, war etwas schwieriger, aber schließlich habe ich das Verfahren mitentwickelt.“

„Was? Wovon zum Teufel redest du? Also ist Tina schon wieder schwanger, diesmal mit unserem Baby?“

„Nein, Grant“, erklärte Paris geduldig. „Tina ist nicht schwanger. Du bist es.“

Tigerin

„Bist du hungrig?“ fragte Lu-Sha.

Meilia nickte.

„Ich auch“, sagte Lu-Sha.

Sie hatten die oberste Klippe erreicht, von wo aus sie das gesamte Flusstal übersehen konnten. Unter ihnen fiel eine zerklüftete, braune Felswand ab. Die einzige Vegetation bestand aus vereinzelten, knorrigen Olivenbäumen und verdorrten Grasbüscheln. Noch weiter unten, in der flachen Flussebene, erstreckte sich leuchtendes Grün bis zum Wasser, eine weite Fläche von üppigem Gras, auf der die riesigen Gestalten der Riesennashörner weideten.

La-Shas Nase zuckte, ebenso wie ihre Schwanzspitze. Sie hatte den Daumen in den Gürtel ihrer lockeren Seidenkniebundhose gehakt, die ihr einziges Kleidungsstück war. Es sah so aus, als ob sie sich die Hose gleich runterziehen würde. Daran erkannte Meilia, wie aufgeregt Lu-Sha war. Erneut schnüffelte die junge Tigerfrau, und diesmal glitt ein Schimmern durch das rot-schwarze Fell auf ihrem Rücken. Als Meilia das Vorderteil ihres Gewandes über ihren großen, schweißnassen Brüsten zurechtrückte, wünschte sie sich, sie besäße ebenfalls einen Pelz.

„Was riechst du?“ fragte sie.

„Die Nashörner“, antwortete Lu-Sha, „Kamele, den Fluss, viele kleinere Duftspuren, und ein Ornakotär.“

„Ein Ornakotär?“

„Bist du dir sicher?“

„Absolut. Sie haben einen stechenden Geruch, wie kein anderes Tier. Es ist ein Männchen.“

„Sie sind schnell, Lu-Sha. Zu schnell für uns.“

„Wir müssen unser Bestes geben.“

„Es heißt, sie hätten zwei Penisse, und wenn sie ein Mädchen nehmen, tun sie es von der Seite, mit einem Schwanz in jedem Loch.“

„Nicht doch. Ihr Schwanz ist gespalten, und es ist nur Zufall, wenn beide Öffnungen gleichzeitig penetriert werden."

„Ein geringer Trost für das Mädchen, das gleichzeitig vergewaltigt und in den Arsch gefickt wird! Ist es nah?"

„Jedenfalls nicht weit. Es wird uns auf jeden Fall gewittert haben und wissen, dass wir weiblich sind. Zumindest dich, denn deine Fotze riecht reif, während ich erst in ein paar Tagen in Hitze komme. Außerdem zeichnet sich deine dunkle Haut zwischen den Felsen ab."

„Das heißt, es wird kommen?"

„Das nehme ich an. Wir müssen uns trennen."

„Und dann folgt es mir?"

„Genau."

Wieder schnupperte Lu-Sha und warf sich dann abrupt zu Boden. Meilia tat es ihr sofort nach. Ihr Herz hämmerte in ihrer Brust. Lu-Sha deutete in die Richtung, aus der sie gekommen waren.

„Es verfolgt uns bereits!" zischte sie. „Schnell, und halte dich zwischen den Felsen."

Lu-Sha entfernte sich, während sie noch sprach, und verschwand hinter einem großen, roten Felsen. Meilia huschte zwischen den Felsen und den verstreuten Steinen fort, immer an der Felskante entlang. Dabei sah sie sich ständig nach hinten um. Nichts war zu sehen. Langsam fragte sie sich, ob Lu-Sha wirklich recht hatte oder ob sie sie nur aufzog.

Die Ungewissheit blieb bestehen, bis sie einen steinigen Ausläufer auf einer Anhöhe erreichte, wo sie sich noch einmal umblickte. Vor ihr lag das offene Stück Land, das sie soeben durchquert hatte. Das Ornakotär war dort. Es kam zwischen einer Gruppe Felsen hervor und hob den großen, mit Kehllappen versehenen Hals, um in der Luft zu wittern.

Sie schluckte schwer und wagte sich nicht zu rühren. Sie fragte sich, zu welchem Zweck eine so abscheuliche und lüsterne Kreatur geschaffen worden war. Sie war größer als ein ausgewachsener Mann. Der knollige Körper stand auf kraftvollen Beinen. Spindeldürre Arme hingen am

Rumpf, die in noch dürreren Fingern endeten. Der Hals nahm die Hälfte der gesamten Körperlänge ein; der Kopf war vogelartig, bis auf die Größe des Schädels. Federn bedeckten den Rücken, ansonsten war die Haut nackt, rosa-braun gefleckt mit purpurrot, bis auf die fleischigen, roten Kehllappen. Was noch schlimmer war: Das Ornakotär war ganz klar erregt. Der Zwillingsknüppel seines erigierten Penis baumelte unter dem aufgeblähten Bauch, allzu bereit für das weiche, feuchte Loch zwischen Meilias Schenkeln.

Sie rannte los, schoss zwischen den Felsen hin und her. Leider musste sie feststellen, dass der Ausläufer, auf dem sie sich befand, zum Ende der Felsen führte. Ein sanfter Abhang erstreckte sich zu einer Flussbiegung. Es gab kein Versteck, abgesehen von ein paar Felsen auf einer Seite, unerreichbar weit weg. Trotzdem lief sie in ihre Richtung. So schnell sie konnte, rannte sie über die offene Fläche aus Sand und Steinen.

Hinter ihr hörte sie den Freudenschrei der Bestie. Sie kam näher, das wusste Meilia, obwohl sie nicht wagte, sich umzusehen, aus Angst zu stolpern. Das Ornakotär lief etwa dreimal so schnell wie sie. Seine großen, gespreizten Füße klatschten auf den Boden, der grässliche Penis war bereit für Meilias Geschlecht. Der Gedanke an das, was geschehen würde, spornte sie an, noch schneller zu laufen. Ihr Kopf war voll von Bildern des leuchtend roten Schwanzes, der in ihren Körper eindrang, tief in ihre Vagina und höchstwahrscheinlich auch in ihr Poloch. Es würde sie ganz bestimmt in den Hintern ficken, dessen war sie sich sicher. Es würde in ihr kommen, verschwenderisch, das dicke, gelbe Sperma würde ihre Vagina ausfüllen, ihren Anus beschmieren und das tiefe Tal zwischen den fleischigen, dunklen Hügeln ihres Hinterns. Dann würde es sie schleimig und elend auf der heißen Erde liegen lassen, vergewaltigt und in den Arsch gefickt …

Wieder schrie die Bestie, weit näher diesmal, zu nahe. Meilia drehte sich in ihrer Panik um und sah, dass sie sich ihr mit beängstigender Geschwindigkeit näherte. Die riesigen Füße wirbelten Staub auf, der große

Schnabel war weit aufgerissen, der doppelte Penis steinhart vor Erwartung. Schreiend rannte Meilia zu den Felsen zurück. Das Tier folgte ihr. Seine roten Augen waren fest auf ihren wabbelnden Hintern gerichtet, seine Nüstern zuckten beim Geruch ihres Geschlechtsteils. Es hatte nichts anderes mehr im Sinn, als sie zu fangen und zu vergewaltigen.

Meilia stolperte, nur noch ein paar Meter von den Felsen entfernt, und fiel zu Boden. Als es sie so daliegen sah, gab das Ornakotär einen Triumphschrei von sich. Einen Augenblick später war es über ihr. Die spindeldürren Hände packten sie und drehten sie herum, auf die Seite. Meilia rollte sich zusammen, um sich zu schützen, doch es hockte sich auf sie drauf, auf ihre fleischigen Hüften. Der groteske Doppelschwanz drückte gegen ihr Bein, dann gegen ihren Hintern und wanderte schließlich hinunter zu ihrem Geschlecht. Es würde passieren. Die beiden Schwänze pressten sich an den Eingang ihrer Vagina und waren schon beinahe in ihr, doch dann glitt der eine Schaft zur Seite, zu ihrem verschwitzten Anusring. Sie erkannte, dass sie gleich in den Hintern gefickt werden würde, und schrie verzweifelt auf. Sie schrie immer noch, als sich der Pfeil von Lu-Shas Bogen in den Kopf der Kreatur bohrte.

„Gut gemacht", bemerkte Lu-Sha und zog das Messer aus ihrem Gürtel. „Ich glaube, es hat überhaupt nicht bemerkt, dass ich da war. Lass uns essen."

Roswell-Flittchen

„Und welche von den Schnecken hat gesagt, dass sie die Aliens gesehen hat?“ erkundigte sich Walter.

„Janet“, erwiderte Colin. „Da drüben am Fenster. Die mit den Möpsen.“

„Das sind Mädels, Col. Die haben alle Möpse.“

„Ich meine die mit den Riesenmöpsen. Die Blonde mit dem Pferdeschwanz, im rosa Kleid.“

„Echt?“ Walter pfiff durch die Zähne. „Wow, sieht ja nicht schlecht aus! Was ist denn passiert?“

„Okay, es war so: Die drei Mädels haben sich mit ihren Typen getroffen, also Janet und Peggy Sue – das ist die andere Blonde – und Betty, die Schwarzhaarige mit den Wahnsinnsbeinen, klaro? Sie sind dann zu sechst in Brads 49er Ford in den Wald gefahren, Misquah Woods. Um da ein bisschen … na, du weißt schon.“

„Würd ich auch gern mal mit ihr probieren. Oder mit einer von den anderen beiden.“

„Schon klar, bloß hatte Brad an dem Abend auch kein Glück, glaub ich jedenfalls. Hat nicht mitgespielt, die Janet, als sie seinen Schwanz lutschen sollte, klaro? Ist ausgeflippt und aus dem Auto gesprungen, Peggy Sue und Betty gleich hinterher. Da ist Brad völlig entnervt losgefahren.“

Colin räusperte sich und fuhr fort: „Okay, da mussten die Mädels also zu Fuß nach Hause – durch den Wald, klaro? Inzwischen war's schon höllisch dunkel, sehen konnte man nicht mehr viel. Aber auf einmal war da dieses grelle Licht mitten zwischen den Bäumen. Die Mädels haben glatt einen Schreck bekommen und sind stehen geblieben. Dann kamen plötzlich so ein paar Gestalten auf sie zu … aber keine menschlichen Gestalten.“

Walter starrte ihn an. „Echt?“

„Echt. Unheimlich groß mit so Riesenköpfen und Riesen-Schlitzaugen, klaro? Peggy Sue und Betty haben sich gleich vom Acker gemacht, aber Janet konnte sich nicht mehr bewegen vor Schiss.“

„Hat sich bestimmt ins Höschen gepullert, was?“

„Kann sein!“ erwiderte Colin. „Jedenfalls hat dieser Alien-Typ mit ihr gesprochen, so ganz langsam und ruhig und mit gewählten Worten …“

„Woher weißt du das eigentlich alles?“

„Von Billy, der wohnt im Haus gegenüber.“

„Ach, dieser Spinner! Und woher weiß der das?“

„Na, er war halt noch wach, als Janet nach Hause gekommen ist. Angeblich hat er sich noch mit dem Fernglas den Mond angeguckt. Also, ich glaub eher, er wollte bei ihr durchs Fenster linsen und sie nackt sehen. Hältst du jetzt endlich die Klappe und lässt mich weitererzählen?“

„Ja, mach schon.“

„Da stehen also diese sechs oder sieben Aliens vor Janet und erzählen ihr, dass sie zur Erde rübergeflogen sind, weil sie Hilfe brauchen. Weil nämlich ihre Gattung ausstirbt …“

„Hört sich an wie eine schlechte Science-Fiction-Story.“

„Mann! Halt doch endlich mal den Rand, okay?“

„Schon gut, tut mir leid. Was ist dann passiert? Haben sie sie ausgezogen? Und vielleicht ordentlich durchgevögelt?“

„Nein, überhaupt nicht. Sie haben nur gesagt, dass sie das Überleben ihrer Gattung sichern wollen – mit menschlichem Plasma. Das beste soll es hier in Minnesota geben, haben sie noch gesagt. Und als Spenderin haben sie Janet auserwählt …“

„So ein Quatsch! Woher wussten die denn bitte, dass sie ausgerechnet zu dem Zeitpunkt in diesem Wald sein würde, in Misquah Woods?“

„Verdammt, ich hab keine Ahnung!“ fuhr Colin seinen Kumpel an. „Lass mich einfach weitererzählen! Ich hab’s doch auch nur von Billy, klaro? Jedenfalls sind die Aliens mit ihr noch tiefer in den Wald gegangen. Sie haben ihre Augen untersucht und ihre Zähne und so, und der Anführer hat die ganze Zeit auf sie eingeredet, dass sie ruhig bleiben soll …“

„Haben sie ihr auch den Schlüpfer ausgezogen? Und den BH?“

„Mann, Walter, du bist ja richtig notgeil. Nein, das haben sie alles nicht gemacht! Sie haben ihr bloß ein paar Fragen gestellt und gemeint, dass sie sich wieder bei ihr melden würden. Dann haben sie sie freigelassen. Sie ist den ganzen langen Weg nach Hause gerannt, ohne stehen zu bleiben!"

„Alles Quatsch."

„Ja, das dachte Brad auch erst, und da war er nicht der Einzige. Ihr alter Herr war so sauwütend, dass er ihr den Arsch mit seinem Gürtel versohlt hat. Gleich vor der Haustür! Hat sie als Lügnerin und Nutte beschimpft und so. Billy hat alles genau gesehen, meinte er: Wie der Alte ihr den Rock hochgezogen und den Slip runtergerissen hat, und dann ging's ab, zack-zack auf den nackten Hintern."

„Ach, Billy spinnt doch."

„Tut er eben nicht! Er meinte was von einem roten Muttermal auf der linken Pobacke. Wie soll er das bitte rausgefunden haben, wenn er nix gesehen hat?"

„Na, mit dem Fernglas halt, wie du schon gesagt hast. Und den Rest hat er sich ausgedacht."

„Hm ... kann sein. Peggy Sue bestätigt zwar Janets Geschichte, aber Brad meint, die beiden haben wohl ein paar Holzfäller vom Eagle Park Camp kennengelernt und ein bisschen mit denen abgefeiert. Zwei Mädels und ungefähr zwei Dutzend Männer. Brad glaubt, dass Janet mit dieser Alien-Geschichte bloß was vertuschen will. Er hat dann mit ihr Schluss gemacht."

„Echt?"

„Natürlich ist das alles Quatsch!" Billy lachte. „Die Mädels haben wahrscheinlich zu viel Methangas aus dem Sumpfgebiet hinter dem Wald eingeatmet, da kriegt man schon mal Halluzinationen. Oder es hat irgendwas mit der elektrostatischen Aufladung der Erdatmosphäre zu tun. Aber ist ja ganz egal, dass das Quatsch ist. Die Hauptsache ist doch, dass Janet fest daran glaubt. Und das tut sie, mein lieber Mann!"

„Und wieso ist das wichtig?" wollte Colin wissen.

„Tja." Billy lachte. „Wenn sie so fest daran glaubt, glaubt sie's auch noch ein zweites Mal."

„Ach so!" schaltete Walter sich ein. „Und beim zweiten Mal müssen BH und Slip runter, und dann geht's ab!"

„Wir zwei verstehen uns." Billy grinste breit.

„Und?" hakte Walter nach und lehnte sich über den Tisch. „Wie gehen wir vor?"

„Folgendermaßen", erwiderte Billy. „Zuerst bringen wir sie wieder in den Wald."

„Wir sind aber keine Aliens", warf Colin ein.

„Dann verkleiden wir uns eben. Das sollte doch wohl zu machen sein. Wir brauchen bloß helle Lampen, irgendeine schräge Ausrüstung, und Helme ..."

„Ja, aber sie hat doch ihre Gesichter gesehen, oder nicht?"

Billy machte eine wegwerfende Handbewegung. „Keine Sorge, ich kann notfalls alles erklären, überlasst das einfach mir. Ihr besorgt am besten erst mal eine passende Ausrüstung. Col, du arbeitest doch in einer Autowerkstatt, oder?"

Colin nickte.

„Prima, dann kannst du da schon mal ein paar Sachen mitgehen lassen. Silberfarbe und Plastikplanen und so."

„Kein Problem", sagte Colin. „Kann uns auch ein paar Handlampen organisieren."

„Klasse. Wir brauchen aber noch mehr. Walter, bist du noch in diesem Elektrogeschäft, das Radios und Funkgeräte verkauft? Radio Shack?"

„Kommst du an den Schlüssel ran?"

„Klar."

„Dann schnapp ihn dir. Den Rest klaue ich mir im Elektrotechnikkurs und in Dads Arztpraxis zusammen. Und jetzt hört mal zu, wie ich mir das Ganze vorstelle. Janet stellt doch manchmal ihr Radio auf der Veranda ab, sie hat so ein Modell RKO High Six. Ich will das gegen ein manipuliertes

Gerät austauschen, das ganz genauso aussieht, aber meine Funksignale empfangen kann. Und dann gestalte ich mal das Programm."

Billy lachte und fuhr fort: „Einer von euch beiden muss sie beobachten und mir Bescheid geben, wenn sie in Radionähe ist. Keine Angst, darauf braucht ihr nicht lang zu warten, sie liegt oft stundenlang in der Hängematte und hört Musik. Ich bin solange bei Radio Shack und sende ihr von dort aus ein paar Alien-Signale."

„Und? Was machen wir jetzt?" wandte Colin sich an Billy und Walter. Zu dritt kauerten sie im Wald zwischen den Farnen. „Meint ihr, dass sie mitmacht? Vielleicht zieht sie sich wenigstens den BH aus? Wär ja schon mal nicht schlecht. Dann könnte ich endlich mal ihre dicken Möpse sehen. Und anfassen! Wow!"

„Hey, halt dich bloß zurück", beschwichtigte Billy ihn. „Du musst dich beherrschen, sonst merkt sie was. Am besten, ihr überlasst das Reden mir, okay?"

„Alles klar", erwiderte Colin.

Walter runzelte die Stirn. „Aber BH und Slip sacken wir ein, oder?"

„Du bist echt ein Perverser, weißt du das?" gab Billy zurück. „Aber gut, Slip und BH kassieren wir ein. Nur für dich, du Idiot."

„Das ist überhaupt nicht pervers! Ihr müsst euch das einfach mal bildlich vorstellen – wie ihre prallen, runden Dinger da nackt durch die Gegend wippen, dass man die Brustwarzen sieht. Und dann dieser Knackarsch … und wenn sie sich bückt …"

„Dass du ihr BH und Slip ausziehen willst, ist nicht pervers", erwiderte Billy. „Dass du beides behalten willst, schon. Und jetzt Ruhe, gleich müsste sie nämlich kommen."

Die drei Jungen verstummten, und Walter duckte sich noch tiefer ins Farnkraut. Bis jetzt hatte Billys Plan hervorragend funktioniert. Sie hatten sich das nötige Zubehör zusammengeklaut, einen Zweitschlüssel zum Funk- und Radioladen Radio Shack anfertigen lassen und Janets Radio ausgetauscht. Auch Billys Alien-Signale waren überzeugend gewesen: Janet war in ihrer Hängematte zusammengezuckt, als plötzlich nicht mehr Elvis Presley, sondern Billys verstellte Stimme aus ihrem Radio zu hören war. Der Billy-Alien gab ihr die Anweisung, am nächsten Abend in den Wald zu kommen. Natürlich wussten die Jungen nicht, ob Janet tatsächlich angebissen hatte, konnten es sich aber nicht anders vorstellen.

Billy und Colin hockten rechts und links von Walter im hohen Farnkraut und waren nicht wiederzuerkennen; beide steckten in silbern besprühten Anzügen aus Plastikfolie. Die Anzüge saßen an der Taille eng und waren an den Schultern ausgepolstert. Durch die hohen Helme, die sie sich aus Schweißermasken gebastelt hatten, wirkten die Jungen noch größer. Hinter ihnen summte leise ein Generator. Das Gerät sollte die Handlampen mit Strom versorgen, die sie zwischen den Bäumen versteckt hatten. Wenn die Lichtkegel von hinten auf sie fielen, wären sie für Janet nur noch als schwarze Umrisse zu erkennen.

Ein paar Meter weiter auf der Straße durchschnitt ein vorbeifahrendes Auto die Stille. Das Scheinwerferlicht streifte kurz die Bäume. Kurz darauf hörten die Jungen ein leises rhythmisches Quietschen, dann entdeckten sie ein kleines Licht, dass sich auf sie zu bewegte. Ein Stück von ihnen entfernt hielt das Licht auf der Straße an.

„Das ist sie!“ zischte Walter den anderen zu.

„Bleib unten!“ Billy legte ihm fest die Hand auf die Schulter.

Jetzt bewegte sich das Licht weiter die Straße entlang. Dahinter konnten die Jungen ein Fahrrad erkennen und die Umrisse einer Person – offensichtlich eine Frau. Sie drehte sich zum Wald.

In diesem Augenblick leuchtete gleißend helles Licht hinter Walter und seinen Begleitern auf. Janet fuhr herum. Im ersten Moment wirkte sie schockiert, doch dann erhellte ein leises Lächeln ihr hübsches Gesicht.

„Janet“, begrüßte Billy sie mit tiefer Alien-Stimme. „Du bist gekommen. Das ist gut.“

„Hi“, brachte Janet heraus. „Sie sind … zu dritt?“

„Ja, so ist es“, erwiderte Billy. „Wir haben einen schweren Fehler gemacht, als wir beim letzten Mal unsere Schutzausrüstung weggelassen haben. Irdische Mikroben haben unsere Kameraden infiziert, wir sind die einzigen Überlebenden.“

Janet kicherte nervös.

„Unser Anliegen ist jetzt sehr dringend.“

„Und ich bin die Einzige, die Ihnen helfen kann?“ Janet klang skeptisch. „Auch noch allen Dreien?“

„Ja, und damit unserer ganzen Gattung. Wir wären dir ewig zu Dank verpflichtet.“

„Also gut … aber nur, wenn es dabei bleibt. Versprechen Sie mir das?“

„Wir geben dir unser Ehrenwort.“

Janet biss sich auf die Lippe.

„Bitte, Janet, hilf uns“, fuhr Billy fort. „In deinem Land gibt es die prächtigsten Exemplare der menschlichen Rasse. Als deine Vorfahren übergesiedelt sind, haben sie nur die Stärksten auf ihre Reise mitgenommen, die Schwächeren mussten zurückbleiben. In diesem Land findet man wirklich die allerbesten Exemplare … perfekt gewachsene Menschen … so wie dich.“

„Das sind ja Komplimente“, sagte Janet und legte den Kopf schief. „Also gut. Aber Sie sind die Einzigen, die … na, ihr wisst schon.“

„Ganz wie du es wünschst.“

„Gut, dann stelle ich mich Ihnen jetzt zur Verfügung, Mister Alien. Was möchten Sie zuerst mit mir machen?“

„Wie gesagt, wir brauchen menschliches Plasma“, erklärte Billy. „Aber zunächst müssen wir sichergehen, dass du überhaupt ein menschliches Wesen bist. Bitte streife die auswechselbare Hülle ab, die ihr Menschen als ‚Kleidung‘ bezeichnet.“

„Alles? Bis auf den letzten Rest?“

„Hab keine Angst. Deine nackte Gestalt bedeutet uns nichts, wir kommen aus einer ganz anderen Welt.“

„Soso.“

Schon hatte Janet die Hände in den Nacken gelegt. Walter schluckte, als ihm bewusst wurde, dass sie sich jetzt wirklich gleich ausziehen würde. Es war unmöglich, den Blick von ihrem Körper zu lösen. Sein Schwanz war schon fast zu voller Größe angeschwollen; Walter konnte es kaum aushalten, ihn nicht in die Hand zu nehmen. Als sie den Reißverschluss auf dem Rücken öffnete, wurde sein Penis noch härter. Mit einem eleganten Schulterzucken befreite sie die Arme aus dem Oberteil ihres Kleides. Inzwischen war Walter steinhart.

Kichernd hielt Janet sich das Kleid vor die üppigen Brüste und wiegte die Hüften sanft hin und her. Dabei sah sie von einem zum anderen. Ganz langsam zog sie das Kleid herunter: Erst kamen ihre BH-Träger zum Vorschein, dann die blasse, glatte Haut ihres Dekolletés. Ein bisschen Spitze … und darunter wölbten sich verführerisch ihre Möpse, verpackt in einen weißen Baumwoll-BH. Die prallen, weichen Mädchenbrüste quollen fast aus den großen Körbchen. Sie zog das Kleid noch weiter herunter, sodass erst ein bisschen nackte Haut und dann ihr straff sitzender Strumpfhalter zum Vorschein kam. Walter konnte nicht aufhören, ihre Brüste anzustarren.

Sie ließ den Blick zu Billys Schritt hinuntergleiten und kicherte. Dann wandte sie sich ab und warf über die Schulter einen gespielt unschuldigen Blick zu den Jungen. Als sie ihnen den Po hinstreckte, entgleisten Walter völlig die Gesichtszüge. Ihr rundes, pralles Hinterteil füllte ihr Kleid vollständig aus. Janet hakte die Daumen unter den Stoff und schob ihn weiter nach unten. Jetzt sah man auch ihren großen, weißen Slip. Er lag so eng an, dass man deutlich die beiden Grübchen über ihrem Po erkennen konnte. Immer weiter schob sie das Kleid nach unten, sodass immer mehr von der weißen Unterhose zum Vorschein kam. Das Gewebe spannte sich um ihre ausladenden Hüften, bis sie endlich ihren Po befreit hatte. Jetzt konnten die Jungen deutlich die leichte Einbuchtung im Baumwollstoff erkennen, unter der sich die Kerbe zwischen ihren Pobacken befand.

Rechts und links unter dem großen Slip wölbten sich Janets fleischige Schenkel, darüber spannten sich fest die Strapse. Sie hielt kurz inne, zwinkerte ihren Zuschauern zu, dann schob sie das Kleid noch ein Stück weiter nach unten. Endlich war ihr praller, breiter Kugelarsch voll sichtbar, die dicken Pobacken quollen unter dem Slip hervor. Sie beugte sich leicht vor. Der Baumwollstoff bedeckte gerade eben ihr Geschlecht.

Walter stöhnte auf und kam. Kichernd stieg Janet aus dem Kleid und wandte sich wieder den Jungen zu. Sie hob beide Arme und schob neckisch die Hüfte vor, um die sich der weiße Baumwollslip spannte. Alle schwiegen gebannt. Ihre Augen funkelten im grellen Licht, als sie Billy herausfordernd zulächelte.

„Sind jetzt alle bereit?" Sie legte die Hände auf den Rücken.

Walters Unterhose war längst feucht und klebrig vor Samen, aber er hatte sich immer noch nicht beruhigt. Fasziniert beobachtete er, wie sich Janets BH lockerte, als sie den Verschluss öffnete. Ihre üppigen, festen Brüste, die nun nicht mehr durch die Körbchen in Form gepresst wurden, hingen schwer herunter. Unter der BH-Spitze lugte keck eine rosafarbene Brustwarze hervor. Janet schluckte, umschloss beide Körbchen und drückte sie noch einmal fest an den Körper, um sie dann ganz wegzuziehen. Ihre dicken Möpse wippten nackt hin und her. Sie hielt den BH kurz auf Armeslänge vom Körper weg, dann ließ sie ihn fallen. Oben ohne stand sie da und stellte stolz ihre beeindruckenden Brüste zur Schau.

„So, bitte schön", flötete sie. „Reicht Ihnen das so, Mister Alien?"

„Du bist wunderschön", brachte Billy hervor. „Perfekt gebaut."

„Und jetzt?" Sie flatterte mit den Lidern. „Ich bin nackig und wehrlos, was haben Sie jetzt mit mir armem Erdenkind vor?"

„Z-zieh dir bitte … den Slip aus."

Verunsichert sah Janet erst Walter, dann Colin an. Ihr Gesicht war knallrot angelaufen, ebenso ihr Dekolleté. Sie biss sich auf die Lippe und wandte sich dann Billy zu. Schließlich nickte sie und streifte ganz schnell den großen weißen Schlüpfer ab. Zwischen ihren Beinen kam ein dickes

Büschel goldener Locken zum Vorschein. Inzwischen wirkte sie gar nicht mehr so selbstsicher. Sie kniff die Beine fest zusammen, sodass ihre Muschi von Strumpfhalter, Strapsen und Strumpfsaum eingerahmt war.

„Kann es jetzt losgehen?“ fragte sie in die Runde.

„Wir sind bereit“, versicherte Billy ihr. „Natürlich müssen wir zunächst ein paar Proben entnehmen, wie du ja weißt. Als Erstes machen wir einen Bluttest …“

„Einen Bluttest? Was soll das denn schon wieder?“

„Keine Angst. Wir entnehmen die Probe am Hintern. Die Prozedur ist vollkommen schmerzfrei.“

Janet runzelte die Stirn. „Ihr habt doch wieder irgendwelche perversen Zeitschriften gelesen, oder?“

„Es tut mir leid, aber das verstehe ich nicht. Bitte, es ist unbedingt erforderlich, dass du unsere Anweisungen befolgst.“

„Ihr seid aber auch wirklich unmöglich manchmal! Ich bücke mich jetzt einfach und berühre die Zehen – wie beim Arzt.“ Janet klang verärgert, drehte den Jungen aber trotzdem den Rücken zu und berührte mit den Fingern ihre Schuhspitzen.

Schon wieder stand Walter der Mund offen, eine Speichelspur zog sich von einem Mundwinkel bis zum Kinn. Kaum hatte Janet sich gebückt, wurden ihre pummeligen Pobacken so weit auseinandergespreizt, dass ihr gesamter Intimbereich gut sichtbar war. Ihr Anus saß als gekräuseltes, winziges Loch in einem Oval aus hellbrauner Haut. Auch ihre Vulva war deutlich zu erkennen: Die dicken äußeren Schamlippen waren dicht mit dunkelblonden Harren bewachsen, die inneren schimmerten in einem feuchten Pink. Dazwischen lugte ihre Klitoris hervor.

Schon wieder wurde Walters Schwanz steif und glitschig, als Samen aus seiner Eichel austrat. Jetzt konnte er Janet sogar riechen – und sehen, wie der weiße Saft auf ihrer Vagina glitzerte. Vorher hatte das alles nur in seiner Fantasie stattgefunden.

Janet bebte am ganzen Körper. Offenbar war sie nervös, verharrte aber trotzdem in ihrer provokativen Haltung. Sie sah Billy durch ihre Beine hindurch an; links und rechts von ihrem Gesicht baumelten ihre schweren Brüste.

Billy hatte inzwischen eine große Spritze aus seinem Anzug gezogen und steckte jetzt eine Nadel darauf. Janet sog die Luft ein und riss die Augen auf – um sie abrupt wieder zu schließen, als Billy ihr die Hand fest auf den Hintern legte. Neidisch beobachtete Walter seinen Kumpel, der gerade fest in eine pralle Pobacke kniff, sodass er eine dicke Fleischfalte zwischen den Fingern hielt. Janets Hintern zuckte. Sie umklammerte ihre Fußgelenke und biss fest die Zähne zusammen. Ihre Brüste zitterten, als Billy die Nadel an die Haut setzte und schließlich zustieß.

Atemlos sah Walter dabei zu, wie die Nadel tief in Janet voluminöse Pobacke eindrang. Vor Schmerz schnappte Janet nach Luft. Langsam zog Billy den Kolben heraus, und die Spritze füllte sich mit Blut.

Janet ließ alles schweigend über sich ergehen. Nur ihre zitternde Unterlippe und ihre bebenden Brüste verrieten, wie es ihr ging. Schuldbewusst sah Walter zu Billy hinüber. Der beachtete ihn nicht weiter und beugte sich stattdessen über Janets Hintern. Sein Gesicht war nur noch wenige Zentimeter von ihren gespreizten Pobacken entfernt. Die Spritze war jetzt ganz gefüllt, und das grelle Licht ließ das tiefrote Blut aufleuchten. Stück für Stück zog Billy das Instrument aus dem prallen Hintern des Mädchens. An der Einstichstelle bildete sich ein winziger Blutstropfen.

„Danke, Janet“, sagte Billy. „Jetzt brauche ich noch eine Eizelle von dir. Hab keine Angst, das ist nicht so schlimm, wie es sich vielleicht anhört.“

Statt einer Antwort schluchzte Janet auf. Sie bebte am ganzen Körper, rührte sich aber zu Walters Überraschung nicht vom Fleck. Billy legte die Spritze ab und zog ein Bündel verschiedener Instrumente aus seinem Anzug. Daraus wählte er ein Gerät aus, das Walter noch nie gesehen hatte. An einem Griff saß eine Art langes Krokodilmaul aus Metall. Dort, wo das Krokodil seinen Kopf gehabt hätte, befanden sich Schrauben und kleine Hebel.

„Bist du noch Jungfrau?“ erkundigte sich Billy.

„Was für eine Frage!“ Janet schüttelte den Kopf.

„Dann tut es auch nicht weh, wenn ich das Spekulum in deine Möse einführe“, erklärte Billy.

Wieder sah Walter zu Billy hinüber. Janets Zustand machte ihm Sorgen. Aber Billy ignorierte ihn nach wie vor und führte das Spekulum in die Vagina des Mädchens ein. Ihre Muskeln zuckten, und ihr Anus öffnete und schloss sich, als würde er den Jungen zublinzeln. Die drei rückten immer dichter an sie heran; dass sie sich ihren Spielchen einfach so hingab, ermutigte sie. Mit zitternden Fingern drückte Billy das Instrument ganz langsam in die enge Muschi des Mädchens, bis der lange Schnabel komplett in sie eingetaucht war. Janet atmete immer heftiger. Fasziniert sahen die Jungen dabei zu, wie eine weiße Flüssigkeit aus ihr herauslief und an ihren Schamlippen hängen blieb.

Billy drehte an dem Instrument. Der Schnabel öffnete sich und spreizte Janets Vagina auseinander. Erst sahen die Drei nur ein schwarzes Loch, aber als Billy hineinleuchtete, erkannten sie die tiefrosa Wände des Tunnels. Janet stöhnte leise auf, an ihrem Oberschenkel zuckte ein Muskel. Billy drehte immer weiter an der Schraube, bis sie einen guten Einblick in Janets fleischige Möse hatten. Am anderen Ende war der Muttermund gut sichtbar.

„Was ist denn das?“ flüsterte Colin.

„Sieht aus wie ein Arschloch.“

„Ruhe“, befahl Billy. „Das ist eine absolut heikle Angelegenheit.“

Beunruhigt musterte Walter Janet, aber sie schien nichts von ihrem Gespräch mitbekommen zu haben. Sie klammerte sich nach wie vor an ihren Fußgelenken fest und hielt die Augen fest geschlossen. Trotzdem bestand kein Zweifel daran, dass die Untersuchung nicht spurlos an ihr vorüberging: Ihr Mund stand offen, an ihrer Unterlippe hing ein Speichelfaden, und ihre Brustwarzen hatten sich aufgerichtet.

Billy drehte das Spekulum voll auf. „So, Janet. Jetzt brauchen wir noch deine genaue Körpertemperatur. Dafür muss ich dir das Thermometer in den Po stecken."

Janet schluchzte auf; ihr kleines braunes Loch öffnete und schloss sich schnell. Inzwischen hatte Billy das Thermometer herausgezogen und die Spitze in ihren Anus eingeführt. Walter lächelte zufrieden, als sich ihr Ringmuskel um den gläsernen Stab schloss. Er hatte sich schon so oft ausgemalt, wie es wäre, einem Mädchen etwas in den Hintern zu stecken – in seiner Fantasie ging es normalerweise um seinen harten Schwanz. Und jetzt hatten sie Janet ein Thermometer in den Darmausgang gerammt, genau vor seiner Nase. Sein Penis war schon wieder steinhart.

„Einen Moment noch, Janet!" Billy trat einen Schritt zurück.

Nun stand Janet ganz allein da. Ihre Vagina war durch das Spekulum weit geöffnet, ihr Anus schloss sich fest um das Thermometer. Billy führte den Finger an die Mundregion seiner Maske und bedeutete den anderen, still zu sein. Er zog eine seltsam längliche Zange und eine Kamera aus dem Anzug. Die Kamera reichte er Walter, dann beugte er sich wieder über Janets Hinterteil. Während Walter in den dunkelrosa Tunnel starrte, führte Billy die Zange ein und berührte damit den schmollenden Gebärmuttermund. Er zuckte, und Janet stöhnte leise auf. Erneut stieß Billy gegen das Organ, und wieder zuckte die Gebärmutter. Dabei öffnete und schloss sich das winzige Loch.

„Wow!" staunte Colin.

Behutsam legte Billy das abgerundete Ende der Zange an den Eingang zu Janets Uterus. Sie schnappte nach Luft, und die Öffnung zog sich zusammen, entspannte sich und zog sich wieder zusammen.

„Halt, stopp", stieß sie hervor. „Bitte aufhören, das halte ich nicht aus!"

„Schon vorbei, Janet", gab Billy zurück und nickte Walter kurz zu.

„Wirklich?" Janet wirkte erleichtert. „Ist alles wieder gut, wenn ich mich jetzt entschuldige?"

Billy und Walter tauschten einen verwunderten Blick, dann zuckten beide die Schultern.

„Halt noch einen Augenblick lang still, Janet“, wies Billy sie an. „Ich muss erst einmal deine Temperatur messen.“

Walter stand ein Stück abseits und spielte an der Kamera herum. Jetzt ging auch Billy zurück, sodass das helle Licht ungehindert auf die vornübergebeugte Janet fallen konnte, auf ihre geöffnete Vagina und den Anus, der sich immer noch fest um das Thermometer schloss. Das Licht beleuchtete ihr üppiges weißes Hinterteil, die herunterhängenden Brüste und ihr hübsches Gesicht. Ihr blonder Pferdeschwanz war zur Seite gerutscht. Walter ließ die Atemluft durch die Zähne entweichen, dann drückte er auf den Auslöser.

Janet fuhr herum. „Oh, nein! Musste das jetzt wirklich sein? Es tut mir ja leid, und ich mache auch mit.“

„Was machst du mit?“ hakte Colin nach.

„Ihr wisst schon.“ Sie errötete. „Und jetzt nehmt doch bitte dieses Ding wieder raus. Bitte?“

Vorsichtig zog Billy ihr das Thermometer aus dem Hintern, dann lockerte er das Spekulum. Walter sah wie gebannt zu. Einerseits war er enttäuscht, weil dieser Teil jetzt vorbei war, andererseits wartete er gespannt auf die Fortsetzung. Als Billy das Spekulum herauszog, gab Janets Vagina ein lautes Furzgeräusch von sich.

„Hoppla!“ rief sie aus. „Sorry!“

Sie richtete sich auf, lockerte Arme und Beine und massierte ihre Beinmuskulatur. Die Jungen beobachteten sie fasziniert. Komisch, dass sie immer noch so ruhig ist, dachte Walter. Und sogar noch lächelt.

Schließlich wandte sie sich Billy zu, stemmte die Arme in die Seiten und streckte ihre Brüste heraus. „Also, wie willst du es mit mir treiben?“ fragte sie.

Billy zögerte, aber nur kurz. „Auf allen Vieren“, befahl er.

„Wow, von hinten, wie die Hunde!“ staunte Colin, und Billy fuhr zu ihm herum – wahrscheinlich um ihm einen bösen Blick zuzuwerfen, den Colin wegen der Maske allerdings nicht sehen konnte.

Janet lief rot an, ging aber wie angeordnet auf alle Viere und hielt Billy ihren riesigen Hintern hin. Ihre feuchte Muschi und die hellbraune Haut um ihren Anus waren deutlich sichtbar. Sie lächelte erst Billy an, dann Walter. Sie war bereit, das sah man sofort. Walter dankte Billy, der die Verkleidung entworfen hatte, im Stillen dafür, dass sie ihre harten Schwänze so leicht aus den Anzügen ziehen konnten. Colins war schon draußen, seine angeschwollene Eichel leuchtete rot unter der Vorhaut.

Janet kicherte. Billy kniete sich hinter sie und befreite mühsam seinen erigierten Penis. Als die harte Rute endlich draußen war, steckte er sie Janet in die gespreizte Pospalte.

„Hey!" protestierte sie. „Das ist Schweinkram, was du da machst!" Dann zog sie scharf die Luft ein, als sie Billys Erektion an ihrer Vagina spürte.

Er begann, sie zu ficken, packte sie an der Hüfte und rammte seinen Schwanz immer wieder in sie hinein, dass ihr üppiger Hintern vibrierte und ihre Brüste hin- und herbaumelten. Lustvoll stöhnte sie auf. Als Colin sich neben ihren Kopf legte, nahm sie, ohne zu zögern, seinen Schwanz in den Mund. Jetzt kniete sich auch Walter neben sie und griff nach ihrem Arm, um ihre Hand an seinen Penis zu führen. Janet stützte sich auf einen Ellbogen, nahm seine Erektion in die Hand und massierte sie, während sie an Colin saugte und sich gleichzeitig von Billy durchvögeln ließ.

Walter war im siebten Himmel: Neben ihm lag ein Mädel, das nur noch mit Strümpfen und Strapsen bekleidet war und seinen Schwanz fest im Griff hatte. Und nicht nur das: Sie hatten dem Mädel auch noch etwas in die Vagina und sogar in den Anus gesteckt. Er tastete nach einer ihrer schweren Brüste. Vorsichtig kniff er in die harte Brustwarze und massierte das feste, jugendliche Gewebe. Janet reagierte, indem sie ihm umso fester den Schwanz rubbelte. Unwillkürlich musste er an die vielen Male denken, die er sich Janet ohne BH vorgestellt hatte. Jetzt hatte sie sich ausgezogen, sogar freiwillig, und erfüllte auch noch all seine schmutzigen Fantasien. Das hätte er nie zu hoffen gewagt.

Janet gab Colins Schwanz frei und drehte sich auf die andere Seite, um stattdessen Walters Ständer in den Mund zu nehmen. Walter schnappte hörbar nach Luft, als sie ihre weichen, feuchten Lippen um ihn schloss. So etwas hatte er noch nie erlebt! Während sie an ihm lutschte, sah er an sich hinunter und genoss den Anblick ihrer hübschen, fein geschnittenen Gesichtszüge … und seines Penis in ihrem Mund.

Er konnte sich nicht mehr zurückhalten und spritzte ab. Janet zuckte zurück, aber zu spät – das Sperma traf sie mitten ins Gesicht. Angeekelt schrie sie auf, aber bevor sie sich zurückziehen konnte, packte Colin sie am Pferdeschwanz und schob ihr wieder seine Erektion in den Mund. Wenige Sekunden später blähten sich ihre Wangen, und sie riss entsetzt die Augen auf. Dann wich sie zurück. Das Sperma lief ihr aus dem Mund und tropfte auf den Laubboden.

„Du … du …“ brachte sie hervor und schwieg sofort wieder, als Billy ihr seinen Schwanz hart in die Möse rammte.

Immer schneller fickten sie, wild und zügellos. Janet stöhnte laut auf und öffnete den Mund, sodass noch mehr Sperma hinaustropfte. Es hing ihr an der Nase und am Kinn und zog dünne Bahnen über ihre Haut, während sie weiter durchgevögelt wurde. Ihr Pferdeschwanz wippte, und ihre Titten bebten.

Billy war außer Rand und Band; immer heftiger stieß er zu. Plötzlich löste sich seine Maske und fiel auf den Boden. Jetzt war sein Gesicht unbedeckt. Er kniete hinter ihr, den Mund weit aufgerissen, den Blick wie verrückt auf Janets breiten Po gerichtet. Aber sie sah ihn gar nicht. Sie hatte den Kopf gesenkt und die Augen geschlossen und nahm nur noch eines wahr: den harten Schwanz, der sie ganz ausfüllte. In Ekstase stöhnte sie auf und schnappte nach Luft. Walter hielt seinen feuchten Penis immer noch fest umklammert. Wie gebannt betrachtete er den Spermatropfen, der an ihrer Nase hing, sich schließlich löste und gegen ihren Pferdeschwanz geschleudert wurde. Neben ihm rieb sich Colin die Rute.

Auch Walter war schon wieder bereit. Er schnappte sich Janets Slip, wickelte ihn um seine Erektion und legte auch noch ihren BH darüber. Jetzt wichste er in eines der Körbchen hinein, das Janet sonst mit einer prallen Brust ausfüllte. Er starrte auf ihre Rundungen, die bei jedem einzelnen von Billys Stößen heftig wackelten, und wurde immer härter. Plötzlich stöhnte Billy auf. Walter wichste immer schneller. Ob Janet ihn wohl auch ranlassen würde? Ob er seinen Schwanz in ihr süßes, kleines Loch stopfen und auf diese Weise seine Unschuld verlieren dürfte? An das schönste Mädchen, das er kannte, und dann auch noch vor zwei Zeugen …

„Ich spritze gleich", keuchte Billy. „Ich spritze ihr gleich die ganze dreckige Fotze voll!"

„Nein, Brad, bitte nicht!" kreischte Janet und zog blitzschnell den Hintern zurück.

Billys Schwanz rutschte aus ihrer Vagina und explodierte. Eine dicke Spermafontäne ergoss sich über Janets nackten Po und besudelte eine ihrer prallen Backen. Billy packte seine Rute und spritze noch einmal los: diesmal direkt in ihre Arschspalte und auf das braune Grübchen ihres Anus. Der dritte Strahl war nur noch schwach; die weiße Flüssigkeit tropfte von seiner Eichel und zog Fäden, bis Billy seinen Schwanz an ihrem Hintern abwischte.

„Brad!" rief sie empört. „Sei doch bitte vorsichtig! Und ihr anderen beiden – guckt mal, was für eine Schweinerei ihr in meinem Gesicht veranstaltet habt! Jetzt reicht es aber, genug gespielt für heute!"

Janet drehte sich um. Als sie Billy erkannte, stand ihr das blanke Entsetzen ins Gesicht geschrieben. Sie schrie laut auf.

„Scheiße!" Colin sprang hoch und rannte los, Walter hinterher. Hektisch steckte er seinen Schwanz wieder ins Alien-Kostüm, dann verschwand er zwischen den Bäumen.

Hinter ihm kreischte Janet wütend weiter und beschimpfte Billy heftig. Walter konnte kaum glauben, dass sie solche Wörter überhaupt kannte. Immer weiter rannte er, ziellos in den Wald hinein. Farnwedel und Zweige peitschten seinen Körper. Erst als es stockfinster um ihn herum war, blieb er stehen, schnappte nach Luft und ging in die Knie.

Er riss sich den Helm vom Kopf und schaute über die Schulter zurück. Irgendwo ganz weit hinten konnte er noch das Alien-Licht ausmachen – als schwaches Leuchten zwischen den Bäumen. Auch Janets Schreie hörte er noch. Leise zwar, aber er verstand trotzdem jedes Wort: Sie wollte wissen, wo ihr Slip und ihr BH waren. Erst jetzt wurde Walter bewusst, dass er beides immer noch fest in der Hand hielt.

Er grinste breit, wurde aber abrupt wieder ernst, als er sich überlegte, welche Konsequenzen dieser Abend für ihn haben könnte. Billy erzählte bestimmt alles weiter, da war Walter sich sicher. Janet wiederum würde ihrem Vater gegenüber bestimmt schweigen, aus Angst vor seinem Gürtel. Brad würde sie auch nichts sagen. Und auch sonst niemandem.

Wieder musste Walter grinsen, und wieder wurde er schlagartig todernst. Direkt vor ihm waren zwei helle Lichter erschienen, die ihn blendeten. Er hielt sich schützend die Hand vor die Augen und erschrak: Vor dem gleißend hellen Licht zeichnete sich die dunkle Silhouette einer großen, unförmigen Gestalt ab.

Das Wesen kam immer näher und streckte einen langen, knochigen Arm nach ihm aus. Walter erkannte einen riesigen Kopf mit hoher gewölbter Stirn und schräg stehenden Augen, einem winzigen Mund und Nasenlöchern, die wie kleine Schlitze aussahen.

Walter öffnete den Mund, gleichzeitig lief ihm warmer Urin die Beine hinunter. Er trat ein paar Schritte zurück und stopfte sich panisch Janets Schlüpfer in den Mund.

Der Außerirdische hob beide Arme, fasste sich an den Kopf … und zog sich langsam die Maske herunter. „Hey, du Freak, was machst du da mit der Unterwäsche meiner Freundin?“ rief Brad.

Sukkubus

Aloysius Rheingold packte seinen Penis fester, als sich das hübsche junge Mädchen über den Untersuchungstisch beugte. Ihr Krankenhaushemd rutschte hoch und entblößte ihre reifen Pobacken und den Ansatz ihrer mädchenhaften Möse dazwischen. Sie warf einen Blick zurück, ängstlich, verletzlich. Ihre großen, hellen Augen waren weit und feucht und direkt auf den Arzt gerichtet, der die Spritze über ihrem nackten Hintern in die Luft hob und zustach.

Als die Nadel die Haut des Mädchens durchbohrte, kam Aloysius. Samen spritzte aus der Spitze seines Schwanzes und über den haarigen Ausläufer seines Schoßes. Seine Augen blieben offen, fest auf die vollen, rosa Pobacken des Mädchens gerichtet, während noch mehr von der weißen Flüssigkeit über seine Hand sprudelte und in seine Schamhaare lief. Sein ganzer Körper hatte sich versteift, seine Wirbelsäule war vor Ekstase hochgedrückt. Sein Brustkorb wurde immer mehr zusammengezwängt, bis Aloysius schließlich aufschrie. Seine Lust verwandelte sich in Pein, in Todesqual. Er sah nur noch Rot, dann Schwarz.

Das Video lief weiter. Die Kamera fuhr zurück und zeigte, wie das Mädchen geimpft und die Nadel wieder herausgezogen wurde, und die Einstichstelle in seiner Haut, aus der langsam ein Tropfen Blut quoll. Zusammengesunken in seinem Sessel, starrte Aloysius Rheingold immer noch hin.

Als die Injektion vorbei war, blieb das Mädchen vornübergebeugt stehen, während ein Pflaster auf ihren Hintern geklebt wurde. Sie richtete sich auf und zog ihren Krankenhauskittel hinunter, um sich zu bedecken. Es war zwecklos, denn das Hemd war so kurz, dass die Wölbung ihrer Pobacken darunter hervorschaute. Außerdem war es auf dem Rücken offen, sodass man im Spalt ein aufreizendes Stück cremefarbener Haut sah, einschließlich ihrer Arschspalte.

Sie gab ihre Anstrengungen, sich anständig zu verhüllen, auf, und drehte sich um. Nachdem sie dem Arzt gedankt hatte, trat sie aus dem

Bildschirm heraus. Aloysius konnte nur mit offenem Mund zusehen, während sie sich befreite. Ihr Körper verzerrte sich kurz, zuckte und vergrößerte sich, nahm aber wieder seine ursprüngliche Form an, als sie hinaus auf den Teppich trat. Sie bückte sich, stellte den Videorekorder aus und bot dabei denselben wundervollen Anblick ihres Hinterns, bei dem er gerade gekommen war. Nun entrang sich seiner Kehle lediglich ein Röcheln.

„So", sagte sie liebenswürdig. „Das war schön, oder?"

„Ja", brachte er heraus. „Was ... Was ist passiert?"

„Du hattest einen Herzinfarkt", sagte sie. „Du bist tot."

„Tot?!"

„Tot. Zu viel wilde Wichserei, fürchte ich. Ganz zu schweigen von den Zigarren, den Portwein und dem Umstand, dass du über drei Zentner auf die Waage bringst. Du hattest nicht die Kondition, um dir beim Anblick von Mädchenhintern einen runterzunudeln. Ich meine, nicht, dass ich nicht geschmeichelt wäre, aber du hättest etwas vorsichtiger sein sollen. Jetzt ist es zu spät."

„Aber ich bin nicht tot? Wie könnte ich tot sein? Ich rede doch gerade mit dir."

„Mit einem Mädchen, das gerade aus einem Pornofilm gestiegen ist? Sei realistisch. Solche Dinge passieren nicht, wenn man lebt, und das weißt du. Übrigens möchte ich mich dafür entschuldigen. Es war etwas überdramatisch, aber das ist so ein süßer Körper. Wusstest du, dass sie erst siebzehn war, als sie das Video gedreht hat? Was für ein verdorbenes Mädchen!"

Aloysius begann, eine neue Frage zu stammeln. Das Mädchen legte den Finger auf den Mund, um ihn zum Schweigen zu bringen. Als sie sich vorbeugte, sah man ihre kleinen Brüste, die in dem unpassenden Hemdchen herabhingen.

„Ich sollte dir alles erklären", hob sie an und streckte die Hand aus. „Erlaube mir zuerst, mich vorzustellen. Ich bin Saritu, ein Sukkubus. Das ist eine Art Dämonin, von der sexy Sorte, aber ich denke, das weißt du bereits. Normalerweise bringe ich schmutzige Träume, um Männer zur Sünde der Lust zu verleiten, und auch Frauen. Ich möchte, dass du mich als deinen persönlichen Führer betrachtest. Wie ich schon sagte, bist du tot, und leider warst du ein ganz böser Junge, deshalb kommst du nicht in den Himmel. Aber wer braucht den schon? Wo wir hingehen, ist es viel interessanter!"

Aloysius hatte ihre ausgestreckte Hand ergriffen, eher instinktiv als absichtlich. Saritu zog ihn hoch, und er stand auf. Als sie zur Tür ging, folgte er ihr, wie betäubt vor Schock. An der Tür warf er einen Blick zurück und sah seinen eigenen Körper im Sessel sitzen, nackt, die rechte Hand und die Genitalien immer noch mit Sperma bespritzt.

Saritu öffnete die Tür, doch sie führte nicht in den gemütlichen und vertrauten Flur, wie er erwartet hatte. Stattdessen war dort ein Felsentunnel, der von Flammen orangerot erleuchtet wurde. Eine Brise fuhr ihm in den Rücken und brachte Saritus Hemd zum Flattern, während sie ihn in den Tunnel hineinzog. Furcht packte ihn, und er versuchte, Widerstand zu leisten. Sie wandte den Kopf, schüttelte ihre schwarze Mähne und lächelte.

„Fürchte dich nicht", sagte sie liebenswürdig. „Wenn du sehr böse gewesen wärst, hätte dich jemand anders abgeholt. Nun komm. Ich bin vielleicht klein, aber ich bin immer noch eine Dämonin. Du willst mich doch sicher nicht wütend machen, oder?"

Es lag eine unausgesprochene Heftigkeit in ihrer Stimme, und ihre Augen blitzten kurz rot auf. Aloysius folgte ihr hastig, und Saritus Gesichtsausdruck wurde wieder ganz unschuldig. An der Hand führte sie ihn tiefer in den Tunnel hinein. Ihr Schritt war leicht und beschwingt, fast ein Hüpfen, und sehr schnell. Aloysius war gezwungen, voranzueilen, über den ausgetretenen Steinboden. Die ganze Zeit spürte er den warmen Lufthauch in seinem Rücken. Endlich mündete der Tunnel in eine Kammer.

Saritu hielt an, knickste spöttisch vor einer hockenden, roten Kreatur, die nur vage an einen Menschen erinnerte. Sie hatte die Oberschenkel und die Hufe eines Ziegenbocks, riesige Genitalien, einen aufgeblähten Bauch und stummelige Hörner. Als Antwort auf Saritus Knicks ergriff das Wesen seinen Schwanz und riss ihn in ihre Richtung.

„Geduld, ich bin beschäftigt", erwiderte sie. „Aber dir gefällt mein Hemdchen, was? Ist es nicht süß? Sieh dir den Rücken an, man kann meine Pospalte sehen."

Sie wirbelte herum, um ihre Kehrseite zu zeigen, und reckte der Kreatur ihren Hintern entgegen. Sie drückte den Rücken durch, sodass das Hemd weit aufklaffte und nicht nur ihren Schlitz, sondern die ganze runde Kugel ihres Hinterns zeigte. Das Geschöpf rieb frenetisch an seinem Schwanz, der anschwoll und steif wurde. Ein großer Schwall Sperma ergoss sich über Saritus nackte Pobacken. Saritu kicherte niedlich und streckte ihre Zunge heraus. Dann richtete sie sich auf, um den Samen der Kreatur langsam über ihren Po und ihre Beine nach unten tropfen zu lassen.

„Schluss mit dem Unsinn, Oobass", schalt sie. „Ich habe dir jemanden gebracht: Aloysius Rheingold."

„In den Graben der gefräßigen Wüstlinge. Der Abschnitt zwischen den Poversohlern und den Arschfickern", antwortete die Kreatur und deutete mit einer Klaue über seine Schulter, zum rot erleuchteten Eingang eines weiteren Tunnels.

„Ich dachte, ich könnte ihm zuerst einige der privaten Höllen zeigen?" fragte Saritu.

„Lutsch meinen Ziegenschwanz", gab Oobass zurück.

„Entschuldige mich einen Moment", sagte Saritu zu Aloysius.

Sie kniete sich hin. Ihr spermaverschmierter Hintern kam wieder in Sicht, als der Saum ihres Kittels hochrutschte. Auch ihr Geschlecht war zu sehen. Die Lippen ihrer Vulva waren geöffnet und bereit, ihre Vagina war nass, und ihr Anus ein schmutziger, brauner Stern, tief zwischen ihren Pobacken.

Ohne zu zögern nahm sie Oobass' grotesken Penis in den Mund und begann zu saugen. Ihre Wangen waren gebläht, und sie gab schluckende Geräusche von sich, was Aloysius vermuten ließ, dass die Kreatur unentwegt kam. Das legte auch der Ausdruck wahnsinnigen Entzückens auf ihrem Gesicht nahe.

Der Ziegenbock fing an, seinen Schwanz zu wichsen. Saritus Wangen beulten sich noch weiter aus. Aloysius' Vermutung wurde bestätigt, als plötzlich ein Riesenschwall Sperma zwischen ihren Lippen und dem Schaft hervorquoll. Weiteres Sperma spritzte aus ihrer Nase, in das dichte, schwarze Gewirr von Oobass' Schamhaar, bis ihr ganzes unteres Gesicht beschmiert war und es von seinen Hoden hinuntertropfte. Immer noch lutschte sie, und Aloysius sah, dass Saft aus ihrer Vagina lief und sich ihr Anus geöffnet hatte und seine nasse, rosa Mitte zeigte. Erst als Oobass sie an den Haaren packte und ihren Kopf von sich fortzog, hörte sie auf.

„Genug", verkündete er.

Er wischte seinen Schwanz an ihren Haaren ab und ließ sie los. Saritu schluckte und ließ sich auf die Fersen fallen. Ihre untere Gesichtshälfte war mit Sperma gepflastert, und ein langer Strang hing immer noch aus ihrem Nasenloch. Ihre spitze, rote Zunge schnellte vor, schnappte ihn und schnalzte ihn in ihren Mund. Als sie aufstand, bemerkte Aloysius, dass ihr Bauch zu einer harten, runden Kugel geworden war, von der ganzen Wichse, die sie geschluckt hatte.

„Wo bringst du ihn hin?" wollte Oobass wissen.

„Lustvolle Habsucht", antwortete sie, „und vielleicht die Furten der Verleugnung."

Oobass zog ein Gesicht, dass Amüsement, vielleicht auch Verachtung ausdrückte, und begann, in der Nase zu bohren.

„Komm", forderte Saritu Aloysius auf. „Ich werde dir zeigen, was mit den wirklich bösen Mädchen und Jungen geschieht, denen, die ihr ganzes Leben der Lust widmen."

Sie trat in einen Durchgang, und Aloysius folgte ihr. Wie schon zuvor betraten sie einen Tunnel, der durch soliden Fels führte und von Flammen erleuchtet wurde, die aus dem Nichts zu kommen schienen. Der leichte Wind blies in seinen Rücken. Man hörte Geräusche, das Echo von Stöhnen und Seufzen, gelegentlich durchbrochen von einem fernen Schrei oder halb erkennbaren Stimmen.

Saritu lief schnell. Beim Gehen säuberte sie sich selbst, indem sie mit einem Finger das Sperma von ihrem Gesicht, ihrem Hals, ihrem Hintern und ihren Beinen kratzte und es dann ablutschte. Aloysius beobachtete sie. Seine Gefühle wuchsen, der Angst, aber auch der Lust. Er hatte sich so oft Mädchen vorgestellt, die so verdorben waren wie sie, Mädchen, die mit Vergnügen Sperma aßen und einem den Schwanz lutschten, bis man sie wegzog.

„Ich weiß, was du gerade denkst, Aloysius“, bemerkte sie und wackelte mit dem Hintern. „Du würdest mich gern ficken, stimmt es? Du würdest gern alle möglichen unanständigen Dinge mit mir treiben. Du würdest mich gern dazu bringen, dir so den Schwanz zu lutschen wie Oobass, nicht wahr? Und du möchtest mit den Hintern versohlen und mich dann in den Arsch ficken. Wäre das nicht schön, Aloysius? Dein böser, großer Penis in meinem engen, schmutzigen Poloch? Vielleicht lasse ich dich ja, aber nicht jetzt. Hier, sieh hin.“

Sie hatten einen Seitengang erreicht. Als sie näherkamen, sah Aloysius, dass der Eingang durch ein schweres Eisengitter versperrt wurde. Dahinter kniete ein Mädchen auf dem Boden. Sie war mit dem Hals am Eisengitter angekettet. Ihr Körper war unglaublich sinnlich, fast wie eine erotische Karikatur: Wespentaille, riesige, straffe Brüste und runde Pobacken auf spitz zulaufenden Beinen. Sie hatte die Lippen um den dicken, harten Schwanz des Mannes gelegt, der vor ihr saß. Hinter ihr erstreckte sich eine unendliche Schlange von Männern in den Tunnel hinein, so weit man nur sehen konnte.

„Was hat sie getan?“ fragte Aloysius. „War sie eine Prostituierte? Und wer sind die Männer? Doch nicht ihre Freier?“

„Nein, sie war keine Prostituierte“, antwortete Saritu. „Sie war noch nicht einmal eine Sie. In diesem süßen, kleinen Körper steckt die Seele eines gewissen Solomon Daniels."

„Der Pornobaron?"

„Genau der. Im Leben hatte er das Motto: Blowjob oder No Job. Die Models in seinen Magazinen, die Stripper und Lapdancer in seinen Nachtclubs, selbst einige seiner Empfangsdamen und Sekretärinnen, alle mussten dieselbe Prozedur durchmachen. In sein Büro, Tür zu, Brüste raus und auf die Knie, seinen Schwanz in den Mund, lutschen und die Wichse runterschlucken. Die Männer sind die, die seine Produkte gekauft und seine Clubs besucht haben. So bezahlt er für seine Sünden, während er denen etwas zurückgibt, die er ausgenommen hat. Es ist doch eine angemessene Strafe, findest du nicht?"

„Aber wie viele Männer sind das? Und wie viele Mädchen hat er gezwungen, ihm einen zu blasen?"

„Es waren hunderte Mädchen. Und hier sind Millionen Männer. Manche sind oben und größtenteils zu heilig, um mitzumachen, die Heuchler. Die meisten kommen, wenn sie eine Pause von ihren eigenen Qualen haben. Jeder hat das Recht auf einmal Schwanzlutschen für jedes Produkt, das er gekauft hat."

„Das muss in die Millionen gehen!"

„In die Milliarden", korrigierte Saritu ihn. „Denk nur an all das Sperma!"

„Und danach?"

„Ihm steht eine Ewigkeit im Graben der Habsucht bevor, wo er in einem Haufen Scheiße nach Münzen suchen wird."

„Das scheint nicht gerecht. Er wollte doch nur Geld verdienen."

„Glaub mir, der Herr hasst Leute, die gern Geld verdienen. Ich zeige dir irgendwann mal den Graben der Bullen und Bären. Die Bullendämonen sind ein großartiger Fick, die Bären auch. All das Haar, und die größten Schwänze …"

„Ewige Verdammnis, weil man Geld verdient hat? Das ist doch keine Gerechtigkeit!"

Saritu zuckte mit den Achseln und winkte dem Mann zu, der gerade im Mund des Verdammten gekommen war. Dann ging sie weiter. Aloysius folgte ihr, den Blick immer noch dem Mann zugewandt, der jetzt auf dem Stuhl Platz nahm, den erigierten Penis bereit. Aloysius drehte sich schaudernd um.

Vor ihnen war eine weitere Öffnung, die ebenfalls mit einem Gitter verschlossen war. Dahinter lag ein nackter Mann angekettet auf einem groben Stuhl. Er erzitterte unter den Stößen eines riesigen, dunkelroten Dämonen, dessen Penis in seinem Rektum steckte.

„Ein Zuhälter im großen Stil", sagte Saritu missbilligend, als sie vorübergingen. „Die nehmen den meisten Platz hier in Anspruch, wenn sie nicht tiefer drin sind."

„Tiefer?"

„Tiefer in der Hölle. Man kommt so tief hinein, wie es die größte Sünde erfordert, die man begangen hat. Das hier ist nichts, strenggenommen der äußere Kreis. Die Dämonen aus den tieferen Gräben sind schrecklich überlegen. Trotzdem haben wir ein paar einfallsreiche kleine Foltern. Ich zeige dir jetzt ein paar Frustrateure. Hi, Mourdrath."

Sie winkte einem Dämon zu, der gerade fröhlich einen anderen Zuhälter in den Arsch fickte, und ging weiter. Am nächsten Gitter blieb sie stehen. Aloysius spähte vorsichtig in die dahinterliegende Kammer. Ihm blickten drei Insassen entgegen, alle weiblich. Eine war nackt. Sie saß auf einem Hocker, mit einem Buch in der einen Hand und mit der anderen zwischen ihren Schenkeln, und masturbierte ihre plumpe, haarige Möse. Neben ihr war ein Stapel Bücher aufgehäuft, alle mit Eselsohren und einem neckischen, erotischen Bild auf dem Umschlag. Die zweite Frau war über einen Tisch gebeugt. Ihr langes, helles Haar schleifte auf dem Boden. Sie trug ein elegantes Businesskostüm, doch der Blazer und die weiße Bluse waren offen und auf dem Rücken zusammengeknotet, sodass sie ihre Arme nicht gebrauchen konnte. Ihr Büstenhalter stand offen, und ihre schweren Brüste wurden auf dem Tisch plattgedrückt. Der Rock war bis zu ihrer Taille hochgezogen, und das weiße Seidenhöschen befand sich in Höhe ihres Strumpfbunds. Hinter ihr stand die dritte Frau, eine Dämonin, die Saritu nicht unähnlich war, die den bereits ordentlich durchgebläuten Hintern der Frau mit einem schmerzhaft aussehenden Rohrstock versohlte.

Saritu und die Dämonin nickten sich zu, wie zwei Kolleginnen.

„Wer sind die Frauen?“ wollte Aloysius wissen.

„Die, die masturbiert, hat pornografische Romane geschrieben“, erklärte Saritu. „Sie muss jeden davon laut vorlesen, so oft, wie er verkauft worden ist. Die andere muss die beschriebenen Fantasien mit einer Dämonin ausleben. Sie war die Herausgeberin.“

Sie gingen weiter, wieder an einem in den Arsch gefickten Zuhälter vorbei. An der nächsten Öffnung ließ Saritu ihre Finger über die Gitterstäbe gleiten, während sie einen aufreizenden Hüftschwung in ihren Gang legte. Aloysius spähte beim Vorübergehen in die Kammer hinein und sah einen großen, dünnen Mann, fast unsichtbar hinter Bergen von Papieren. Er las, und seine Finger umklammerten die Stummel roter und blauer Kreiden. Sein Gesicht war verzerrt vor unkontrollierter Qual.

„Noch ein Pornograf“, erklärte Saritu.

„Was macht er da?“

„Er liest Einreichungen, eine für jede Person, die ein von ihm herausgebrachtes Buch gelesen hat.“

„Das klingt doch gar nicht so schlimm. Warum sieht er so drein?“

„Jede einzelne Einreichung hat genau dieselbe Handlung.“

„Ruhe!“ schrie der Herausgeber plötzlich. „Seht ihr nicht, dass ich mich konzentrieren muss?“

„Nur mit der Ruhe“, schalt Saritu und ging weiter.

„Was ist mit den Vergewaltigern, den Sexmördern?“ fragte Aloysius.

„Oh, die wirst du hier nicht finden, mein Lieber“, erwiderte Saritu. „Die sind viel tiefer. Selbst gewöhnliche Mörder kommen in einen See mit kochendem Blut, aber die …“

„Ich will es gar nicht wissen!“ unterbrach er sie hastig.

„Nein? Einige Foltern sind wirklich ausgeklügelt … Aber ich habe dir versprochen, dir ein paar Frustrateure zu zeigen. Sie sind hier unten, hinter dem Graben der maßlosen Masturbierer.“

Sie bog in einen Seitenweg ein. Als Aloysius hineinging, nahm er ein neues, merkwürdiges Geräusch wahr. Es erinnerte an ein belebtes öffentliches Schwimmbad, aber gemischt mit menschlicher Ekstase und Qual. Es wurde immer lauter, bis der Seitenweg am Rand eines tiefen Grabens endete. Aloysius drückte sich eng an die Wand, aus Angst, hinunterzufallen. Saritu neben ihm lächelte.

Er blickte hinunter auf etwas, was er zuerst für eine Masse sich windender Würmer hielt, tief unten, nur undeutlich erkennbar durch den aufsteigenden Dampf. Erst als er genauer hinsah, erkannte er, dass er auf menschliche Wesen blickte, Tausende über Tausende, nackt und sich schlängelnd in einem Meer aus weißer Flüssigkeit. Die meisten davon waren männlich, aber es gab auch Frauen unter ihnen. Alle hielten ihre Genitalien umklammert und zogen und rieben daran, oder sie leckten und lutschten sich gegenseitig. Manche hatten Finger in ihrem Mund oder ihrem Hintern stecken. Andere wirkten wie ineinander verschlungene Knoten aus Beinen, Armen, Pobacken, Brüsten und Köpfen. Und alle waren von der klebrigen, weißen Flüssigkeit überzogen.

„Aber … Es masturbiert doch jeder, oder nicht?“ fragte er schwach, die Augen fest auf das Szenario vor ihm gerichtet.

„Die Heiligen nicht“, erklärte Saritu. „Abstinenz bewirkt religiöse Ekstase. Trotzdem, einmal die Woche ist akzeptabel. Es muss nur darüber hinausgehen, und bums, oder vielmehr, spritz.“

„Das ist Wichse, nicht wahr?“ fragte er. „Dieses weiße Zeug.“

„Wichse und Mösensaft“, korrigierte Saritu ihn. „Es sind ungefähr dreißig Prozent Frauen dort unten, obwohl die meisten verdorbenen Mädchen zu den Wüstlingen kommen.“

„Zu den Wüstlingen. Komme dort auch ich hin?“

„Nein. Die Wüstlinge sind der Hauptgraben im Kreis der Lust. Du warst ein Perverser und ein Vielfraß, deshalb kommst du in einen speziellen Graben, den der gefräßigen Wüstlinge, in einen Unterabschnitt davon."

„Was passiert dort?"

„Das wirst du schon sehen. Sei nicht so ungeduldig."

Sie ging weiter, so leichtfüßig wie immer. Aloysius bewegte sich Zentimeter für Zentimeter auf dem schmalen Sims entlang, die Augen auf die Füße gerichtet. Er gab sich Mühe, nicht auf die sich windende Masse Fleisch unter ihm zu sehen. Vor ihm hatte Saritu einen neuen Tunnel betreten, von dem zwei weitere in flachem Winkel abzweigten. Sie wartete und beobachtete mit zufriedenem Lächeln die Männer und Frauen, die sich in ihrem eigenen Saft wanden. Endlich erreichte Aloysius die Tunnelkreuzung.

„Die Furten der Verleugnung", sagte sie. „Der linke Tunnel führt zum Graben der weiblichen Selbstverleugnung. Er ist für Frauen reserviert, die nach dem Erreichen der Wechseljahre jungfräulich gestorben sind. Nonnen ausgenommen. Sie führen dort Schlangen von Affen herum, sehr geilen Affen. In der Mitte ist der Graben der männlichen Selbstverleugnung. Er ist leer. Wir nehmen den rechten Tunnel, zu den Frustrateuren."

„Wer sind sie?"

„Natürlich die, die anderen sexuelle Freuden verwehrt haben."

„Ich hätte gedacht, dass dies ein Weg ist, in den Himmel zu kommen, wenn Lust eine Sünde ist."

„Das haben die meisten von ihnen auch geglaubt."

„Hier, zum Beispiel."

Sie waren an ein Gitter gekommen, und Aloysius spähte hindurch. Dahinter lag keine Felsenhöhle, sondern ein sehr großer Raum. An den Wänden hingen Spiegel, und er war möbliert mit dunklem Holz und weinrotem Samt. Eine Bühne nahm die Länge einer Wand ein, auf der ein paar Sukkubi tanzten, entweder nackt an Stangen, oder in elaborierten Kostümen, die sie nach und nach auszogen. An der hinteren Wand war eine lange Bar, hinter der zwei weitere Sukkubi standen, oben ohne, mit pelzigen Hasenohren auf dem Kopf.

Auf der offenen Fläche befanden sich Tische und Stühle, mit Alkoven darüber. Noch mehr Sukkubi liefen dazwischen herum, nackt bis auf die lächerlichen Hasenohren. Bommelige Plüschschwänze ragten über ihrem Hintern empor. Auf einer Seite zeigte ein Bildschirm ein Paar feste, schwarze Pobacken, die zwischen zwei gespreizten, milchweißen Schenkeln auf- und abpumpten. Die Mehrzahl der Stühle war besetzt von fetten, schäbig wirkenden Männern mit verschlagenem Blick in schmutzigen Regenmänteln. Die einzige Frau trug einen ordentlichen, prüden Zweiteiler. Ihr Gesicht zeigte Angst und Abscheu.

„Wer sind sie?“ fragte Aloysius.

„Inkubi, hauptsächlich. Das heißt, die Männer. Die einzige Seele hier ist die Frau.“

„Nur eine? Das sind eine Menge Dämonen für eine einzige Seele. Was hat sie getan?“

„Oh, sie war etwas ganz besonderes“, erklärte Saritu. „Erkennst du sie nicht?“

„Nein.“

„Sollte ich?“

„Du solltest ihren Namen kennen. Sie hat vierzig Jahre lang Kampagnen gegen jede Form des sexuellen Ausdrucks geführt, was es auch war, selbst Nacktheit und die unschuldigste Art der FKK-Kultur. Komm rein.“

„Dürfen wir das?“

„Ich kann tun, was ich will.“

Saritu förderte aus dem Nichts einen Schlüssel zutage und schob ihn in ein Schloss am Gitter, das sie dann zur Seite schob. Die Dämonen in dem Raum grüßten sie beiläufig. Einer oder zwei riefen rüde Vorschläge. Zur Antwort wackelte sie entweder mit dem Hintern, oder sie streckte ihre Zunge heraus. Die Frau erhob sich, als Saritu Aloysius hineinführte, und ging direkt auf sie zu, ihr Gesicht eine Fratze der Wut.

„Wer sind Sie?“ fragte sie. „Ich will auf der Stelle mit einem Zuständigen sprechen!“

„Das bezweifle ich“, antwortete Saritu. „Das bezweifle ich stark. Warum setzen Sie sich nicht einfach hin und genießen die Show, Wilma?“

„Wilma? Sie sind Wilma Morehouse?“ erkundigte sich Aloysius.

„Ja, die bin ich“, schnappte die Frau. „Und wer sind Sie? Gehören Sie zum Management?“

„Nein, ich bin ...“ begann Aloysius.

„Aloysius Rheingold“, fiel ihm Saritu ins Wort. „Analfixiert, Poversohler, Arschficker und noch mehr.“

Mrs. Morehouse schnaubte hochnäsig und trat einen Schritt von Aloysius weg. Saritu lachte und ging weiter zur Bar. Aloysius folgte ihr, und nach kurzem Zögern auch Wilma Morehouse.

„Ich weiß zwar nicht, wer Sie sind, junge Dame“, sprach Mrs. Morehouse, „aber ich würde es sehr zu schätzen wissen, wenn Sie die zuständigen Behörden von meiner Anwesenheit hier in Kenntnis setzten. Ich sollte nicht hier sein. Ich war eine Aktivistin, die solche Dinge bekämpft hat, eine prominente Aktivistin!“

„Ich weiß“, erwiderte Saritu.

„Warum bin ich dann hier? Da liegt doch ein Fehler vor! Ich gehöre nicht an einen solchen Ort, das können Sie doch sehen.“

Saritu antwortete ihr nicht. Sie hatten die Bar erreicht, und der Sukkubus, der als Barkeeper diente, kam vor und küsste Saritu mit offenem Mund. Die Hände der beiden Dämoninnen berührten kurz die Brüste der anderen, bevor sie sich voneinander lösten. Eine drehte sich zu den hinter der Bar aufgereihten, glitzernden Flaschen und schenkte zwei Gläser ein. Das eine schimmerte bernsteinfarben, das andere dunkelrot.

„Portwein“, sagte Saritu und reichte Aloysius das zweite Glas.

Er roch instinktiv daran, ließ den Portwein im Glas kreisen und roch noch einmal, dann nahm er einen Schluck. Es war tatsächlich Portwein, und ein edlerer Tropfen als alle, die er zu Lebzeiten genossen hatte: reich und schwer, voll vom Duft und Geschmack von Früchten und Erde. Er hallte in seinem Gaumen nach, noch lange, nachdem er ihn hinuntergeschluckt hatte.

„Hervorragend!“ bemerkte er. „Darf ich fragen, ob ich dieses Zeug hier regelmäßig trinken kann?“

„Nicht, bevor du deine Zeit abgeleistet hast“, antwortete Saritu. „Dann kannst du dich um eine Stelle als Inkubus bewerben.“

„Ich kann ein Dämon werden?“

„Ja. Natürlich gibt es zuerst eine Ausbildung, und …“

„Würden Sie mir freundlicherweise Ihre Aufmerksamkeit schenken?“ schnappte Wilma Morehouse. „Ich wünsche, dass Sie augenblicklich mit den zuständigen Stellen über meine Anwesenheit an diesem entsetzlichen Ort sprechen!“

„Leck mich am Arsch.“

„Verzeihung?!“

„Leck mich am Arsch, habe ich gesagt. Wenn du willst, dass ich mit meinem Herrn spreche, musst du mir zuerst den Arsch lecken.“

„So etwas werde ich nicht tun! Das ist ekelhaft!“

„Wie du willst.“

„Junge Dame, ich bin es nicht gewohnt …“

„Mädchen den Arsch zu lecken? Nein, das nehme ich auch nicht an. Aber es wäre wohl besser für dich gewesen, in Anbetracht der Tatsache, wo du bist. Jetzt kannst du mit den Dämonen spielen, weißt du.“

„So einen widerlichen Vorschlag habe ich mein ganzes Leben nicht gehört!“

„Ich wette, das hast du.“

„Es reicht! Sie werden jetzt diesen Drink hinstellen und in meinem Namen die Behörden aufsuchen, und zwar auf der Stelle! Haben Sie gehört?“

„Ja. Leck mich am Arsch.“

Das Gesicht der Frau war vor Zorn gerötet. Ihre Lippen waren fest zusammengekniffen, ihre Augen sprühten. Saritu achtete jedoch überhaupt nicht auf sie, nippte an ihrem Drink und beobachtete einen Sukkubus, der gerade strippte und dabei nach und nach seinen Matrosenanzug ablegte. Abrupt bückte sich Wilma Morehouse und setzte ein flüchtiges Küsschen auf Saritus Hüfte. Als sie sich wider aufrichtete, wechselten sich Erniedrigung und Wut in ihrem Gesichtsausdruck ab.

„Was ich wollte", sagte Saritu kalt, „war ein großer, nasser Schmatzer, direkt auf mein dreckiges Poloch. Aber vermutlich ist es zu viel verlangt, dass du weißt, wie man den Hintern eines Mädchens richtig küsst. Ich werde mit jemandem sprechen."

„Mit jemandem, der zuständig ist?" fragte Morehouse.

„Mit Satan höchstpersönlich", versprach Saritu.

„Und das unverzüglich", verlangte Mrs. Morehouse.

„In den nächsten Stunden", sagte Saritu, „sobald ich Aloysius sicher in seinen Graben gebracht habe. Trink aus, Aloysius."

Aloysius kippte sich hastig den Rest seines Portweins in den Mund und behielt ihn darin, um den köstlichen Geschmack zu genießen, während sie hinausgingen. Erst Als sie ein ganzes Stück weit die Furt hinuntergelaufen waren, schluckte er ihn hinunter. Selbst dann konzentrierte er sich noch auf das langsame Verblassen der Aromen, bis sie schließlich verschwunden waren.

„Wirst du wirklich Satan verständigen?" fragte er.

„Was, und die nächsten tausend Jahre in sein Hinterteil gerammt zubringen?" antwortete Saritu. „Nein, ich wollte sie nur quälen."

„Und, gehört sie dorthin?"

„Natürlich. Sie hat ein unermessliches Leiden verursacht, über vier Jahrzehnte und darüber hinaus. Die Folgen ihrer Repressionen dauern immer noch fort. Sie wird in dieser Bar sitzen, bis jeder Striptease und jede lüsterne Darbietung, die sie verhindert hat, durchgeführt wurde, einschließlich aller, die von einzelnen Personen nur aufgrund ihrer Aktionen nicht gesehen wurden. Wenn sie damit fertig ist, wird sie weiter bestraft, für die Nöte der erotischen Tänzer, Modelle und Schauspieler, die ihretwegen nicht arbeiten konnten, ebenso wie für die Verluste der Clubbesitzer, Türsteher, Ladeninhaber, Drucker, Fotografen, Vertreiber und so fort. Solange, bis alles vergolten worden ist. Und nachdem sie ihre Strafe im Graben der Lust abgesessen hat, wird sie zu den Neidern hinuntergeschickt."

„Zu den Neidern?"

„Neid war die treibende Kraft hinter ihren Taten. Die Frustrateure kommen meistens dorthin, nachdem wir mit ihnen fertig sind."

„Ich verstehe. Aber wenn Leute wie sie nicht in den Himmel kommen, wer dann?"

„Das Geheimnis, in den Himmel zu kommen", bemerkte Saritu, „besteht darin, viel zu beten, wenig zu besitzen und sich um seine eigenen Angelegenheiten zu kümmern."

Aloysius nickte und dachte über ihre Antwort nach. Sie waren mittlerweile tief im Tunnel, der dunkler war als die anderen und kälter. Es gab keine Flammen mehr, nur ein stumpfes, blaugrünes Licht, das von den Algen zu kommen schien, die auf den feuchten Tunnelwänden wuchsen.

„Einige unserer schlimmeren Kunden", sagte Saritu. Sie trat gegen ein Gitter, worauf ein gequältes Stöhnen ertönte. „Sieh mal."

Saritu ging zu einem anderen Gitter hinüber. In der Kammer dahinter war es schummerig, und Aloysius musste seine Augen anstrengen, um die Gestalt darin genau zu erkennen. Es war ein Mann, der nackt und aufrecht sitzend an einen Stuhl mit hoher Lehne gekettet war. Eiserne Bänder umrundeten seinen Hals, seine Taille, seine Glieder und seinen Schoß. Vor ihm tanzte ein Sukkubus mit langsamen, sinnlichen Bewegungen, die seine schweren Brüste und runden Hinterbacken betonten. Aloysius konnte das Geschlecht der Dämonin riechen.

„Der Erfinder einer Frühstücksflocken-Sorte", erklärte Saritu. „Auch wenn das nicht seine Sünde war. Achte auf den kleinen Käfig, in dem sein

Schwanz und seine Hoden eingesperrt sind. Darin sind Stacheln angebracht, die in sein Fleisch getrieben werden, wenn er erregt wird. Der Käfig ist seine eigene Erfindung, mit der das Übel der Masturbation geheilt werden sollte. Tausende von Jungen wurden dazu gezwungen, ihn zu tragen, was häufig bleibende Schäden zur Folge hatte, sowohl psychisch als auch körperlich."

„Wie lange muss er hierbleiben?" fragte Aloysius.

„Für immer", antworte Saritu und spuckte aus.

Sie drehte sich um und lief schnell den Weg zurück, den sie gekommen waren. Aloysius folgte ihr und sammelte den Mut, um eine Frage zu stellen. Als sie wieder an den Graben der Masturbierer kamen, ergriff er das Wort.

„Ich kann diese Strafen verstehen", sagte er. „Wenigstens einige davon. Aber warum ich? Was habe ich getan, das ihren Sünden gleichkäme?"

„Ihnen gleichkäme?" wiederholte Saritu. „Wenig. Ansonsten hättest du dir deine private Hölle eingehandelt. Wie ich schon sagte, bestand deine Sünde hauptsächlich in der Besessenheit von Mädchenhintern."

„Aber Mädchenhintern sind dazu da, die Männer zu erregen! Der Anblick der Rückseite einer Frau ist der sexuelle Hauptreiz für einen Mann, und wenn Gott …"

„Pst!" unterbrach ihn Saritu. „Sag niemals diesen Namen, nicht hier! Wir nennen ihn den Mann."

„Oh, na gut", fuhr Aloysius fort und spähte ängstlich zum Felsendach des Tunnels. „Was ich sagen wollte: wenn er, der Mann, die Menschen so geschaffen hat, dass der Anblick des weiblichen Hinterns Lust im Manne hervorruft, warum werden wir dann dafür bestraft, dieser Lust nachzugeben?"

„Versuchung", erwiderte Saritu. „Mein Spezialgebiet. Man soll ihr widerstehen. Du hast das noch nicht einmal versucht. Außerdem, Mädchen den Hintern zu lecken, ist eine Sache. Sie zu versohlen ist etwas anderes, ganz zu schweigen davon, ihnen Nadeln in die Pobacken zu stecken, sie in den Arsch zu ficken und andere Instrumente einzuführen, wie Thermometer, Pessare, Klistiere, verschiedene Gemüse, Stifte oder einmal sogar ein Würstchen aus Schweinefleisch. Dann war da noch dieser Eisstab, den du in diese arme, kleine Weihnachtssängerin gesteckt hast, die du einludst, sich bei dir aufzuwärmen. Du hast ihn weggeleckt, während er schmolz, stimmt es? Nun, das wird dich ganz schön was kosten."

„Warum? Es hat ihr gefallen!"

„Analverkehr, Perversion, übermäßige Lust, heidnischer Sex ... Außerdem floss das meiste davon in ihr Höschen, als sie auf dem Nachhauseweg war. Darüber war sie nicht allzu glücklich."

„Aber die anderen? Sie waren mehr als willig, gelinde gesagt!"

„Einigermaßen willig. Du warst ein Mann von großer Überredungskunst, Aloysius. Erinnerst du dich an Jane Palmer, auf der Universität?"

„Jane? Natürlich, ein wunderbares Mädchen. Wir waren ein paar Monate zusammen, bevor ich die Uni verlassen habe. Ich hätte sie geheiratet ..."

„Sie war noch Jungfrau, als ihr euch kennengelernt habt, achtzehn Jahre alt und unschuldig. Sie hatte noch nie den Schwanz eines Mannes gesehen. Als ihr euch getrennt habt, war sie nicht nur keine Jungfrau mehr, sondern auch besessen von ihrem eigenen Anus. Sie lebt immer noch, und bis zum heutigen Tag kommt sie nur zum Höhepunkt, wenn etwas in ihrem Anus steckt, vorzugsweise ein Schwanz. Wenn sie masturbiert, ist ihr erster Gedanke, sich den Griff ihrer Haarbürste einzuführen oder einen Dildo, wenn einer da ist. Sie ist auf einem in Griechenland erhältlichen Kartenspiel abgebildet, mit einer Gurke im Hintern. Wusstest du das?"

„Nein", gab Aloysius zu.

„Und es gibt noch andere", fuhr Saritu fort. „Viele der Mädchen, die du in den Arsch gefickt hast, waren danach wund und watschelten noch tagelang, was nicht nur wehtut, sondern auch sehr peinlich ist. Dann waren da noch die Prügel ... Kannst du dir vorzustellen, wie es ist, in die Umkleidekabine einer Saune oder eines Fitnessstudios zu gehen, wenn dein Hintern von Rohrstockstriemen oder blauen Flecken bedeckt ist? Es ist äußerst peinlich, das versichere ich dir. Und vergessen wir nicht deine anderen kleinen Kavaliersdelikte. Was ist mit deiner Höschensammlung und den Mädchen, die nackt unter ihren Röcken nach Hause gehen mussten? Aber das spielt keine Rolle. Du bist hier, um deine übermäßige Lust zu sühnen. Das wirst du sicher nicht abstreiten? Aloysius Rheingold, der Mann, der dreiundvierzig verschiedene Frauen in den Arsch gefickt hat, der mit weiteren zweiundzwanzig seinen seltsamen medizinischen Fantasien auslebte, der einhundertundsechs Frauen versohlt hat, darunter sieben, die sich als Elfen verkleidet in einer Reihe aufstellen mussten? Muss ich noch mehr sagen?"

Aloysius schüttelte den Kopf.

„Dann will ich keine weiteren Klagen hören", kam Saritu zum Ende. „Nun komm."

Sie trat auf das Sims, hüpfte leichtfüßig zum anderen Ende und wartete, bis Aloysius sich vorsichtig zu ihr hinübergetastet hatte. Sie nahm ihn bei der Hand und führte ihn in die Kammer zurück, in der Oobass saß. Er kratzte sich gerade nachdenklich die Hoden, während er ein Kassenbuch studierte, das größer war als er selbst. Die beiden betraten einen weiteren Seitengang, den, in den Oobass zuerst gezeigt hatte. Saritu ging jetzt schneller und machte nicht an den verschiedenen Gittern halt, hinter denen ein Stöhnen erklang, das gleichermaßen Lust oder Leid bedeuten konnte. Außerdem waren nasse, klatschende Geräusche zu hören. Aloysius versuchte, in die Kammern hineinzusehen, nahm jedoch nur flüchtige Gestalten war, die in erotischen Stellungen ineinander verschlungen waren oder die Qualen einiger weniger leicht identifizierbaren Foltern erdulden mussten.

Schließlich erreichten sie das Ende des Tunnels und traten auf ein Sims, diesmal ein breites, unter dem sich ein großer Graben erstreckte. Aloysius zwang sich, hinzusehen, und erkannte, dass der Boden – wie schon bei den Masturbierern – über und über mit menschlichen Wesen bedeckt war,

Männern wie Frauen. Alle waren nackt und pummelig, viele sogar fett, und eine waren riesige, unförmige Klöße aus wabbeligem Fleisch. Manche saßen alleine da und beobachteten die anderen oder brüteten nur vor sich hin. Mehr waren in sexuelle Handlungen verstrickt. Die, die direkt unter ihnen waren, versohlten sich gegenseitig oder verabreichten sich Rohrstöcke und Peitschen, die ihnen die wenigen, scharlachroten Dämonen gaben, die zwischen ihnen umherliefen.

„Da lang“, verkündete Saritu und nickte zum linken Sims.

Aloysius gehorchte. Während er sich bewegte, blickte er die ganze Zeit hinunter. In ihm keimte Hoffnung. Weiter weg, in der Richtung, in die Saritu gedeutet hatte, waren die Paare scheinbar eher mit Analverkehr beschäftigt als mit Prügeln, oder sie taten beides zugleich. Eine üppige schwarze Frau kniete über einem Mann, dessen Schwanz tief in ihrem Anus steckte, während ein anderer Mann ihr die Pobacken mit einem Paddel verdrosch. Etwas näher tanzte ein blasses Mädchen unter Peitschenhieben, umringt von masturbierenden Männern, die sich bereitmachten. Saritu blieb direkt über der kleinen Gruppe stehen.

„Das scheint nicht allzu schlimm“, machte Aloysius einen Versuch und spähte hinunter.

„Ist es auch nicht“, stimmte Saritu zu, „jedenfalls nicht nach unseren Standards. Es ist nur so, dass du dich dort unten nicht in einem männlichen, sondern einem weiblichen Körper wiederfinden wirst. Dann musst du die Männer, die ursprünglich Frauen waren, dazu überreden, dich in den Arsch zu ficken und zu schlagen, solange, bis die Anzahl der Arschficks und Trachten Prügel, die du selbst verabreicht hast, überschritten ist. Deine persönliche Summe sind vierhundertzwölf Arschficks, eintausenddreihundertzweiunddreißig Spankings und verschiedene andere körperliche Züchtigungen. Wenn du die Gesamtsumme zuzüglich eins erreicht hast, erhältst du deine männliche Gestalt zurück. Ich soll dich zu einer Reihe von Einläufen und anderer medizinischer Perversionen abholen. Dann werde ich dich wiedersehen, es sei denn, du nimmst mein früheres Angebot an und vögelst mich in den Arsch. Es wird für lange Zeit das letzte Mal sein, dass du als Mann an so etwas teilnimmst."

Aloysius hatte mit wachsendem Entsetzen in den Garben hinuntergestarrt und schluckte, als sie aufhörte zu reden. Sie stand mit provokant herausgestreckter Hüfte vor ihm da. Ihre Pose war sowohl neckend als auch aufreizend. Er spähte wieder hinunter, wo gerade ein fettes Mädchen mit olivenbrauner Haut und riesigen Brüsten in den Arsch gefickt wurde, während man ihr den Busen auspeitschte.

„Die andere Sache", bemerkte Saritu, „ist deine Strafe für Gefräßigkeit. Wenn du da unten nicht aktiv bleibst, wirst du fetter und fetter. Am Ende bist du nicht mehr dazu in der Lage, dich zu bewegen, geschweige denn, dich für einen Arschfick anzubieten. Das macht ein Entkommen schwierig."

Wieder blickte Aloysius auf die riesigen Berge aus wabbelndem Fleisch, aus denen menschliche Arme und Beine ragten. Seine Furcht schnellte in die Höhe, und plötzlich war er fest dazu entschlossen, alles zu tun, um seinen Abstieg zu verzögern. Er fragte sich sogar, ob er Saritu in den Graben stoßen und fliehen könnte.

„Denk gar nicht erst daran", sagte Saritu und nickte zu etwas, das hinter ihnen war.

Aloysius drehte sich um. Ein gigantischer, roter Dämon versperrte den Weg über das Sims. In der einen Hand hielt er einen Dreizack, in der anderen seinen steifen Schwanz.

„Versuch es doch", meinte Saritu und kam näher.

„Ich würde gern von dir in den Hintern gefickt werden. Deine Verdorbenheit ist beeindruckend, weißt du, eine der besten. Nur wenige erreichen vierhundert Arschficks oder überschreiten die Hundertergrenze für versohlte Mädchen."

Ihre Hand hatte sich um seinen Schwanz gelegt und streichelte ihn zärtlich. Sie schmiegte sich an Aloysius. Ihr Fleisch fühlte sich warm und elastisch an, ihre Brüste pressten sich an seinen Oberkörper, ihre Lippen berührten seinen Hals, küssten ihn und knabberten daran. Ihr Duft stieg

Aloysius in die Nase, moschusartig, weiblich, mit einem Hauch von Erde. Wider Willen begann er zu reagieren, sein Schwanz wuchs in ihrer Hand. Sie machte ein gurrendes Geräusch und ließ sich auf die Knie sinken, um ihn in den Mund zu nehmen.

Aloysius schloss die Augen, als sein Penis in Saritus Mund anschwoll. Er würde einen Steifen kriegen, das wusste er, und dann würde er sie in den Arsch ficken, wie so viele andere Mädchen, und dann …

„Aber, aber“, schimpfte sie und erhob sich, um ihm einen Kuss auf die Nase zu geben. „Keine bösen Gedanken. Nimm mich.“

Sie drehte sich um und bückte sich. Ihr Krankenhaushemdchen rutschte hoch und teilte sich und entblößte die wunderbare Kugel ihres Hinterns, nackt und gespreizt. Das Pflaster, dass die Einstichstelle der Spritze bedeckte, war noch an seinem Platz, und ihre Pobacken waren immer noch leicht gerötet von den Schlägen, mit denen sie zur Impfung gezwungen worden war. Zwischen ihren Schenkeln war ihr Geschlecht feucht und bereit.

Ihr Anus zeigte sich als dunkler Fleck in der Mitte, verschwitzt und feucht. Er strömte einen intensiven Geruch aus. Aloysius' Nasenlöcher zuckten, als er hinter sie trat und seinen Schwanz gegen die schmutzigen, kleine Rosette presste. Sie stöhnte, und ihr Loch öffnete sich, so sanft und bereitwillig wie ein Mund. Sein Schwanz flutschte mit Leichtigkeit hinein. Ihr Loch war empfänglich und doch eng, ihr Korridor schleimig und doch fest. Er konnte ihre Wärme spüren und das weiche Innere ihres Rektums. Der Inhalt verteilte sich um seinen Penis, als er bis zum Ansatz seiner Hoden in sie hineinsank.

Saritu stöhnte, als Aloysius sie zu ficken anfing. Es war ein leises, zufriedenes Geräusch. Vornübergebeugt umklammerte sie ihre Knie und streckte den Hintern heraus, um seine wohlgerundete Form zur Geltung zu bringen. Ihr Rücken war durchgebogen und ihr Kopf vor Ekstase zurückgeworfen. Aloysius pumpte hart und packte sie bei den Hüften. Sein Schwanz platschte im heißen Gewebe ihres Inneren auf und ab, schneller und noch schneller. Mit zusammengebissenen Zähnen schrie Aloysius auf.

Er kämpfte darum, sich unter Kontrolle zu halten, doch es gelang ihm nicht. Sein Schwanz explodierte in ihren Eingeweiden, wieder und wieder. Er pumpte sie voll mit Sperma, begleitet vom Geräusch ihres entzückten Quiekens und seines eigenen angestrengten Grunzens.

„Ich bin gekommen“, schluchzte er. „Ich bin gekommen.“

„Ich weiß“, erwiderte sie. „Das war wundervoll. Komm schon, Pimmel raus. Ich mache dich noch sauber, und dann ab in den Graben mit dir.“

Aloysius zog sich langsam zurück und ließ seinen Schwanz aus Saritus Anus flutschen. Das kleine Loch schloss sich hinter seiner Eichel. Ein Tropfen Sperma wurde hinausgedrückt und rann langsam über Saritus Geschlecht. Dann öffnete sich der Anus noch einmal und entblößte die dunkelrote Röhre ihres Rektums. Aloysius trat einen Schritt zurück, nah an die Kante des Abgrunds. Plötzlich wirbelte Saritu herum und kniete sich zu seinen Füßen nieder. Sie öffnete den Mund, um seinen Schwanz aufzunehmen. Er seufzte, als sie zu lutschen begann. Ihre weichen Lippen glitten an seinem Schwanz auf und ab, und ihre Zunge rieb dessen Unterseite und leckte Saritus eigenen Saft und Schmutz auf. Aloysius schloss die Augen und fragte sich, ob sein Schwanz wieder steif werden würde, während sie saugte und leckte, saugte und leckte und dann auf einmal zustieß.

Aloysius Rheingold schrie, als er über den Rand des Grabens taumelte. Jeder Muskel in seinem Körper zuckte. Zu seinem Entsetzen wurde Aloysius klar, dass Saritus Mund seinen Schwanz freigegeben hatte. Von oben hörte er ihr wahnsinniges Gelächter. Er kam auf dem Boden auf. Sein ganzer Körper zuckte von dem Aufprall, wieder und wieder. Die roten Flammen der Hölle drehten sich über seinem Kopf, und das spöttische Gesicht des Sukkubus war immer noch über ihm. Die Dämonin trug immer noch ihren Krankenhauskittel. Aber er war größer als früher, und außerdem hatte sie eine Haube auf dem Kopf.

„Ich habe seinen Puls!“ rief einen Stimme. „Er ist wieder da. Er macht die Augen auf.“

Die Krankenschwester, die sich über ihn beugte, lächelte.

Prinzessin

Es lagen drei Säcke auf dem schwarz-weißen Schachbrett des Hofes, am Rande eines großen Ölbeckens. Aus dem zugenähten Ende eines jeden Sackes reckte sich jeweils ein Kopf, weiblich, jung und ausgesprochen unglücklich. Alle drei waren sich ähnlich, ihre Züge weich und rund, mit schmalen Mündern, vorwitzigen Nasen und großen, fahlen Augen. Zwei hatten goldbraunes Haar, die dritte dunkleres. Durch die derben Säcke war nichts von ihren Körpern zu sehen, nur an einigen Stellen presste sich eine runde Hüfte oder die Wölbung einer Brust gegen den Stoff und ließ erkennen, dass die Mädchen nackt waren. Man konnte auch erahnen, dass ihre Hände auf ihrem Rücken zusammengebunden waren. Eine farbige Schärpe umschloss jeden Sack, die den Mädchen um den Bauch gebunden war: eine dunkelrot, eine senfgelb und eine weiß. Die Mädchen drehten sich zur Empore über ihnen um, mit einem Ausdruck von Angst, Erwartung und Hass in den Augen. Auf der Empore saß eine Gruppe von Adligen, in ihrer Mitte die Prinzessin Ymaea Evine-y-Dactor in goldenen Kleidern, teilnahmslos gegenüber den Gefühlen der Sack-Mädchen.

„Ich brauche ein Zeichen", sagte die Prinzessin. „Graf Naidrhac, Ihr seid gescheit. Deutet mir ein Zeichen."

Der angesprochene junge Mann verbeugte sich tief und warf einen besorgten Blick auf den Palast hinter sich und die dicht bewaldeten Hänge jenseits und zu beiden Seiten davon. Hoch am Hang brach aus einer Baumgruppe ein Schwarm prächtiger roter Vögel hervor, die sich drehten, noch einmal kehrtmachten und sich so plötzlich wieder niederließen, wie sie aufgestiegen waren.

„Da ist Euer Zeichen, Hoheit", sagte er schnell, „ein Schwarm Schmuckvögel. Rot wird sicher gewinnen."

„Also auf Rot", erklärte die Prinzessin. „Zehn Goldstücke."

Weitere Gebote wurden gerufen, ausschließlich auf Gelb und Weiß. Ein großer Mann mit scharf geschnittenen Gesichtszügen nickte einem Hauptmann zu, der wiederum drei Wächter vorrücken ließ, die jeweils mit einem langen Feuerhaken bewehrt waren. Mit diesen Spießen wurden die Mädchen in den Säcken traktiert. Die glühend heißen Stöße ließen sie zum Vergnügen der Prinzessin und ihrer Höflinge vor Schmerzen zucken. Im verzweifelten Bemühen, den Feuerhaken zu entkommen, schlängelten sich die Mädchen vorwärts, wobei es ihnen schwerfiel, auf den schlüpfrigen Marmorfliesen Halt zu finden.

Wieder kamen die Feuerhaken zum Einsatz, diesmal an den Ausbeulungen, wo die Hintern der Mädchen sich gegen das Gewebe pressten. Erneut krümmten und wanden sich die Mädchen vor Schmerzen, rutschten auf dem Öl aus, kullerten herum und strampelten. Eine besonders heftige Bewegung katapultierte das Mädchen in der weißen Schärpe über den Rand des Hofes. Sie schrie vor Schreck und Schmerz auf, als sie die Stufen hinunterpolterte und unten in einem schlammigen Graben landete. Die Prinzessin bog sich vor Lachen. Sie musste sich an ihren Thron klammern, um nicht selbst hinunterzufallen.

Ein drittes Mal wurden die Feuerhaken angesetzt, sanft am gelb gebundenen Mädchen, beim roten mit ganzer Kraft. Gelb zog sich zusammen vor Schmerz und robbte verzweifelt voran, Rot zuckte und trat wie wahnsinnig um sich, bewegte sich aber kaum. Schnell stieß der Wächter noch einmal und noch stärker zu. Das Mädchen reagierte mit einem Krampf und blieb reglos liegen. Gelb war noch bei Bewusstsein und schlängelte sich über die Ziellinie. Augenblicklich wurde es still unter den Adligen, bis die Prinzessin das Schweigen brach.

„Zu dumm!“ rief sie und stampfte mit dem Fuß auf. „Dumm, dumm, dumm!“

„Wenn ich mir die Bemerkung erlauben darf, Eure Hoheit“, sagte ein großer Mann, der sich dicht über ihr Ohr beugte, „es gibt keinen Zweifel, dass Eure Wahl gewonnen hätte, hätte die Wache sie nicht mit so übereifriger Aufmerksamkeit bedacht.“

„Ihr habt Recht, Lord Hrapit“, entgegnete sie. „Er ist ein Dummkopf, aber sie hätte sich auch mehr für mich anstrengen müssen. Zieht ihn aus, steckt sie gemeinsam in einen Sack und werft sie irgendwohin, wo es eklig ist."

„Auf den Misthaufen, Hoheit?" schlug Hrapit vor. „Oder vielleicht in die städtische Jauchegrube?"

„Woher soll ich das wissen?" antwortete sie. „Beides erfüllt den Zweck. Und für Graf Naidrhac fünfzig Peitschenhiebe … Nein, einhundert. Dieser dumme Wicht! Bringt sie fort."

Die drei wurden davongeschleift. Der Graf flehte um Gnade, die Wache zeigte keine Regung, das Mädchen war immer noch bewusstlos. Ein anderer Adliger, in einem kunstvoll gearbeiteten, goldenen und smaragdgrünen Umhang, machte eine ausladende Verbeugung vor der Prinzessin.

„Eure Hoheit", verkündete er, „lasst mich der Erste sein, der Euch – angesichts der unglücklichen Umstände, die diese dumme Schlampe der Möglichkeit beraubt haben, Euren verdienten Sieg zu erringen – versichert, dass ich keinen Anspruch auf Euren Einsatz erheben werde."

„Selbstverständlich nicht", entgegnete sie. „Wie könnt Ihr es wagen, so etwas auch nur zu denken? Fünfzig Peitschenhiebe."

Der Edelmann erbleichte und fing an zu brabbeln, während er bereits weggezerrt wurde.

„Mein Morgen ist mir recht verdorben", erklärte die Prinzessin. „Ich denke darüber nach, Euch alle auspeitschen zu lassen, wenn Ihr nicht aufhört, so töricht zu sein."

„Da ist ein Bittsteller, Hoheit", sagte Hrapit schnell und beugte sich vor. „Der Impresario Braidic Udahl möchte Euch ein Geschenk überreichen, in der Hoffnung, damit seiner Brandmarkung zu entgehen."

„Braidic Udahl? Wer ist das?"

„Ein unbedeutender Mensch, Hoheit", fuhr Hrapit fort. „Gewiss erinnert Ihr euch nicht an ihn. Er war für das Unterhaltungsprogramm letzte Woche verantwortlich. Ihr ordnetet das Brandmarken seiner Fußsohlen an."

„Ich erinnere mich nicht. Was ist sein Geschenk?"

„Es ist äußerst ungewöhnlich, Hoheit, ein Menschenaffe, der offenbar dressiert ist, die seltsamsten Possen vorzuführen."

„Gut. Ich werde ihn mir ansehen."

Hrapit stand auf und klatschte in die Hände. Sofort wurde ein Vorhang zurückgezogen; Hinter ihm kam ein beleibter Mann in einem rot-grünen Harlekinanzug zum Vorschein. An einer Kette in seiner Hand führte er den Menschenaffen. Dieser war groß, fast doppelt so hoch wie der Mann, und mit struppigem, grauem Fell bedeckt, mit Ausnahme seines Gesichts und seiner Hinterbacken, die beide seine nackte, türkisfarben glänzende Haut offenbarten. Es hatte eine riesige Knollennase, so groß, dass sie bis über den Mund der Kreatur herunterhing. Prinzessin Ymaea brach in Gelächter aus, in das ihre Höflinge sofort einfielen.

„Ihr erweist mir eine große Ehre, Euer Hoheit." Braidic Udahl verbeugte sich tief.

„Ich nehme Euer Geschenk an", erwiderte sie, „die Strafe wird euch erlassen. Ihr könnt jetzt gehen."

Braidic Udahl zog sich zurück. Beim Rückwärtsgehen verbeugte er sich wieder und wieder, bis er den Rand des Podestes erreichte, woraufhin er die Stufen hinunterfloh. Die Kette hatte er fallengelassen. Der große, graue Menschenaffe blieb stehen und kratzte bedächtig sein blaues Hinterteil. Die Prinzessin beobachtete ihn eine Weile, kicherte und wandte sich dann Hrapit zu:

„Wartet bis zum Nachmittag", sagte sie, „dann lasst Udahl herbringen für sein Brandmal. Oh, und versorgt auch seine Arschbacken."

„Höchst amüsant, Hoheit", erwiderte Hrapit. „Allein Eure Schönheit übersteigt Euren Verstand, und beide sind unübertroffen. Leider habe ich Anlass zu der Vermutung, dass er in diesem Moment schon auf dem Weg zum Hafen ist. Euer Sinn für Humor hat sich bereits herumgesprochen."

Sie lachte und sprach weiter, die Augen auf den Menschenaffen gerichtet.

„Was, vermutet Ihr, kann er?"

„Es heißt, er führe Tänze auf, Hoheit", antwortete er, „und imitiere dabei auf komische Weise moderne Stile."

„Das würde mir nicht gefallen", sagte sie. „Wie könnte ich je wieder einen Gleitschritt oder eine Meerschaum-Pirouette vollführen, die ich so vortrefflich beherrsche, nachdem ich sie in eines Affen Parodie gesehen habe, und eines so lächerlichen noch dazu? Was kann er sonst noch?"

„Nichts, fürchte ich, Hoheit", erwiderte Hrapit. „Nichts, von dem ich wüsste. Braidic Udahl sagte, es sei ihm ein spezielles Kunststück zu eurer Erbauung beigebracht worden, er lehnte aber ab, sich näher hierzu zu äußern."

„Ohne Zweifel irgendeine langweilige Tölpelhaftigkeit" stellte sie fest. „Lasst ihn auf irgendeine vergnügliche Weise umbringen."

Hrapit verbeugte sich tief und gab dem Hauptmann ein Zeichen. Ein Wächter trat vor und zog an der Kette des Menschenaffen. Dieser griff nach ihm, bekam ihn an einem Arm zu fassen und schleuderte ihn fort, sodass er über die öligen Platten rutschte und am jenseitigen Ende verschwand. Die Adligen stoben auseinander, als er weiterlief und mit seinen großen, grauen Armen ausholte. Wächter mit Feuerhaken eilten herbei und wurden von ihm zur Seite gefegt. Prinzessin Ymaea schrie, als er ihren Thron erreichte.

Die Prinzessin wurde von einer Affenhand gepackt. Sie kreischte und trommelte gegen die breite, haarige Brust. Der Menschenaffe nahm davon überhaupt keine Notiz, sondern schwang sein Hinterteil auf den Thron und klatschte die verzweifelte Prinzessin auf seinen Schoß. Mit zwei schnellen Bewegungen riss er ihr hübsches, goldenes Gewand entzwei und enthüllte Unterwäsche aus feinster Seide. Fort war das Unterhemd, und zwei kleine, runde Brüste sprangen hervor. Eine große Hand schob sich in den Unterrock und riss ihn hoch. Ein akkurat geformter Hintern kam zum Vorschein.

Dann wurde die nackte, schreiende Prinzessin Ymaea Evine-y-Dactor versohlt. Beim Strampeln öffnete sich ihre kunstvolle Frisur und löste sich auf in eine hellblonde Wolke. Sie ruderte wild mit den Armen, trat wild aus und spreizte die Beine, sodass der rosafarbene Schlitz ihrer jungfräulichen Möse sichtbar wurde. Ihr Geheul durchschnitt die Luft, ein wildes Kreischen, durchsetzt von Angst und Schmerz.

Die Hand des Menschenaffen war so groß, dass sie die vorwitzigen Pobacken ganz umschloss und bei jedem Schlag das weiche Fleisch zwischen den Fingern herausquoll. Es färbte sich rosa, dann rot, doch erst, als die fleischigen kleinen Kugeln wund und violett waren, hielt der Menschenaffe ein. Da war die Prinzessin bereits schluchzend auf dem Schoß des Untiers zusammengebrochen. So nackt und zerzaust war sie kaum wiederzuerkennen, noch weniger ihr heißer, geprügelter Hintern, der über den angewinkelten Knien des Menschenaffen emporragte.

Der Affe machte Anstalten, sie gehen zu lassen, hielt aber plötzlich inne und schnüffelte. Seine große, blaue Nase wackelte, und sein Gesichtsausdruck verfinsterte sich in seltsamer Verwirrung. Grunzend hob er die Prinzessin hoch, drehte sie an den Beinen um und presste sein Gesicht zwischen ihre Oberschenkel. Er bohrte seine knollige Nasenspitze in ihre Scheide hinein. Die Prinzessin keuchte vor Schmerz, als ihr Jungfernhäutchen riss. Er stieß tiefer, und ihr Mund klappte auf, als der Affe ganz in sie eindrang. Auch ihre Augen weiteten sich, starr vor Entsetzen, bevor ihr Blick brach, als der Menschenaffe in ihrer Vagina herumzuschnüffeln begann. In seinem Schoß zeigte sich jetzt ein dicker, blauer Hodensack zwischen dem Fell, und die glänzend rote Spitze eines mächtigen Penis schob sich langsam aus der Vorhaut heraus.

Hrapit und die wenigen Zurückgebliebenen, die nicht geflohen waren, konnten nur entsetzt dabei zusehen, wie der Menschenaffe seine Nase aus dem Loch der Prinzessin herausriss. Ein schmieriger, roter Ring auf dem blauen Fleisch des Affenrüssels machte deutlich, was mit ihrer Jungfräulichkeit geschehen war. Man konnte Schleim aus dem Loch der Prinzessin tropfen sehen, als sie umgedreht und fest auf den Schoß des Affen gesetzt wurde, Penis an Scheide.

Er drang in sie ein; die dicke, scharlachrote Eichel versank im Fleisch ihres Geschlechts, direkt vor den Augen ihrer Höflinge. Jede Frage hinsichtlich ihrer eventuell verbliebenen Jungfräulichkeit war durch die öffentliche Penetration ausgelöscht. Der Schaft folgte und glitt langsam in ihren Körper, bis ihre rasierten Schamlippen an den aufgedunsenen Sack des Affen gepresst wurden. Er packte sie an der Hüfte und fing an, sie zu ficken. Ihr Haar und ihre Brüste federten in seinem Rhythmus auf und ab. Ihre Augen wurden glasig, ihre Glieder schlaff widerstandslos, als sie vor aller Augen gefickt wurde: Ihre Möse war ausgefüllt mit dem Affenschwanz, und ihr heißer, roter Arsch scheuerte auf dem Fell der Kreatur.

Der Menschenaffe nahm sich Zeit. Er ließ die Prinzessin auf seiner Erektion fröhlich auf- und niederhüpfen und machte gurgelnde Geräusche durch seine hochgezogenen Lippen, die gelbliche Zähne offenbarten. Sie zeigte zunehmend mehr Reaktion, weil das derbe Sackhaar der Bestie ihre Klitoris kitzelte. Auf einmal versteifte sich ihr puppenhafter Körper im Orgasmus. Ein schockiertes Raunen ging durch die Zuschauer, als sie sahen, dass sie kam, und ein zweites, als es noch einmal passierte und sich auf ihrem Gesicht ein idiotisches Grinsen der Befriedigung ausbreitete.

Der Menschenaffe fuhr fort, sie auf seinem Schwanz auf- und niederzustoßen, schneller jetzt. Ihre eigene, weiße Schmiere wurde an der Verbindung zwischen Schwanz und Scheide sichtbar, als die Stöße tiefer wurden. Auch der Affe wurde lauter, schmatzte freudig mit den aufgeworfenen Lippen und grunzte und kicherte zwischendurch vor Erregung. Endlich kam er: Dickflüssiges, weißes Sperma quoll zu allen Seiten aus der Scheide der Prinzessin, als er ihren Körper ein letzes Mal auf seinen Schwanz niederrammte. Als das heiße Sperma über seine Hoden spritzte, schrie sie in ihrem dritten Orgasmus.

Nachdem er gekommen war, verlor der Menschenaffe jegliches Interesse an der Prinzessin. Sie wurde von seinem Schwanz gezogen und kurzerhand auf den Boden entsorgt, mit dem geröteten Hintern nach oben, sodass ihr Anus und das klaffende Loch ihrer Vagina sichtbar waren. Auch ihr zerrissenes Jungfernhäutchen war zu sehen, und eine blassrosa Flüssigkeit lief über ihr Geschlecht. Sie aber machte keinerlei Anstalten, ihr Entzücken zu verbergen oder auch nur aufzustehen.

Als der Menschenaffe fort watschelte, um ein Gefäß mit Bananen zu inspizieren, bewegte sich Hrapit vorsichtig heran, kauerte sich neben sie und berührte ihr Haar. Sie antwortete mit einem Stöhnen und drehte ihm ihr Gesicht zu. Hinter ihm polterte ein Trupp bis an die Zähne bewaffneter Wachen die Stufen hinauf.

„Wo ist er?“ fragte sie.

„Wir haben ihn, Hoheit, seid unbesorgt“, sagte er. „Er wird lebendig gehäutet, in einem Nest von Waldameisen an den Pranger gestellt, mit kochendem Pech übergossen …“

„Fügt ihm nur die kleinste Verletzung zu“, antwortete sie schwach, „und *Ihr* werdet es sein, der diese Foltern erleidet.“

Kühe

Die Polizistin Kate Hastings blickte auf, als die Türen des Polizeireviers aufglitten und ein Mann eintrat. Er war groß und von mittlerem Alter, mit einem Patriziergesicht und in einem dreiteiligen Tweed-Anzug, der zwar etwas abgetragen, aber offensichtlich einmal sehr teuer gewesen war. Ein wohlhabender Bauer, vermutete Kate, oder vielleicht auch nur einer der reichen Rentner auf Guernsey.

„Guten Morgen", begrüßte er sie. „Dürfte ich sie bitten, oben anzurufen und Polizeipräsident Woods zu holen?"

„Natürlich, Sir. Wenn Sie mir vielleicht ...", fing Kate an, unterbrach sich jedoch, als Polizeipräsident Wolf persönlich in der Tür auftauchte, die ins Innere des Reviers führte. Der Mann lächelte, drehte sich um und richtete sein Wort an den Polizeipräsidenten.

„Ah, John, da bist du ja. Ich habe diese charmante junge Dame gerade gebeten, dich holen zu lassen."

„Sir Francis", erwiderte der Polizeipräsident und streckte die Hand aus. „Was kann ich für dich tun?"

„Komm doch in mein Büro."

„Es gibt leider schon wieder Ärger mit meinen Kühen ...", schnappte Kate noch auf, als die beiden hinausgingen.

Der Polizeipräsident hielt die Tür für den Mann auf und ließ ihn vorgehen. Kate lehnte sich vor, um sie durch die Glastür zu beobachten. Sie fragte sich, wer der Mann war, der ohne Termin so unverzüglich ins Büro des Polizeipräsidenten vorgelassen wurde.

Ein anderer Besucher lenkte sie ab, und sie vergaß den Mann, bis eine Kollegin erschien, um sie abzulösen und ins Büro des Polizeipräsidenten zu schicken. Verwundert eilte Kate die Treppe hoch. Sie fand den Polizeipräsidenten zusammen mit dem Mann von eben vor.

„Sie wollten mich sprechen, Sir?" fragte Kate.

„Ja, Kate. Danke, dass Sie so schnell gekommen sind", antwortete Polizeipräsident Woods. „Das ist Sir Francis Dalcourt. Er ist der Lehnsherr drüben auf Lesquoires."

Kate lächelte und hielt dem Mann ihre Hand hin. Sie versuchte, sein offenes Interesse an der Vorderseite ihrer Bluse zu ignorieren. Die meisten Männer starrten sie an. Ihre Brüste waren seit Einsetzen der Pubertät unangenehm groß. Aber da war etwas entsetzlich Vertrautes an der Art und Weise, mit der Dalcourt sie musterte, fast, als ob er ein berufliches Interesse an ihr hätte. Er schüttelte ihr die Hand und nickte, bevor er sich wieder an den Polizeipräsidenten wandte.

„Offenkundig geeignet", verkündete er.

„Nun, sie ist noch jung", erwiderte Woods. „Tatsächlich hat sie gerade erst ihre Probezeit hinter sich, aber sie ist schlau."

„Ich bin mir sicher, sie wird bewundernswerte Arbeit leisten", bemerkte Dalcourt.

„Sir?" fragte Kate.

„Ich würde Ihnen gern einen Fall anbieten", erklärte der Polizeipräsident. „Sir Francis hat ein paar Schwierigkeiten mit ... äh ... Wilddieben, nennen Sie sie vermutlich."

„Sie stören meine Kühe", führte Dalcourt aus. „Ich glaube, es sind Jachtfahrer. Sie finden das wohl komisch. Verdammt sollen sie sein. Und die Kühe sagen natürlich nichts. Sie sehen bloß weg und pfeifen zwischen ihren Zähnen."

Kate brachte ein nervöses Lachen zustande.

„Es ist nicht so komisch, wenn ich dadurch Geld verliere, glauben Sie mir, Mädchen", gab Dalcourt zurück.

„Nein, Sir. Entschuldigung, Sir", sagte Kate hastig.

„Denken Sie sich nichts", sagte Dalcourt. „Ich wäre Ihnen sehr dankbar, wenn Sie zu mir kommen und mich unterstützen würden. John sagt, er kann sie entbehren."

„Es wäre eine sehr nützliche Gelegenheit", riet ihr der Polizeipräsident. „Sie haben bereits Ihr Interesse an polizeilicher Ermittlungsarbeit geäußert. Wenn Sie eine gute Leistung zeigen, werden wir Ihnen in dieser Richtung sicher weiter behilflich sein. Sie arbeiten in Zivil und haben die Chance zu zeigen, dass sie diskret sein können – in mehr als einer Hinsicht."

„Sehr diskret", fügte Dalcourt hinzu.

„Ich kann diskret sein, Sir", antwortete sie. „Ich würde gern annehmen, wenn Sie nicht lieber eine erfahrenere Person hätten?"

„Nein, nein, Sie sind ideal", beharrte Dalcourt, der noch einmal in ihren gut gefüllten Ausschnitt spähte. „Ich erkläre Ihnen die Einzelheiten, wenn wir in Lesquoires ankommen."

Kate erwischte die Eisenleiter und zog sich vom Polizeiboot auf den Anleger hoch. Über ihr erhoben sich zu drei Seiten steile Klippen, die nur vom Eingang eines Tunnels und dem Hafeneingang durchbrochen wurden, durch den das Boot gekommen war. Um Zugang zu erhalten, war eine Schranke gehoben worden, und deren Betreiber stand nun vor ihr auf dem Quai, ein großer, kräftig gebauter Mann, der ihr seine Hand entgegenstreckte.

„Kate Hastings", stellte sie sich vor.

„Lewis", erwiderte er. „Sir Francis' Viehhirte."

„Angenehm", sagte sie. „Ich bin gleich bei Ihnen."

Sie drehte sich um, um ihre beiden Taschen zu fangen, die zu ihr hochgeworfen wurden. Lewis sah ihr dabei zu und machte keine Anstalten, ihr zu helfen. Ein alter Traktor stand auf dem Quai, und er kletterte darauf und winkte ihr, ihm zu folgen. Bevor sie richtig saß, hatte er schon den Motor angelassen und steuerte den Traktor in den Tunneleingang. Ein Licht glitt vorüber, dann noch eins, bevor sie unter einer niedrigen Granitklippe aus dem Tunnel hinausfuhren. Vor ihnen lag ein geschütztes, grünes Tal mit Bäumen zu beiden Seiten der Straße.

„Es ist so schön hier", bemerkte Kate.

Lewis nickte. Die Bäume auf der einen Seite wichen einer offenen

Weide, auf dem etwa zwei Dutzend nackte Leute in einer Gruppe zusammenstanden. Es waren alles Frauen, die meisten jung, ein paar älter, einige wenige dünn, doch die meisten üppig, wenn nicht gar fett. Zwei Dinge waren ihnen gemein. Alle hatten lockiges, braunes Haar, und alle hatten große, schwere Brüste. Im Grunde sahen alle ähnlich aus wie sie. Weiter hinten besetzte eine weitere Gruppe eine zweite Weide. Diese Frauen waren blond und hatten sogar noch größere Brüste.

„Ich wusste gar nicht, dass es eine FKK-Gemeinde auf Lesquoires gibt“, sagte sie. „Sicher wollen Sie davon kein Aufheben machen.“

„Es gibt hier keine FKK-Gemeinde.“ Lewis lachte. „Das sind ein paar unserer Milchkühe. Die mit dem lockigen, braunen Haar sind Devons. Die anderen, die großen Blonden auf der nächsten Weide, sind Schwedinnen und Däninnen. Sie produzieren gut, sind aber nicht so süß.“

„Pardon?“ erkundigte sich Kate.

„Die Schwedinnen und Däninnen“, antwortete er, als ob er mit einem etwas minderbemittelten Kind spräche. „Sie produzieren mehr, etwa fünfundzwanzig Prozent mehr, aber ihre ist nicht so süß wie die der Devons.“

„Ihre was?“ fragte Kate. „Wovon produzieren sie mehr? Was ist süß?“

„Milch, natürlich“, sagte er.

„Milch?“ fragte Kate. „Diese Frauen produzieren Milch?“

„Die beste Mädchenmilch auf den Kanalinseln“, erklärte er stolz. „Das heißt so viel wie die beste auf der ganzen Welt.“

„Aber … was … wie Nutzvieh? Wie Kühe?“

„Kühe. Genau.“

„Aber … das können Sie doch nicht machen! Sie können Frauen nicht wie Nutzvieh behandeln!“

„Jede von ihnen ist aus freien Stücken hier“, versicherte er ihr. „Sie können ihre Verträge überprüfen, wenn Sie mir nicht glauben. Wir schließen immer Verträge für fünf Jahre, und ein paar haben bereits viermal verlängert.“

„Fünf Jahre? Auf der Weide, wie eine Kuh?“

„Seien Sie nicht albern, Mädchen. Sie haben natürlich Ställe, für den Winter und schlechtes Wetter."

„Aber nackt, und ... gemolken zu werden! Das ist degradierend. Keine Frau könnte so etwas wollen."

„Nein? Aber da sind sie doch. Das zeigt, wie wenig Ahnung Sie von ihrem eigenen Geschlecht haben, Mädchen."

Lewis lachte, und Kate merkte, wie sie errötete. Wütend und verlegen schwieg sie. Sie wandte ihren Blick von den nackten Frauen ab, nur um eine weitere Gruppe von ihnen zu entdecken, als sie den letzten Baum hinter sich gelassen hatten. Diese waren schwarzhäutig und noch fleischiger als die anderen.

„Kariberinnen", bemerkte Lewis, der offenbar keine Notiz von Kates eisigem Schweigen nahm. „Hauptsächlich Jamaikanerinnen, mit ein paar von den Jungferninseln dazwischen. Gute, reichhaltige Milch, und jede Menge davon."

Kate starrte fest geradeaus. Als der Traktor um eine Kurve fuhr, kam drei langgestreckte, niedrige Stallgebäude in Sicht, zwischen Eichen und großen Weißdornbüschen. Auf einer Seite sah man das Dach einer größeren Scheune, und hinter den Bäumen Schornsteine aus grauem Stein. Als sich der Weg gabelte, brachte Lewis den Traktor vor einer gepflasterten Einfahrt zum Stehen.

„Sir Francis wird schon auf Sie warten", verkündete er geradeheraus. „Ich hole Sie dann zur Fütterungszeit ab. Sie merken es, wenn die Glocke ertönt."

Der Traktor fuhr davon. Kate hatte kaum Zeit, ihre Taschen herunterzuholen. Lewis' Abschiedsbemerkung verwirrte sie. Er hatte zu den Ställen hinübergenickt, während er sprach. Hinter dem größten Gebäude befand sich zweifellos ein Betonturm, in dem die Umrisse einer großen Glocke zu erkennen waren.

Schulterzuckend schob sie die Frage beiseite, verdrängt vom Gefühl der moralischen Empörung, das sich stetig in ihr aufgebaut hatte. Ihr Beruf verpflichtete sie dazu, Sir Francis Dalcourt zu helfen, aber das bedeutete nicht, dass sie gutheißen musste, was er tat. Und sie war fest entschlossen, ihn das wissen zu lassen.

Das Haus erwies sich als langes, zweistöckiges Gebäude aus grauem Stein. Es lag in einer natürlichen Senke und war von Eiben umgeben, die so uralt schienen wie das Haus selbst. Die Szene strahle die gleiche Privilegiertheit und Unabhängigkeit aus wie Sir Francis selbst, was zu ihrer Ablehnung noch beitrug.

Ein ältlicher, dicker Butler öffnete ihr die Tür, und sie wurde in einen Raum geführt, der mit dunklem Eichenholz getäfelt war. Viele Bücherregale standen an den Wänden, und ein paar elegante Möbelstücke standen auf dem alten, aber vornehmen Teppich. Sir Francis saß hinter einem großen Schreibtisch und stand höflich auf, als sie eintrat.

„Sherry, meine Liebe?“ Er zeigte auf ein Tablett, auf dem mehrere Karaffen standen. „Oder lieber Madeira, ich habe einen besonders guten Sercial. Ich könnte Judson vielleicht etwas Käse bringen lassen. Mädchenkäse, selbstverständlich. Wir sind völlig autark, was Milchprodukte angeht …“

„Nein, danke“, unterbrach sie ihn. „Und bevor wir weitersprechen, Sir Francis, möchte ich Ihnen sagen, dass ich es für moralisch untragbar halte, was Sie hier machen.“

„Unsinn, meine Liebe, Unsinn. Setzen Sie sich doch.“

„Bitte seien Sie nicht so gönnerhaft zu mir, Sir Francis. Ich bin mir darüber im Klaren, dass Sie sich im Rahmen des Gesetzes bewegen, und daher werde ich mein Bestes tun, um Ihnen jede berufliche Unterstützung zukommen zu lassen. Aber persönlich bin ich strikt dagegen.“

„Gegen was genau, meine Liebe?“

„Dagegen, Mädchen als Nutzvieh zu halten, natürlich! Das ist monströs!“

„Monströs? Wohl kaum, meine Liebe. Ich versichere Ihnen, dass unsere Standards zu den höchsten in Europa zählen …“

„Das sind Frauen, Sir Francis!“

Er lächelte und verschränkte seine Finger, eine herablassende Geste, die Kates Wut noch verstärkte.

„Lassen Sie mich Ihnen eine Frage stellen“, sagte er. „Glauben Sie, dass unsere Gesellschaft die einzig akzeptable Lebensweise darstellt?“

„Nein, natürlich nicht ...“

„Und glauben Sie, dass jedes menschliche Wesen ein Individuum ist und das Recht haben sollte, individuelle Entscheidungen zu treffen?“

„Selbstverständlich glaube ich das.“

„Und Sie verweigern diesen Frauen ...“

„Ganz und gar nicht, meine Liebe. Jede der Frauen hier hat unseren Prospekt gelesen und sich damit einverstanden erklärt, sowohl die Vorteile als auch die Pflichten zu akzeptieren, die sich daraus ergeben, als Kuh gehalten zu werden. Es gibt kein Kleingedrucktes, keine versteckten Klauseln.“

„Keine Frau ...“

„Nein, stopp. ‚Keine Frau' ist ein Ausdruck, den ich schon öfters gehört habe, in der Regel von Leuten, die zu dumm sind, über ihren eigenen Horizont hinauszusehen. Sie, das weiß ich mit Sicherheit, sind intelligenter. Wie viele Menschen gibt es auf diesem Planeten, Kate? Rund sechs Milliarden. Die Hälfte davon, oder etwas mehr, sind Frauen. Das macht drei Milliarden Individuen. Glauben Sie wirklich, dass diese drei Millionen Hirne alle auf die gleiche Weise funktionieren, dass alle dasselbe wollen?“

„In gewisser Weise, ja. Alle wollen Freiheit, Würde ...“

„Freiheit, Würde? Kommen Sie schon, Kate, Sie vereinfachen es zu sehr. Sie, als Polizistin, wollen sicher nicht behaupten, dass unsere Gesellschaft völlig frei ist? Können Sie etwa nackt durch die Straßen von St. Peter Port gehen?“

„Nein, aber keine ...“

Sie verstummte. Sie hatte gerade sagen wollen, dass keine Frau dies tun wollte. Aber das stimmte nicht. Erst vor einem Jahr hatte eine Gruppe entschiedener FKK-Anhänger das Recht verlangt, überall ohne Kleider hingehen zu können, wohin sie wollten. Über die Hälfte davon waren Frauen gewesen.

„Sehen Sie, Kate“, fuhr Sir Francis fort, „nicht alle Frauen wollen das, was sie in den Augen der Gesellschaft wollen sollen. Meine Kühe kommen aus den verschiedensten Gründen hierher, aber der Hauptgrund ist Sicherheit. Hier gibt es Futter, Schutz, alle Grundbedürfnisse des Lebens werden erfüllt.“

„Aber nicht des zivilisierten Lebens!“

„Des Lebens, Kate. Was wir Zivilisation nennen, ist – abgesehen von der Technik – einfach eine Reihe größtenteils willkürlicher sozialer Codes, deren Auferlegung wir akzeptieren. Sie ändern sich von Zeit zu Zeit und Ort zu Ort, und mit wenigen Ausnahmen schwimmt die große Mehrheit einfach mit dem Strom. Aber fällt Ihnen eine Person ein, die völlig zufrieden mit jedem Aspekt der Gesellschaft ist?

„Nein, vermutlich nicht.“

„Trotzdem protestieren nur wenige. Könnte man nicht argumentieren, dass diejenigen, die die gesellschaftlichen Zwänge zurückweisen, in Wahrheit die Stärkeren sind?“

„Ja, vielleicht ... Aber es muss Gesetze geben, Sir Francis.“

„Oh, gewiss, gegen Mord, Vergewaltigung, Diebstahl und vieles mehr. Ich denke eher an die kleinen, ungeschriebenen Regeln, die wir uns selbst auferlegen oder die wir uns von den Medien auferlegen lassen. Hier, auf Lesquoires, sind die Regeln einfach anders ...“

„Und von Ihrem Vertrag auferlegt!“

„Der freiwillig ist.“

„Der pervers ist!“

„Unsinn.“

„Das ist kein Unsinn! Ihr Vertrag verweigert Frauen sogar, selbst zu entscheiden, was sie anziehen wollen!“

„Und Ihrer tut das nicht? Normalerweise tragen Sie eine Uniform, Kate, nicht wahr? Ich könnte mir vorstellen, dass John Woods Ihnen etwas erzählen würde, wenn Sie in Freizeitkleidung zum Dienst erschienen."

„Meine Uniform dient einem bestimmten Zweck. Kommen Sie schon, Sir Francis, ich sehe doch, wie sie meine Brust beäugen. Es macht Sie an, wenn sie nackt rumlaufen, oder etwa nicht?"

„Natürlich."

„Sie geben es zu?"

„Selbstverständlich. Es abzustreiten, wäre eine Lüge, und Lügen würden meine Selbstachtung mindern. Denken Sie von mir, was Sie wollen, Kate, aber ich bin weder ein Lügner noch ein Scheinheiliger."

„Vermutlich nicht, aber ... warum müssen Sie sie demütigen? Sie zwingen, nackt rauszugehen! Sie auf der Weide halten!"

„Es verbessert die Milch."

„Es verbessert die Milch?" wiederholte Kate fassungslos.

„Ja, zweifellos", antwortete Sir Francis. „Warum das so ist, ist nicht ganz klar. Landwirtschaft ist keine exakte Wissenschaft, am allerwenigsten in ihren seltensten Formen. Trotz der Anstrengungen der Wissenschaftler kennen wir nicht die genauen Faktoren, die die Qualität der größten Weine der Welt ausmachen. Es gibt sie, sie wirken immer, sie sind feststellbar, aber wir verstehen sie nicht vollständig. Das Gleiche gilt für Mädchenmilch. Wie Sie zweifellos gesehen haben, besitze ich drei Herden. Jede davon gibt unterschiedliche Milch. Die Milch der Devons ist süß und sahnig, die der Kariberinnen ist noch reichhaltiger, aber nicht so süß, und die der Schwedinnen und Däninnen ist leichter als die der beiden anderen, aber mit einem individuellen Aroma, nach Kräutern. All das könnte durch die Rasse erklärt werden. Doch wenn man eine Devon in eine Herde von Schwedinnen und Däninnen steckt, wird auch ihre Milch leichter. Wenn eine Kariberin in eine Devon-Herde kommt, wird ihre Milch süßer."

„Der Boden?" schlug Kate vor. Trotz ihrer Gefühle erwachte die Detektivin in ihr.

„Könnte man annehmen", antwortete er. „Aber warum? Der Erdboden ist ein feiner, vom Winde verwehter Löss über Granit und Schiefer. Er variiert kaum zwischen den drei Weiden. Und auch wenn sie etwas Klee fressen, zusammen mit Brombeeren und ab und zu einem Pilz in der entsprechenden Saison, ist das nur ein kleiner Bestandteil ihrer Ernährung. Ich glaube eher, dass es mit den Pheromonen zusammenhängt, ähnlich wie die Menstruationszyklen von Frauen in einer Gruppe konvergieren."

Kate errötete bei der beiläufigen Erwähnung einer so intimen und weiblichen Angelegenheit. Sir Francis spitzte die Lippen, als er fertig war, und sah aus dem Fenster. Offenbar dachte er über das Problem der verschiedenen Milch-Geschmacksrichtungen nach.

„Sie wollten mir meinen Auftrag erklären", wagte sich Kate vor.

„Ach ja, richtig", antwortete er. „Sie können sich sicher vorstellen Kate, dass es viel lüsternes Interesse erregt, was wir hier tun. Obwohl wir uns nach Kräften um Diskretion bemühen, dringt ab und zu ein Gerücht nach außen. Die Unzugänglichkeit von Lesquoires reicht aus, um die bloß Neugierigen abzuhalten, aber vor einiger Zeit scheinen wir einen etwas entschlosseneren Besucher angezogen zu haben. Lewis – den Sie ja bereits kennengelernt haben – hat Fußspuren und Zigarettenkippen gefunden. Wir haben die Befürchtung, dass er den Viehbestand stört."

„Stört? Meinen Sie, er starrt sie an? Belästigt sie? Vergewaltigt sie?"

„Nein. Wenn Geschlechtsverkehr stattfindet, wovon wir ausgehen, geschieht es vollkommen freiwillig."

„Dann sehe ich hier kein Problem, Sir."

„Das Problem, Kate, besteht darin, dass eine junge Kuh aus der Produktion genommen werden muss, wenn sie schwanger wird. Ungeschützter Geschlechtsverkehr verstößt ganz und gar gegen die Vertragsbedingungen. Außerdem nehmen diese Leute Milch, was Wilddieberei gleichkommt."

„Sie könnten Kondome zur Verfügung stellen, Sir."

„Was, und dann liegen die widerlichen Dinger auf den Weiden herum?

Außerdem ist es eine Sache, sie zur Verfügung zu stellen, sie zu benutzen eine andere. Was das Schlimmste ist, Samen verleiht der Milch einen fischigen Geschmack. Das könnte unseren Markt ruinieren."

„Einen fischigen Geschmack?" hakte Kate angewidert nach. „Wieso?"

„Seien Sie nicht so naiv", antwortete er. „Indem man ihn hinunterschluckt, natürlich. Das Futter hat eine Auswirkung auf den Geschmack, und den richtigen Geschmack hinzukriegen, ist sehr wichtig. Knoblauch ist katastrophal, Spargel noch schlimmer. Außerdem muss ein Übermaß von allem vermieden werden. Wir füttern einen Brei aus Kartoffeln, Zuckerrüben und Karotten mit etwas Portwein und Honig. Dazu kommen noch zwei oder drei Zutaten, die ich nicht offenlegen darf. Das Ergebnis ist berühmt in ganz Europa, und das zu Recht. Auch unser Melkverfahren ist qualitätsorientiert. Sie haben Glück, wenn Sie in Guernsey wohnen. Auf dem Festland melken und liefern sie nur jeden zweiten Tag, das heißt, man bekommt die Milch vom Montag möglicherweise erst am Donnerstag oder sogar Freitag. Auf Lesquoires wäre das undenkbar. Wir melken jeden Abend. Am nächsten Morgen kommt die Milch in einen auf genau drei Grad gekühlten Tank. Lewis bringt en gekühlten Container nach St Peter Port, und von da geht es nach La Villiaze zum Flughafen. Die Milch ist noch vor Mittag in Eastleigh und Cherbourg und zur Mittagessenszeit in Paris und London. Unsere Preise sind dementsprechend höher als die unserer Konkurrenten. Daher ist es entscheidend, unseren Ruf zu wahren. Das verstehen Sie sicherlich."

Kate hörte kaum zu, sondern dachte an die nackten Mädchen im kniehohen Gras, die an Männerschwänzen lutschten und herunterschluckten, was herauskam. Sie verzog das Gesicht.

„Außerdem vermute ich, dass das Testosteron im Samen die Produktionskapazität vermindert", sprach Sir Francis weiter. „Sie sehen also, es ist eine ernste Angelegenheit. Ich verdächtige Franzosen, vermutlich ortsansässige Fischer, eher als Jachtfahrer. Bei den Gezeiten hier ist es verdammt schwierig, nachts nah an die Küste heranzukommen."

„Da stimme ich Ihnen zu“, sagte Kate. „Haben Sie oder Lewis jemanden gesehen?“

„Nein“, erwiderte er. „Obwohl wir lange Zeit gewartet haben. Sie scheinen zu wissen, wenn wir da sind, und wo. Neulich standen wir zum Beispiel Wache an der Queslinque-Bucht, unter der Weide der Devons. Das ist vermutlich die Stelle, wo man am leichtesten hochklettern kann. Und ich will verdammt sein, wenn die Schurken in der Nacht nicht bei den Kariberinnen waren!“

„Ich verstehe. Und was sagen die Mädchen dazu?“

„Nichts. Sie weigern sich zu reden, alle von ihnen. Oder wenn sie reden, streiten sie alles ab. Sie halten zusammen wissen Sie, wie eine Art Rindermafia, und jeder, der die Hierarchie verletzt … Nun ja, ich will Sie nicht mit den Details behelligen. Es reicht zu sagen, dass sie nur selten, wenn überhaupt, die Hierarchie verletzen. Außerdem machten sie sich des Vertragsbruchs schuldig, wenn sie es zugäben. Ich habe den Verdacht, dass sie sogar eine Methode ausgetüftelt haben, den Wilddieben Signale zu geben.“

„Könnten Sie sie nicht einfach im Stall lassen?“ schlug Kate vor.

„In warmen Nächten schlafen sie gerne draußen“, antwortete er. „Und jeder Wechsel in der Routine beeinträchtigt die Produktion. Übrigens haben wir sie neulich hereingeholt, als es regnete. Ich bin mir sicher, dass irgendjemand in den Stall der Devons eingebrochen ist. Wir dürfen die Ställe nicht abschließen, das verstößt gegen die Feuerschutzbestimmungen. Außerdem will ich verdammt sein, wenn ich es tue. Das ist meine Insel, und ich will hier in Frieden meinem legalen Geschäft nachgehen können.“

„Also wollen Sie, dass ich diese … äh … Wilddiebe … schnappe?“ erkundigte sich Kate.

„Mein liebes Mädchen“, erwiderte Sir Francis. „Mir ist klar, dass Sie nicht gutheißen, was ich tue, aber bitte denken Sie nicht *so* schlecht von mir. Es würde mir nicht im Traum einfallen, Sie ganz allein auf ein halbes Dutzend kräftiger und reizbarer französischer Fischer zu hetzen.“

„Was wollen Sie dann von mir?“

„Ich will Sie in die Devon-Herde einschleusen.“

Kate stand auf der Weide, nackt. Es hatte viel Überredungskunst und einen Telefonanruf bei Polizeipräsident Woods gekostet, bevor sie zustimmte; doch schließlich hatte sie sich in das Unvermeidliche gefügt. Selbst dann hatte sie darauf bestanden, sich in einem Privatgemach auszuziehen, zum offensichtlichen Amüsement von Sir Francis und dem Butler Judson.

Nackt und blutrot im Gesicht hatte Sir Francis sie zur Weide gebracht. Erst beobachteten sie die Kariberinnen, dann die Schwedinnen und Däninnen, als sie an ihren Weiden vorüberlief. Am Tor schickte Sir Francis sie mit einem vertraulichen Klaps auf den Hintern davon, der ihm einen bösen Blick einbrachte.

Die Devons waren am anderen Ende der Weide, sahen sie aber an. Sie ging auf sie zu. Dabei kämpfte sie die ganze Zeit gegen den Wunsch, ihre Brüste und ihr Geschlecht zu bedecken. Wie ihr sowohl Sir Francis als auch Lewis mühevoll erklärt hatten, würde jedes Zeichen von Schamhaftigkeit sie als Spionin entlarven. Also lächelte sie und lief leichten Schrittes, fast hüpfend, als ob es das Natürlichste von der Welt wäre, dass ihre nackten Titten in der frischen Luft auf- und abhüpften.

Die meisten Mädchen – oder Kühe, als die sie sie betrachten sollte – lagen auf dem Boden. Als Kate näherkam, sah sie, dass ihre Brüste nicht nur groß waren, sondern auch plumper und runder als normalerweise. Sie waren ganz klar von Milch geschwollen. Die meisten hatten erigierte Brustwarzen, und eine oder zwei berührten ihre Brüste, die sie offensichtlich schmerzten. Beim Näherkommen bemerkte Kate auch ihren Geruch, entschieden weiblich und entschieden milchig.

Nur eine Kuh stand auf, als Kate sich näherte, eine große, kompakt gebaute Frau von etwa fünfunddreißig Jahren, mit massiven, blassen Brüsten und berstenden Nippeln, an denen Spritzer von weißer Flüssigkeit zu sehen waren. Kate lächelte und streckte die Hand aus. Die dicke Frau ignorierte sie und beugte sich stattdessen vor, um Kate zu küssen, direkt auf den Mund. Trotz eines Anflugs von Unbehagen zwang sich Kate zu reagieren. Sie öffnete sogar ein wenig die Lippen. Die Frau zog sich zurück und nickte beifällig.

„Ich bin Gänseblümchen", sagte die Frau.

„Butterblume", erwiderte Kate, die den erniedrigenden Namen, der ihr verliehen worden war, nur mühsam herausbrachte. Ein weiteres Minuszeichen für Sir Francis, dass er ihr keinen Kosenamen gegeben hatte, der gleichermaßen für Menschen und Kühe geeignet war.

„Betrachte mich als deine Mutter", erklärte Gänseblümchen, „dann werden wir gut miteinander auskommen. Bleib auf deinem Platz in der Herde, ganz unten, und warte, bis du an der Reihe bist. Und mach denen im Haus keine schönen Augen. Ist das klar?"

Kate nickte.

„Gut", sagte Gänseblümchen. Sie deutete auf ein pummeliges Mädchen, deren Brüste selbst im Vergleich zu denen der anderen sehr groß und geschwollen waren. „Das ist Stechpalme. Sie wird dich im Auge behalten. Außerdem braucht sie gerade einen Gefährten. Sie produziert zu viel. Das hier ist …"

Der Reihe nach wurden alle zweiundzwanzig Frauen vorgestellt. Kate nickte jeder von ihnen zu und versuchte, eine Möglichkeit zu finden, sie auseinanderzuhalten. Es waren keine zwei einander völlig gleich, aber mit ihren braunen Locken und üppigen Formen hätten alle problemlos als Schwestern oder Mütter und Töchter durchgehen können. Als die Vorstellungsrunde beendet war, ging Kate zu Stechpalme, die sie ein wenig beiseite nahm. Von ihrem Standort konnten sie über das Meer und auf eine Bucht hinunterblicken, der vermutlich die Queslinque-Bucht war. Die Klippe war steil, ein langer Abhang, der mit Schlehen und Brombeeren bewachsen war. Darunter waren etwa sechs Meter nackter Fels, und ihr erster Gedanke war, dass nur ein Irrer versuchen würde, hier in der Nacht hochzuklettern, was immer die Versuchung dafür war.

„Man kann nicht wirklich hinunterfallen“, sagte Stechpalme. „Aber es ist ziemlich stachlig, wenn du in die Büsche gehst.“

„So sieht es auch aus“, gab Kate zu. „So … äh … Gänseblümchen hat hier das Sagen, oder? Darüber hat man mich nicht informiert.“

„Die Bauern lassen uns das unter uns regeln“, erklärte Stechpalme. „Gänseblümchen ist in ihrer vierten Runde, und sie ist nicht so schlimm wie manche andere. Diese Rose, die die schwarze Herde leitet, ist ein harter Knochen. Sie zwingt die Jüngeren dazu, ihre Du-weißt-schon-was zu trinken, wenn sie sich danebenbenehmen. Gänseblümchen würde das niemals tun, und sie schlägt einen mit gewölbter Hand, sodass es schlimmer klingt, als es ist.“

„Schlägt?“ fragte Kate entsetzt. „Sie schlägt was? Unsere Hintern?“

„Natürlich, du Dummerchen“, kicherte Stechpalme. „Aber nur, wenn wir böse sind. Der Bauer ist außer Sichtweite, und ich wäre dir sehr dankbar, wenn du mir einen Gefallen tust, bevor ich weiterrede.“

„Klar, kein Problem. Aber was ist das mit den Schlägen? Darüber wurde mir ebenfalls nichts gesagt.“

„Oh, mach dir keine Sorgen deswegen. Gänseblümchen wird dich ein paar Tage lang beobachten, nur um sicherzugehen, dass du nicht zu dreist wirst. Wenn sie es für notwendig hält, wird sie dich versohlen, um ein Exempel zu statuieren, aber es ist wirklich nichts, worüber du dir Sorgen machen müsstest.“

„Nichts, worüber ich mir Sorgen machen müsste?!“

„Nein. Du bist doch schon mal versohlt worden, oder?“

„Nein, bin ich nicht!“

„Nein? Nun, ich habe nie … Pass auf, lass das Gänseblümchen nicht wissen, sonst versohlt sie dich, nur damit du weißt, wie es sich anfühlt. Könntest du jetzt, bitte?“

„Was denn?“

„Meine Milch. Ich platze gleich.“

„Sorry, ich verstehe nicht.“

„Oh, du armes Ding, du bist noch gar nicht richtig drin, was? Die Brüste tun schrecklich weh, bevor sie gemolken werden. Ich tropfe schon. Wenn man nicht bald an mir nuckelt, werde ich schnell zu nichts mehr zu gebrauchen sein.“

Kate riss schockiert den Mund auf, als ihr dämmerte, was Stechpalme wollte. Die riesigen Brüste des dicken Mädchens sahen aus, als würden sie gleich platzen, und die vergrößerten Nippel waren nass von Milch. Warum Stechpalme ihre Brüste nicht einfach drücken oder selbst an ihren Brustwarzen saugen konnte, war Kate nicht ganz klar, aber sich zu weigern würde Verdacht erregen. Noch schlimmer, es könnte dazu führen, dass Gänseblümchen an ihr ein Exempel statuieren und sie versohlen würde. An der Brust einer anderen Frau zu nuckeln, war entsetzlich peinlich, aber nichts im Vergleich zu einer Tracht Prügel, noch dazu in aller Öffentlichkeit. Sie würde es tun müssen.

Sie drängte jeden tiefsitzenden Instinkt ihrer Erziehung zurück und näherte sich dem fetten Mädchen. Sie lehnte sich vor und nahm den großen Nippel in ihren Mund. Als Antwort nahm Stechpalme Kates Kopf in ihre plumpen Arme. Wenn sie es schon tun musste, konnte sie es sich genauso gut bequem machen, dachte sich Kate und passte ihre Position an. Sie erlaubte Stechpalme, sie zu knuddeln und zu wiegen.

Vorsichtig begann Kate zu saugen. Ihr Mund füllte sich sofort mit Milch, warm und sahnig, süß, aber einen Hauch schärfer als Kuhmilch. Stechpalme seufzte vor Wohlbehagen und zog Kate näher an sich heran. Kate fing an zu trinken.

Trotz ihrer Anstrengungen, es zu unterdrücken, stellte Kate fest, dass sie ein wundervolles Gefühl des Trostes überkam. Ihr Kopf ruhte auf Kissen aus dickem, weiblichen Fleisch, ihr Mund wurde von einem fleischigen Nippel ausgefüllt und dem Geschmack von Mädchenhaut und Milch. Es war unmöglich, sich nicht gut dabei zu fühlen. Bald wurden ihre versuchsweisen Bewegungen zu einem richtigen Nuckeln.

Stechpalme zeigte keinerlei Zurückhaltung und gurrte, während sie Kate fütterte. Außerdem streichelte sie Kates Haar und ihren Nacken, was sich nicht nur tröstend, sondern peinlicherweise auch erotisch anfühlte, umso mehr, da sie sich ihrer Nacktheit deutlich bewusst war. Sie war sich sicher, dass die anderen Frauen sie beobachteten. So, wie sie in Stechpalmes Schoß zusammengerollt war, bot sie einen guten Ausblick auf ihr Hinterteil, ihre Schamlippen und ihren Anus.

Sie wagte sich nicht zu bedecken oder aufzuhören. Es blieb ihr nichts anderes übrig, als weiterzumachen und zu beten, dass die sexuelle Reaktion ihres Körpers nicht allzu offensichtlich war. Doch sie wusste, wie leicht ihre Möse feucht wurde, und wie sehr. Stechpalmes Milch schien unerschöpflich zu sein. Bei jedem Saugen füllte sich Kates Mund, wenn überhaupt nur noch schneller als zuvor.

Schließlich war es Stechpalme, die es beendete. Zärtlich zog sie Kates Kopf von ihrer Brust weg.

„Sei nicht so gierig, mein Schatz“, riet ihr das fette Mädchen. „Sonst merkt es der Bauer beim Melken. Außerdem gibt es noch eine zweite.“

Während Stechpalme sprach, schlang sie einen Arm um Kates Beine und zog. Mit bemerkenswerter Kraft verlagerte sie Kates Position, sodass sie an den anderen Nippel herankam. Nun lag Kate halb über Stechpalmes Körper. Ihr Kopf ruhte in der Beuge eines dicken Armes und auf dem runden Bauch des Mädchens. Stechpalmes zweiter Arm schlang sich um Kates Hüfte, ihre Hand lag leicht auf Kates Hintern.

Kate begann zu nuckeln, und während sie das tat, streichelt Stechpalme sie, nicht nur ihr Haar, sondern auch ihren Hintern. Kate versteifte sich und zwang sich dazu, sich ihren Liebkosungen nicht zu entziehen – trotz des grässlichen Schamgefühls, das sie beim Befühlen ihres Hinterns überkam. Trotz ihrer Verlegenheit war nicht zu leugnen, dass sie sich getröstet und beschwichtigt fühlte. Dass dabei ihr Hintern gestreichelt wurde, machte die Sache noch schlimmer. Stechpalmes Liebkosungen waren zärtlich, zärtlicher als die eines Mannes. Sie hatten eine entsetzliche Wirkung auf Kates Geschlecht und ihre Nippel, die sich in Stechpalmes Fleisch bohrten, was sicher deutlich zu spüren war.

„Schön, nicht wahr?“ seufzte Stechpalme. „Möchtest du, dass ich dich fingere?“

Kate schüttelte heftig den Kopf.

„Sei nicht so schüchtern!“ kicherte Stechpalme und zog Kate zu sich.

Kate keuchte und erstickte fast an einem Schluck Milch, als Stechpalmes Finger ihre Möse fanden. Einen Moment lang versuchte sie, sich ihr zu entwinden, aber Stechpalme hielt sie fest, zart aber bestimmt. Ihre dicken Finger bohrten sich in das feuchte Fleisch von Kates Geschlecht und legten sich auf ihre Klitoris. Kate, die sich immer noch wand, wurde festgehalten, in Stechpalmes Körper gedrückt und masturbiert. Der Orgasmus kam schnell, peinlich schnell, aber schon davor hatte Kate sich ergeben. Ihre Hände waren an Stechpalmes Brüste gewandert und quetschten die dicke Fleischkugel zusammen, während sie trank. Sie schluckte die Flüssigkeit hinunter, wieder und wieder, und schmeckte die Milch. Trotz Kates Ergebenheit hielt Stechpalme sie fest. Das Gefühl des Trostes erreichte einen köstlichen Höhepunkt. Es war Teil der puren, überwältigenden Freude darüber, an der Brust zu nuckeln, während sie gekonnt zum Orgasmus gebracht wurde.

Als sie kam, versteifte sich Kates ganzer Körper. Stechpalme kicherte wohlgefällig, als sie spürte, wie der Orgasmus durch Kates Körper bebte, und drückte sich noch fester an sich. Kates Gesicht wurde in das dicke Brustfleisch gepresst, als sie kam, was ihren Höhepunkt noch steigerte – mehr, als sie es jemals gekannt hatte. Auf dem Gipfel des Orgasmus wand sie sich noch tiefer in Stechpalmes Körper hinein. Sie lutschte und biss in Stechpalmes erigierte Brustwarze und reckte ihren Hintern den dicken Fingern des Mädchens entgegen, die ihr Geschlecht befingerten.

Endlich ebbte der Orgasmus ab, aber auch dann blieb Kate noch, wo man sie hingelegt hatte. Sie zitterte in Stechpalmes Armen, ihr Kopf drehte sich vor Verlegenheit und Schock, Befriedigung und Dankbarkeit. Stechpalme hielt sie fest, streichelte ihr Haar und flüsterte ihr beruhigend zu, bis Kate endlich den Mut fasste, sich umzusehen. Die anderen Kühe saßen so da wie zuvor. Eine oder zwei hatten ganz offensichtlich zugesehen und lächelten zurück, als Kate sie nervös angrinste. Die meisten hatten nicht zugeschaut, aber Gänseblümchen hatte es getan. Sie begegnete Kates Blick und nickte.

Kate blieb für den Rest des Nachmittags an Stechpalmes Seite. Zuerst war das Gefühl der Schuld und Verlegenheit darüber, dass sie es gestattet hatte, öffentlich erregt und masturbiert zu werden, so überwältigend, dass sie kaum sprechen konnte. Die Erfahrung war so intensiv und so tröstend gewesen, dass sie unmöglich das Gefühl haben konnte, etwas Falsches getan zu haben. Das machte ihre Schuldgefühle noch schlimmer. Sie konnte sich nur zu gut vorstellen, wie ihre Kollegen und Freunde auf derart offenkundiges Lesbentum reagieren würden, oder auf Lesbentum als solches. Obwohl es offiziell toleriert wurde, war es heftig stigmatisiert. Die Kühe waren da anders.

Wenige Minuten nach Kates Orgasmus hatten zwei der Kühe, die zugesehen hatten, zwei Herdenmitglieder niedrigeren Ranges bestiegen. In beiden Fällen hatte man die kleinere oder jüngere Frau dazu aufgefordert, sich hinzulegen und die Beine zu spreizen, sodass ihre Partnerin sich auf sie setzen und ihre Muschi an ihrer reiben konnte. Die Pose kombinierte Sex mit einer Geste der Dominanz. Alle vier Mädchen waren zum Höhepunkt gekommen, entweder durch die offensichtlich geübten Finger ihrer Partnerin oder einfach durch Reibung. Eine der fettesten Frauen packte eine kleinere einfach an den Haaren und drückte sie nach unten, zuerst an ihre Brüste und dann zwischen ihre Schenkel. Sie hielt die andere fest, während diese sie leckte und an ihr saugte. Das jüngere Mädchen hatte bald zu masturbieren begonnen.

Kates Gefühle beruhigten sich, als offenbar wurde, das Lecken und Sexspiele unter ihren Mitkühen ganz normal waren, auch wenn sie aufpassten, dass weder Sir Francis Dalcourt noch Lewis es sehen konnten. Man konnte das Geräusch des Traktors hören, und, um ganz sicherzugehen, hatten sie eine Absprache mit den Schwedinnen und Däninnen getroffen, deren Weide höher lag und die den Rasen vor dem Haus und die Weide der schwarzen Mädchen überblicken konnten. Zu jeder Zeit stand ein Mädchen in jeder Herde Wache. Das Signal bestand darin, dass sie sich auf eine bestimmte Weise hinsetzte und die Arme um ihre Knie schlang.

Kate hörte zu, als Stechpalme ihr alles erklärte. Ihr wurde langsam klar, warum die Milch der Mädchen dazu tendierte, sich an den Stil der Herde anzupassen, und dass die Herden weit stärker untereinander organisiert waren, als die Bauern vermuteten. Jede Herde besaß eine Hierarchie, an deren Spitze die Mutter stand, während kleinere oder sanftmütigere Mädchen ehere unterwürfigere Rollen einnahmen. Die Bande zwischen ihnen waren sehr stark, und Kate merkte schnell, dass die Verschwiegenheit, die Sir Francis so wütend machte, nicht durch Furcht, sondern Loyalität auferlegt wurde.

Im Lauf des Nachmittags wurde das Nuckeln häufiger, aber kürzer. Die Mädchen bewegten sich kurz vor der Schmerzgrenze, wurden auch reizbarer. Die Sexspiele hörten auf, und zweimal musste Gänseblümchen eine Tracht Prügel androhen, um die Ordnung zu wahren.

Als endlich die Glocke erklang, bewegten sie sich schnell zum Tor, angeführt von Gänseblümchen. Kate blieb bei Stechpalme, unsicher, was sie machen sollte, wenn ihre Brüste keine Milch produzierten.

„Soll ich mit dir kommen?“ fragte sie.

„Oh ja“, antwortete Stechpalme. „Sie wollen, dass dir sobald wie möglich Milch einschießt.“

„Gut.“ Kate versuchte, begeistert zu klingen, fragte sich aber insgeheim, wie man sie dazu bringen wollte, Milch zu geben.

Lewis war gekommen, um das Gatter zu öffnen. Er hielt es weit auf, während die Mädchen hinaustrotteten, und beobachtete die Bewegungen der Brüste und Hinterteile mit beiläufiger, aber unverhohlener Freude.

Kate achtete nicht auf ihn, fühlte aber die prickelnden Blicke der männlichen Augen auf ihrer Haut, als sie an ihm vorüberging. Das brachte ihr wieder ihre Nacktheit ins Bewusstsein, wie am Anfang.

Stechpalme war näher an Lewis, als sie und Kate durchs Tor gingen, und wurde mit einem Klaps auf ihr üppiges Gesäß vorangeschickt. Dann schloss Lewis das Gatter und folgte ihnen. Kate fühlte sich noch unbehaglicher, während sie versuchte, beim Gehen nicht mehr mit dem Hintern zu wackeln, als unbedingt notwendig war. Trotz ihrer Befürchtungen behielt Lewis seine Hände bei sich, selbst als die Herde anhielt, damit Lewis auch die Kariberinnen von der Weide lassen konnte.

Zwischen den Hecken auf dem Rasen wurde der Geruch nach Milch stärker, und noch stärker, als die Herden in den größten der Ställe hineingetrieben wurden. Als letzte in einer Reihe von um die sechzig Kühen wurde Kate in einen langen Verschlag in der Mitte des Gebäudes geführt, zusammen mit Stechpalme und der Mehrzahl der Devons. Die Däninnen und Schwedinnen waren die ersten gewesen und wurden bereits fürs Melken vorbereitet.

Zu jeder Seite des Stalles standen Tanks aus Edelstahl, insgesamt sechs, mit Mess- und Kontrollgeräten an einem Ende und fünf identischen Apparaten vorne. Jeder Apparat bestand aus einem gedrechselten Schlauch aus durchsichtigem Plastik, der vom Apparat ausging und in zwei Glocken endete, deren Zweck offensichtlich war. Vor den Tanks waren Hocker aufgereiht, auf die die Mädchen sich setzten. Ihre breiten Hintern quollen an den Seiten hervor. Jedes Mädchen legte sich entweder selbst oder mit der Hilfe von Lewis oder Sir Francis die Melkmaschine über die Brüste und betätigte dann einen Hebel an der Stelle, wo der Schlauch sich teilte.

Die Melkstationen, die Kate am nächsten waren, waren von Kariberinnen besetzt, und sie sah in einer Mischung aus Faszination und Schock dabei zu, wie sie sich selbst molken. Sobald der Hebel umgelegt war, der offensichtlich die Maschine anstellte, wurden die plumpen, braunen Brüste in die Glocke hineingesaugt, sodass das Fleisch diese komplett ausfüllte, bis auf die Spitze. Dort konnte man die Nippel der Mädchen sehen. Es quollen einige Tropfen Milch heraus, bevor sie üppig gegen das Plastik zu spritzen begann und im Schlauch hinunterfloss.

Die Maschinen saugten in einem langsamen Rhythmus, ähnlich wie Kate an Stechpalme genuckelt hatte. Die Brustwarzen der Mädchen wurden rein- und rausgesogen. Bei jedem Saugen vergrößerten sich die steifen, schwarzen Nippel und sprühten Milch. Das es ein angenehmes Gefühl war, war offensichtlich. Die Mädchen reagierten unterschiedlich darauf, aber alle deutlich, mit Seufzen und leisem Stöhnen. Einige hielten ihre Brüste hoch, eine dicke, schwarze Kugel in jeder Hand. Andere unterstützten ihren Busen mit einem Arm und streichelten mit der freien Hand ihren Bauch oder ihre Schenkel. Manche rieben sich sogar die Möse.

Kate beobachtete mit offenem Mund, wie das ihr am nächsten sitzende Mädchen masturbierte. Die plumpen, braunen Finger bohrten sich ganz beiläufig in die noch plumpere und noch schwärzere Muschi und rubbelten die Klitoris, während die Milch aus ihren Brüsten sprudelte. Sie kam mit einem leisen Seufzen und einem leichten Wackeln ihres fleischigen Hinterns auf dem Hocker unter ihr. Niemand nahm die geringste Notiz davon. Alle waren entweder mit dem Apparat oder mit ihren eigenen Mösen beschäftigt.

Kate war sich darüber im Klaren, dass auch sie früher oder später an eine Melkmaschine angeschlossen werden würde. Wie schon zuvor gab es nichts, was sie dagegen tun konnte, und natürlich konnten die Bauern ihr keine Sonderbehandlung zuteil werden lassen. Also wartete sie, ängstlich und verlegen, während nur ein paar Meter von ihr entfernt die schwarzen Mädchen gemolken wurden.

Sie kam früher an die Reihe, als sie erwartet hatte. Das schwarze Mädchen, das masturbiert hatte, rief nach Lewis. Er kam rüber, ergriff eine der Glocken und inspizierte den Nippel des Mädchens, während an ihm gesaugt wurde. Dann nickte er. Sie legte sofort den Hebel um und löste ihre Brüste sanft aus der Maschine, die stark geschwollen waren. Die Brustwarzen waren erigiert und der Bereich der Brust, der in der Saugglocke gesteckt hatte, hatte deren kugelige Form angenommen.

Von der Melkmaschine befreit, stand das schwarze Mädchen auf und lächelte Kate zu. Lewis stand immer noch daneben. Er nahm Kate am Arm und zog sie sanft nach vorne. Kate folgte ihm und blickte resigniert auf die kleine Lache Mösensaft, die das Mädchen auf dem Hocker hinterlassen hatte. Dann setzte sie sich mitten hinein. Sie verzog das Gesicht, als sie die Feuchtigkeit zwischen ihren Pobacken und an ihrem eigenen Geschlecht spürte, blieb aber sitzen, als Lewis die Saugglocken aus der Melkmaschine zog.

„Das kann ich selbst, danke.“ Kates Stimme übertönte das Brummen der Maschinen.

„Es ist nicht so leicht, wie es aussieht“, rief er zurück. „Komm schon, mach kein Theater.“

Kate seufzte, als er beiläufig ihre linke Brust ergriff und sie umschloss, um den Nippel vorzudrücken. Dann kniff er die empfindliche Knospe zwischen Daumen und Zeigefinger zusammen. Sie keuchte, als er sie so reizte, doch ihre Brustwarze wurde schnell steif.

„Schöne Euter“, bemerkte er, „ideale Größe. Auch gute Zitzen, für eine Neue. Ich schätze, du stehst binnen vierzehn Tagen in Milch.“

Kate antwortete nicht. Sie schob verärgert die Lippen vor, als Lewis beiläufig ihren anderen Nippel zum Stehen brachte. Er behandelte ihre rechte Brust ebenso wie die linke, ohne die leiseste Rücksicht auf Kates Intimsphäre oder Würde zu nehmen. Als beide Brustwarzen hart waren, nahm er die Saugglocken und drückte erst die eine und dann die andere über Kates Brust. Kate versuchte, die Schmetterlinge in ihrem Bauch zu ignorieren, als sie die Melkmaschine an sich hielt und Lewis den Hebel ergriff.

„Dreh ihn im Uhrzeigersinn, um die Maschine anzustellen“, instruierte er sie und tat es.

Kate keuchte auf, als ihre Brustwarzen in die Maschine gesaugt wurden. Beide hatten sich, ganz plötzlich, auf das Doppelte ihrer normalen Größe ausgedehnt. Das rosafarbene Fleisch wurde mit einem Ruck in den Schlauch gepresst. Ein zweiter Ruck folgte, und ein dritter. Der Melkrhythmus setzte ein. Kate keuchte und umklammerte ihre Brüste. Lewis kicherte.

„Du wirst dich daran gewöhnen“, versicherte er ihr. „Alle gewöhnen sich dran. Oh, und reib dir ruhig die Muschi, wenn du das Bedürfnis dazu hast. Wir sind hier ganz ungezwungen “

Er verließ sie mit einem Klaps auf den Hintern, dort, wo ihre Pobacken über den Hocker quollen. Sie wandte den Kopf, um ihm einen bösen Blick zuzuwerfen, musste aber unwillkürlich lächeln, als sie merkte, dass Stechpalme, ein paar andere Devons und das schwarze Mädchen neben ihr sie beobachteten.

„Bist du neu?“ fragte das schwarze Mädchen.

„Heute gekommen“, brachte Kate keuchend heraus. „Kate ... ich meine, Butterblume.“

„Robinson“, antwortete die andere, „ein kleiner Scherz der Bauern.“

„Hi“, erwiderte Kate und spähte zu Lewis, der weiter hinten einer drallen Blondine dabei half, ihren Hebel richtig einzustellen. „Lewis, macht er mit uns ... ich meine, er geht sehr vertraut mit uns um ...“

„Willst du wissen, ob er uns fickt? Nein, nicht oft, und wenn, dann benutzt er immer diese dicken Kondome. Er erlaubt es auch nicht, dass wir ihm einen blasen. Ebenso wenig wie Francis. Sie sagen, es verdirbt die Milch. Wenn sie dich wollen, nehmen sie dich in den Arsch.“

„In den ... Po? Oh, mein Gott!“

„Ja, wenn sie dich irgendwo alleine erwischen, bringen sie dich an einen schönen, abgeschiedenen Ort. Sie legen dir ein Halfter an und lassen dich hinknien, damit sie an deinen Hintern rankommen. Sie fetten uns mit unserer eigenen Butter das Arschloch ein, weißt du. Sie nehmen viel davon, schieben sie mit dem Finger hinein, und – ups – rein geht der Schwanz. Es ist ihnen egal, wie eng du dort bist.“

„Oh, mein Gott! Das ist furchtbar! Ich meine, wie können sie nur – in unseren Hintern!"

„Hattest du noch nie einen im Arschloch?"

„Nein, nie!"

„Dann mach dich auf einen Schock gefasst. So, ich bin fertig. Wir sehen uns, ja?"

Kate nickte schwach, als Robinson sich von der Melkmaschine befreite. Plötzlich fühlte sich ihr Hintern viel größer an, und die Stelle, an der Lewis sie getätschelt hatte, schien stärker zu brennen als zuvor. Ihr Poloch zuckte beim Gedanken daran, wie er seinen Schwanz hineinschob, nachdem er ihren Schließmuskel mit Butter bestrichen hatte, damit sie schlüpfig genug für ihn war. Allein die Vorstellung war kaum zu ertragen, dennoch konnte sie nicht aufhören, daran zu denken.

Robinson hatte das so beiläufig erwähnt, als ob es nicht nur etwas völlig Normales war, das man von einem Mädchen erwarten konnte, sondern als ob sie sich sogar darauf freute. Außerdem konnte man sich nur schwer vorstellen, dass der derbe Lewis dabei sehr zartfühlend war. Er würde Kate einfach einfetten und ihr seinen Schwanz hineinrammen, ohne auf ihre Reaktion zu achten und auf die Sauerei, die er anrichtete. Es wäre ihm egal, er würde sich einfach an ihrem Arschloch erfreuen, weil es eng und heiß um seinen Schwanz lag, und weil sie ein Mädchen war, das mit gespreizten Pobacken vor ihm auf dem warmen Gras kniete, nackt und in den Arsch gefickt. Die anderen Kühe würden dabei zusehen, wie er seine Erektion in ihrem schleimigen Anusring rein- und rauspumpte, bis er tief in ihrem Rektum kam und sie liegenließ, während sein Saft aus ihrem Hintern tropfte und sie masturbierte …

Sie zwang sich aufzuhören, gerade noch rechtzeitig, bevor ihre Hand zwischen ihre Schenkel zu ihrem Geschlecht glitt. Nein, das würde nicht passieren! Sie war eine Polizistin und keine Kuh. Man konnte sie nicht beiläufig in den Arsch ficken, und sie würde auch nicht vor Lewis masturbieren, geschweige denn vor den Augen von Sir Francis und rund sechzig

Frauen. Es spielte keine Rolle, wie viele von den anderen es taten. Man konnte sie nicht zwingen, und sie würde sich zurückhalten.

Um ihre Hände zu beschäftigen, rückte sie ihre Brüste zurecht, hob sie hoch und begutachtete die vergrößerten Nippel, während an ihnen gesaugt wurde. Es war das Gefühl, gemolken zu werden, weshalb sie beinahe die Kontrolle über sich verloren hätte. Dazu kam noch, was Robinson über Lewis gesagt hatte, der die Mädchen in den Arsch fickte. Kate versuchte, sich auf etwas anderes zu konzentrieren.

Man hatte sie akzeptiert. Wenn dies auch auf Kosten ihrer Würde geschehen war, konnte sie doch in beruflicher Hinsicht stolz darauf sein. Alles in allem war es nicht schlimmer, als sich als Prostituierte zu verkleiden, um Bordsteinschwalben zu erwischen, was sie bereits ohne eine Spur von Verlegenheit getan hatte. Nackt an eine Melkmaschine angeschlossen zu werden, war auch nicht schlechter, als in einem Minikleid aus Plastik eine schlecht beleuchtete Straße hinunterzulaufen. Das eine machte sie ebenso wenig zu einer echten Kuh, wie sie das andere zu einer echten Prostituierte machte. Andererseits hatte die Verkleidung als Prostituierte auch nicht zu lesbischem Sex und dem besten Orgasmus ihres Lebens geführt.

Außerdem war es schön gewesen. Stechpalme, die sich gerade neben Kate die Melkmaschine anlegte, war so zärtlich gewesen. Sie hatte sich so gut in Kate hineinfühlen können, viel besser als jeder Mann. Dann waren da noch das Gefühl beim Nuckeln, der Geschmack von Stechpalmes Milch und die warme Mädchenhaut. Haut an Haut hatten sie dagelegen, Kates Gesicht in eine riesige Brust geschmiegt, ihr Mund vollgestopft mit einem Nippel und geschäftige Finger in ihrem Geschlecht …

„Wie fühlst du dich?“ fragte Stechpalme.

Ein zweites Mal wurde Kate gerade noch rechtzeitig in die Wirklichkeit zurückgerissen, bevor sie sich selbst Schande machte.

„Merkwürdig“, sagte sie. „Ein bisschen benebelt.“

„Unanständig?“

„Ja. Ich kann nichts dagegen tun.“

„Natürlich nicht, Liebes. Du bist eine geborene Kuh, weißt du."

Kate brachte ein Lächeln zustande. Es war unmöglich, diese Bemerkung zu verabscheuen, die ganz offensichtlich als das größte Kompliment gedacht und völlig aufrichtig gemeint war. Tatsächlich war es unmöglich, Stechpalme zu verabscheuen, obwohl sie Kate festgehalten hatte, damit sie nicht weglaufen konnte, während sie masturbiert wurde. Stechpalme hatte gewusst, was Kate in Wahrheit wollte, und es ihr gegeben. Kate erzitterte bei der Erinnerung daran und drehte sich weg, als das dicke Mädchen wohlig seufzte, als das Saugen der Melkmaschine einsetzte.

Gegenüber saß ein weiteres Devon-Mädchen, eines der schlanksten. Dennoch waren ihre Brüste nur wenig kleiner als die von Stechpalme, und ihre Nippel waren außergewöhnlich groß. Sie hatte bereits die Sauglocken an, und die Milch spritzte verschwenderisch dagegen. Den Schlauch hatte die ganz aus der Maschine herausgezogen und zu einer Schlaufe geformt, die sie sich zwischen die Beine presste.

Schuldbewusst erinnerte sich Kate daran, dass sie einmal ein paar Minuten mit dem Schlauch einer Benzinpumpe zwischen den Beinen zugebracht hatte, daher wusste sie genau, was das Mädchen da tat. Das Saugen der Maschinen bewirkte ein langsames, rhythmisches Vibrieren, genau richtig für die Brüste eines Mädchens. Die Elektromotoren, die die Maschinen antrieben, bewirkten eine andere, ruckelnde Vibration, die sich über die Schläuche fortsetzte. Sie war genau das Richtige für eine Muschi. Kate sah stur geradeaus.

Sie hörte, wie das Mädchen neben ihr kam, und versuchte, das nuckelnde Gefühl an ihren Nippeln und das Vibrieren ihres Hockers zu ignorieren. Es war schwer zu widerstehen. Ein Teil von ihr rief ihr zu, nicht so albern zu sein und sich den Schlauch zwischen die Beine zu klemmen, wie es das andere Devon-Mädchen getan hatte. Niemand würde Anstoß daran nehmen. Es war wirklich verlockend. Der nasse Fleck unter ihrem Hintern war nicht länger nur dem schwarzen Mädchen zuzuschreiben, die vor ihr auf dem Hocker gesessen war. Kates Klitoris sehnte sich danach, berührt zu werden. Es wäre so einfach ... Und sie tat es, zog den Schlauch an sich heran und rutschte in der Pfütze aus Mösensaft nach vorn.

„Das ist wahrscheinlich genug für den ersten Tag", sagte eine Stimme in ihr rechtes Ohr. „Wir wollen schließlich nicht, dass diese hübschen Nippel wund werden, was?"

Kate machte vor Schreck einen Satz und sah sich um. Sir Francis beugte sich über sie. Er streckte seine Hand aus und stellte die Maschine ab, während Kate das Blut ins Gesicht stieg. Mit einem wissenden Kichern ging er weg und ließ Kate verwirrt und verletzlich zurück.

„Er hat Recht, weißt du" bemerkte Stechpalme beiläufig. „Die Haut bekommt Risse, wenn man es übertreibt. Am Besten reibt man ab und zu etwas Milch in die Brustwarzen. Nimm die Saugglocken ab, dann gebe ich dir welche."

„Danke, es ist alles in Ordnung", antworte Kate und zerrte an ihren Saugglocken.

„Nicht so", riet ihr Stechpalme. „Hier, ich bin fast fertig. Lass mich das machen."

Kate nickte dankbar. Man konnte durch die Saugglocken die Haut ihrer Brüste sehen, die sichtlich gerötet war, ebenso wie ihre Nippel. Ihre Brustwarzen schmerzen, ähnlich wie wenn man sie beim Sex gerieben hatte.

„Sie sind so wund", beschwerte sie sich, als Stechpalme sich ihr zuwandte.

„Sieh mir dabei zu", instruierte Stechpalme sie. Sie kniff in Kates Brust, um die Gummilippe der Saugglocke ergreifen zu können.

Erst wurde die eine Glocke abgenommen, dann die andere. Eine rote Beule zierte nun den oberen Teil von Kates Brüsten, die von einem noch röteren Nippel gekrönt wurde. An der Luft fühlten sich die Brustwarzen noch wunder an, und Kate winselte, als sie sie berührte.

„Hier", sagte Stechpalme, die eine ihrer dicken Brüste zusammenquetschte, um einen letzten Tropfen Milch herauszupressen, den sie mit der hohlen Hand auffing.

Kate ließ es geschehen. Sie redete sich ein, dass es gut für ihre Tarnung und auch für ihre Haut war, als Stechpalme sie mit der warmen Milch eincremte. Ihre Nippel blieben steif und wurden unter Stechpalmes Liebkosungen noch steifer, was Kates Gedanken auf das dringende Bedürfnis in ihrem Geschlecht zurückbrachten. Einen Moment lang drohte ihre Lust ihre Prüderie zu übermannen, doch um sie herum kamen alle Mädchen zum Ende und bewegten sich auf die Stalltür zu. Stechpalme warf einen ängstlichen Blick über ihre Schulter und hörte auf, die Milch einzureiben, gerade als Kate den Mut gefasst hatte, das fette Mädchen zu bitten, sie noch einmal zu masturbieren.

„Abendbrot", bemerkte Stechpalme. „Wir wollen uns doch unseren Anteil holen."

Bei dem Gedanken an Kartoffeln, Zuckerrüben, Karotten, Portwein und Honig, die zu einem Brei gestampft waren, fiel es Kate schwer, ein Seufzen zu unterdrücken. Stechpalme stand auf und eilte mit wabbelndem Hintern zur Tür. Kate folgte etwas langsamer. Sie erreichte die Tür hinter allen anderen Mädchen, die von Lewis bereits zugezogen wurde.

„Du bist gut, dass muss ich schon sagen", meinte er leise zu ihr. „Selbst ich hätte nichts gemerkt."

Kate antwortete nicht, wegen der Mädchen im Hof. Die drei Herden trennten sich voneinander und strömten jeweils in einen separaten Stall. Kate folgte den anderen Devons, in ein langgestrecktes, niedriges Gebäude, in dem es nach Heu, gekochtem Gemüse und der allgegenwärtigen Milch roch. Der Fußboden war aus Beton. Zu beiden Seiten war Heu aufgetürmt, und ein langer Zinktrog stand in der Mitte. Stechpalme kniete bereits vor dem Trog, und Kate ging zu ihr.

„Gibt es das Essen nur im Trog?" fragte sie.

„Ja", erwiderte Stechpalme, „aber du kannst mit den Händen essen, wenn du willst."

„Danke", sagte Kate.

„Was ist mit Waschen und so?"

„Es gibt einen Trog am Ende“. Stechpalme deutete mit dem Finger ans ferne Ende des Stalles.

Kate sah genau hin, konnte aber nirgends so etwas wie sanitäre Einrichtungen erkennen, geschweige denn Trennwände, die für etwas Intimsphäre sorgen könnten.

„Vor allen anderen?“ wollte sie wissen.

„Natürlich“, sagte Stechpalme. „Sei nicht schüchtern. Wir alle müssen es tun.“

Kate nickte und schluckte, als sie daran dachte, sich zum Pinkeln hinzuhocken, wenn ihr sechzig andere Frauen dabei zusehen konnten. Ihre Blase fühlte sich bereits voll an, aber sie beschloss, bis zum Einbruch der Nacht auszuharren, wenn die Dunkelheit ihr etwas mehr Privatsphäre verschaffte.

Lewis erschien an der Tür, in jeder Hand einen großen Zinkkübel. Die Mädchen machten ihm Platz, damit er den Inhalt den Trog kippen konnte, und drängten sich hinter ihm wieder heran. Kate betrachtete angeekelt die schlabbrige, orange Masse im Trog und zögerte. Stechpalme hingegen zeigte keinerlei Zurückhaltung, schaufelte sich mit den Händen den Brei in den Mund und kaute ihn mit offensichtlichem Genuss. Kate tat es ihr nach, nahm ein wenig davon und kostete ihn zimperlich. Sie stellte fest, dass er eigentlich ganz angenehm schmeckte, frisch und gut gewürzt, wenn auch etwas ungewöhnlich im Geschmack.

Sie begann zu essen, erst etwas wählerisch, dann immer schneller. Ein oder zwei Mädchen hatten einfach ihren Kopf in den Trog gesteckt. Ab und zu tauchten sie mit verschmiertem Gesicht wieder auf, doch sie lächelten glücklich. Nach einer Weile machte Stechpalme es ihnen nach, den fetten, rosa Hintern hoch in die Luft gereckt.

„Sie wirkt eher wie ein Schwein als eine Kuh, oder?“ bemerkte das Mädchen gegenüber Kate und nickte zu Stechpalme.

Stechpalme blickte mit verschmiertem Gesicht hoch. Das andere Mädchen lachte und blinzelte Kate zu.

„Wer ist ein Schwein?“ wollte Stechpalme wissen.

„Oink! Oink!“ erwiderte das Mädchen.

„Ich habe langsam genug von dir, Brombeere“, warnte Stechpalme sie.

„Als ob du es wagen würdest!“ zog Brombeere sie auf.

Im nächsten Moment wurde sie an den Haaren gepackt und nach vorne gerissen. Sie verlor das Gleichgewicht und quiekte schockiert auf, bevor sie mit dem Gesicht in den Brei gedrückt wurde.

„Ich zeige dir, wer hier ein Schwein ist!“ giftete Stechpalme. „Friss!“

Das Mädchen strampelte mit den Beinen und versuchte, sich mit den Armen hochzustemmen. Es nutzte nichts. Stechpalme hielt sie fest, bis sie den Schweinefraß zu essen begann. Stechpalme lachte und holte aus, um einen kräftigen Klaps auf den emporgerichteten Hintern ihres Opfers zu setzen.

„Versohl sie, Stechpalme!“ rief ein anderes Mädchen.

„Ja, prügele sie windelweich, bis sie ihr Abendbrot aufgegessen hat“, fügte eine andere hinzu.

„Das werde ich“, versicherte Stechpalme und versetzte der Unglücklichen einen weiteren Hieb, der sie zum Hüpfen brachte. „Komm schon, Brombeere, iss auf. Ich höre nicht auf, bevor du fertig bist!“

Stechpalme fing an, härter zuzuschlagen. Das Mädchen zuckte und gab merkwürdige blubbernde Geräusche von sich, während sie den Brei hinunterschlang. Gegen ihren Willen fiel Kate bald in das Kichern der anderen Mädchen ein. Das Gelächter ermutigte Stechpalme, eine Handvoll Brei aufzunehmen und zwischen die Pobacken ihres Opfers zu schmieren. Das Mädchen wehrte sich noch verzweifelter, doch Stechpalme hielt sie erbarmungslos fest und stopfte ihr eine zweite Handvoll Brei in die Möse. Zwei beschmierte Finger bohrten sich in Brombeeres Vagina und pumpten mit einem laut schmatzenden Geräusch darin auf und ab. Dann machte sich Stechpalme wieder daran, Brombeere den Hintern zu versohlen.

„Diesmal werde ich es tun, Brombeere, ich werde es tun!“ verkündete Stechpalme.

Das Mädchen wand sich wild in Stechpalmes Griff und hämmerte panisch mit den Fäusten in das Futter. Ihre dicken Brüste und ihr geröteter Hintern wackelten. Ohne sie loszulassen, stieg Stechpalme mit einem Bein über den Trog. Die anderen Mädchen wichen hastig zurück, als sich das fette Mädchen über den Körper ihres Opfers hockte.

Kate schlug die Hand vor den Mund, als ihr klarwurde, was Stechpalme tun würde. Auch sie stolperte zurück, gerade noch rechtzeitig, bevor ein großer Strahl gelber Pisse aus Stechpalmes Geschlecht schoss. Er traf Brombeere am Kopf und rann von dort in den Trog. Brombeere wurde hysterisch, als der Urin in ihre Haare spritzte. Sie schlug wie wahnsinnig in den Trog. Breiklumpen und Pissetropfen stoben in alle Richtungen. Stechpalme lachte nur und drückte das Gesicht ihres Opfers noch tiefer in die Mischung aus Futter und Urin.

„Nun friss!" befahl sie und begann die hilflose Brombeere erneut zu schlagen.

Brombeere schüttelte heftig den Kopf, worauf Stechpalme ihr einen Klaps auf die Möse versetzte. Doch Brombeere weigerte sich immer noch.

„Friss!" kommandierte Stechpalme.

„Friss jetzt, oder ..."

Sofort begann Brombeere zu essen. Sie schlang den widerlichen Fraß hinunter, als ob es das Leckerste wäre, was man sich nur vorstellen konnte. Stechpalme lachte, verlagerte ihr Gewicht und hockte sich noch tiefer, sodass sie ihren Urinstrahl direkt ins Gesicht des Mädchens richten konnte. Gelbe Pisse explodierte um Brombeeres Gesicht, als Stechpalme ihren Kopf aus der schleimigen Masse zog, nur um ihn gleich darauf wieder hineinzudrücken. Stechpalme hielt das zitternde Mädchen fest, bis ihr Strahl zu einem Tröpfeln versiegte. Brombeere versuchte immer noch zu essen. Immer, wenn ihr Kopf hochgerissen wurde, blieb ihr Mund offenstehen, voll mit gelblichem Brei. Ihre Augen waren geschlossen und zugeschmiert, eine Mischung aus Urin und Rotz tropfte aus ihrer Nase.

„Entschuldige dich!" verlangte Stechpalme.

„Es tut mir leid, Stechpalme“, schniefte Brombeere, „Von jetzt an werde ich lieb sein, versprochen!“

„Gut“, gab Stechpalme zurück.

Sie ließ den Kopf des Mädchens zurück in den Matsch fallen. Stechpalme kletterte hinunter und überließ es ihrem Opfer, selbst aufzustehen und ans andere Ende des Stalles zu huschen. Kate konnte das fette Mädchen nur mit offenem Mund anstarren, das so sanft und mütterlich wirkte und doch gerade eine andere Frau dazu gezwungen hatte, ihren Urin zu trinken und vielleicht noch Schlimmeres.

„Du wolltest doch nicht ... du weißt schon, auf ihren Kopf ... und sie zwingen, es zu essen?“ fragte sie.

Stechpalme sah sie einen Moment lang verblüfft an, dann lachte sie.

„Nein“, antwortete sie. „Brombeere hasst es, wenn man ihn ihr in den Hintern steckt. Als sie das letzte Mal frech war, habe ich gedroht, sie auszuwählen, damit sie es besorgt kriegt.“

„Sie auswählen? Damit sie in den Hintern gefickt wird? Von wem, Lewis?“

„Nicht von Lewis, nein. Lewis würde ihr nicht so viel ausmachen, er hat nur einen kleinen. Außerdem gibt er uns Schokolade, wenn wir ihn ranlassen. Nein, von Sir Francis. Seiner ist riesig, und er gibt dir danach nur einen Löffel Honig.“

„Na ja, wenigstens zwingt er einen nicht dazu, sein Du-weißt-schon-was zu essen. Ich habe in der Melkscheune von einem anderen Mädchen gehört, dass sie von ein paar französischen Fischern gezwungen wurde, ihnen allen einen zu blasen und es dann hinunterzuschlucken!“

„Das ist ein Märchen. Robinson hat dir das erzählt, oder? Ich habe gesehen, wie du mit ihr gesprochen hast. Sie erfindet andauernd Horrorgeschichten. Du musst dir keine Sorgen machen, dass Fremde an uns herankommen. Solange ich hier bin, hat es keiner auch nur versucht. Es gibt hier nur einen Mann, der dich dazu zwingt, sein Sperma zu schlucken ...“

Sie brach abrupt ab. Der glückliche Ausdruck in ihrem Gesicht wechselte zu Angst. Kate blickte sich um und sah, dass Gänseblümchen hinter ihr stand. Die dicke Frau blickte streng. Kate ging schnell aus dem Weg, als Gänseblümchen ihren Fuß auf den Trog stellte, um ihr Bein anzuwinkeln. Stechpalme schlug die Hand vor den Mund.

„Übers Knie, Stechpalme", befahl Gänseblümchen.

„Nein, Gänseblümchen, bitte nicht, nicht vor Butterblume ..."

„Übers Knie", wiederholte Gänseblümchen.

Stechpalme verzog das Gesicht, trat aber vor und legte sich über Gänseblümchens Schoß. Ihr fetter, rosa Hintern ragte in die Luft, und ihre riesigen Brüste baumelten auf der anderen Seite hinunter. Als sie sahen, dass jemand eine Tracht Prügel bekam, versammelten sich die anderen Devons um die beiden herum. Einige wirkten erregt, andere ängstlich, aber alle waren ganz klar amüsiert bei der Aussicht, dass das fette Mädchen versohlt werden würde. Gänseblümchen wartete und hielt Stechpalme fest, bis die ganze Herde versammelt war.

Während die Mädchen herbeiströmten, winselte Stechpalme leise. Sie zitterte auch vor Angst; die breiter Hintern und die fleischigen Wülste um ihre Taille wabbelten. Kate ertappte sich dabei, dass sie mit ihr Mitleid hatte. Außerdem fürchtete sie sich, doch sie konnte trotzdem ihre Augen nicht abwenden. Sie hatte noch nie gesehen, wie ein Mädchen versohlt wurde, ganz zu schweigen nackt. Es war unmöglich, nicht hinzusehen.

„Sind wir bereit?" fragte Gänseblümchen.

Stechpalme antwortete mit einem lauteren und noch erbärmlicheren Winseln. Sofort zog Gänseblümchen ihr Knie hoch. Stechpalme quiekte, als ihre Beine gespreizt und ihre plumpen Schamlippen entblößt wurden. Sie quiekte erneut, als Gänseblümchens Hand mitten auf eine ihrer riesigen Pobacken niederfuhr. Der Schlag sandte Wogen durch ihren ganzen Körper. Ein weiterer Schlag wurde verabreicht und dann noch einer, bevor sich Gänseblümchen richtig ans Werk machte.

Kate schlug die Hand vor den Mund, als Gänseblümchen richtig zu schlagen begann, sowohl entsetzt als auch fasziniert. Ihr eigener Hintern zuckte vor Mitgefühl und Furcht, als das fette Mädchen verprügelt wurde. Gänseblümchen ließ ihre Schläge auf jeden Zentimeter von Stechpalmes Hintern und Oberschenkeln hageln. Das Klatschen hallte in dem Wellblechschuppen wider, ebenso wie die Schreie von ihrem Opfer.

Stechpalme ertrug es nicht sehr gefasst, sie strampelte mit den Beinen, und ihr fetter Hinter wabbelte im Rhythmus der Schläge. Sie machte keinerlei Anstalten, sich zusammenzureißen, quiekte laut und bettelte um Gnade. Ihre Schenkel und ihre Po klafften auseinander, sodass man ihre plumpe, rosa Möse sah und den gekräuselten Anus.

„Da siehst du, was du bekommst, wenn du den Mund nicht halten kannst“, bemerkte das Mädchen neben Kate. „Stell dir vor, das wärst du.“

„Das tue ich“, gab Kate zu.

„Tut es sehr weh?“

„Ja“, sagte das Mädchen gefühlvoll.

Endlich ließ Gänseblümchen Stechpalmes Taille los. Sofort rollte Stechpalme von ihr hinunter und landete hart auf ihrem Hintern, was sie zum letzten Mal gequält aufquieken ließ. Mehrere Mädchen lachten. Stechpalme schniefte erbärmlich, ihr knubbeliges Gesicht war tränenverschmiert. Doch zu Kates Überraschung stand sie nicht auf, sondern legte sich rücklings auf den Fußboden. Dafür erhob sich Gänseblümchen und setzte sich grinsend mit dem Hintern auf das Gesicht ihrer Freundin.

Kate riss entsetzt den Mund auf, als sie begriff, dass Stechpalme Gänseblümchen das Arschloch lecken sollte. Sie konnte ihre Augen nicht abwenden, als das fette Mädchen dazu gezwungen wurde, Gänseblümchens Anus zu säubern. Gänseblümchen masturbierte, während ihr enger Ring geleckt wurde, ganz beiläufig. Ab und zu presste sie ihr Geschlecht an Stechpalmes Mund und dann wieder ihren Anus, bis sie schließlich kam.

Stechpalme leckte weiter, vor den Augen der zuschauenden Mädchen und Lewis, bis Gänseblümchens Orgasmus vorüber war. Gänseblümchen blieb noch eine Weile auf Stechpalmes Gesicht sitzen, bevor sie herunterkletterte. Stechpalme stellte sich auf die Knie und wischte sich den Mund ab. Dann rieb sie sich den Hintern und spähte über die Schulter, um die Schäden zu inspizieren. Kate näherte sich ihr zögerlich, besorgt, dass sich Stechpalme für ihre Demütigung an Kates eigenem Hintern rächen könnte. Stechpalme brachte ein schiefes Lächeln zustande, und Kate lächelte zurück. Als Gänseblümchen wegging, ergriff sie das Wort.

„Du armes Ding!“ sagte sie mitleidig. „Wofür war das? Ich meine, wenn sie nicht wollte, dass du Brombeere bestrafst, warum hat sie dich nicht daran gehindert?“

„Dafür war es nicht“, sagte Stechpalme schnell.

„Wofür dann?“

„Pst!“

„Aber ich will nicht, dass man auch mich versohlt oder sich auf mich draufsetzt!“

„Das wirst du auch nicht, jedenfalls nicht versohlt.“

„Aber es könnte sich jemand auf mich draufsetzen? Wer?“

Ein Geräusch unterbrach sie. Sie drehte sich um. Ein paar Spritzer Futter und Wasser klatschten an ihre Beine und ihren Hintern, als Lewis mit einem Schlauch in den Trog zielte. Stechpalme war hastig zurückgetreten, und Kate folgte ihr. Lewis grinste sie an und richtete den Schlauch kurz auf sie. Das Wasser spritzte auf ihre Gesichter und ihre Oberkörper. Kate quiekte alarmiert und zog sich noch weiter zurück. Sie fühlte sich extrem verletzlich, als sie an eine Tracht Prügel auf den bloßen Hintern dachte, öffentliche Demütigungen und den Arsch einer anderen Frau in ihrem Gesicht.

„Wieder eine schöne Nacht“, verkündete Lewis und stellte den Wasserhahn ab. „Ihr werdet draußen schlafen.“

Bei dieser Nachricht erhob sich ein zufriedenes Murmeln. Die Mädchen bewegten sich auf den Ausgang zu und reihten sich dabei hinter Gänseblümchen auf wie vorher. Draußen dämmerte es bereits. Die Sonne stand bereits hinter der hohen Klippe, die das Haus gegen Westen abschirmte. Die Schwedinnen und Däninnen waren bereits auf dem Rasen. Sir Francis führte eine große Aschblonde an einem Halfter davon, das sie um den Kopf trug.

„Schneeglöckchen wird morgen früh ein wundes Poloch haben", bemerkte Brombeere neben Kate.

„Eines Tages wird es dich treffen", erwiderte Stechpalme.

„Nein!" sagte Brombeere und quiekte auf. Lewis hatte sie in den Hintern gekniffen.

Kate ging schnell vorwärts, um aus der Reichweite seiner Finger zu kommen. Er grinste und blinzelte ihr zu, dann gab er Brombeere einen Klaps auf den Hintern. Die Herde setzte sich in Bewegung. Die Kariberinnen trabten bereits auf den Rasen hinaus. Kate sah, wie sich Robinson in ihre Herde einreihte. An der Weggabel trennten sich die Herden und liefen zu ihren jeweiligen Weiden.

Stechpalme schien ihre Tracht Prügel mittlerweile überwunden zu haben und plauderte fröhlich, während sich die Herde im hohen Gras niederließ. Kate hörte kaum zu. Sie arbeitete fieberhaft an ihrem Problem und kam schnell zu einer Lösung.

„Wie kommt man am besten mit Gänseblümchen zurecht?" unterbrach sie Stechpalme.

„Sie kriegt immer, was sie will", antwortete Stechpalme. „Wenn du daran denkst, dich bei ihr einzuschleimen, sei vorsichtig. Am Ende steckt deine Zunge in ihrem Hintern."

„Ich dachte eher an ein Geschenk", fuhr Kate fort. „Vielleicht etwas aus dem Haus. Wie wäre es mit Wein?"

„Pst!" zischte Stechpalme. Dann sprach sie flüsternd weiter. „Tu es nicht, sonst bekommt du Ärger. Sie kriegt alles, was sie braucht. Wir zahlen dafür. Also, wenn sie dich ins Gebüsch schickt, um einen Schwanz zu lutschen, mach es."

Kate nickte. Sie fragte sich, ob sie einfach ins Haus zurückkehren oder noch bis zum morgendlichen Melken warten sollte. In der Morgendämmerung konnte sie sich leicht davonstehlen, und alles wäre vorbei. Sie könnte ein heißes Bad nehmen, die Toilette benutzen, nach der sie sich langsam wirklich sehnte, und sich wieder ihre Kleider anziehen, was das Beste von allem war. Die Aussicht war zweifelsohne verlockend, aber sie konnte nicht leugnen, das auch ein Hauch Wehmut dabei war. Wenn sie bliebe, könnte sie noch mehr erfahren. Außerdem böte sich vielleicht die Gelegenheit, noch einmal an Stechpalme zu nuckeln, vielleicht sogar masturbiert zu werden und so die sexuelle Spannung zu lösen, die sich seit dem Melken in ihr aufgebaut hatte.

Es war immer noch nicht dunkel genug, um unbemerkt gehen zu können, daher beschloss sie, sich zurückzuhalten. Sie sagte sich, das dies die vernünftige, rationale Entscheidung war. Doch sie wusste, dass das nicht stimmte. Neben ihr hatte sich Stechpalme im Gras ausgestreckt, wie auch viele der anderen Mädchen. Kate biss sich in die Lippe und kämpfte gegen den Wunsch, sich einfach in Stechpalmes Arme zu kuscheln. Stechpalme hätte sicher nichts dagegen, aber Kate hatte zu große Schuldgefühle, um es zu versuchen.

Sie versuchte immer noch, ihre Hemmungen zu überwinden, als ihr eine Bewegung am oberen Ende der Weide ins Auge stach. Eine Gestalt war aus einem dunklen Loch in der Hecke aufgetaucht. Sie war offensichtlich weiblich, wenn auch sehr zierlich im Vergleich zu den Kühen. Geduckt kam sie näher, und Kate erkannte, dass es ein schwarzes Mädchen war: klein, aber mit schweren Brüsten, vermutlich eine der Kariberinnen.

Das Mädchen ging direkt zu Gänseblümchen und sank neben ihr zu Boden, um ihr ins Ohr zu flüstern. Gänseblümchen antwortete mit einem Nicken. Dann sah sie Kate direkt an und begann zu sprechen.

„Sieht so aus, als ob die Bauern einen Polizeispitzel auf uns angesetzt haben, Mädchen. Butterblume, oder vielmehr Polizeiwachtmeisterin Kate Hastings."

„Das ist nicht wahr!" gab Kate automatisch zurück. „Ich bin nicht von der Polizei."

„Doch, das bist du", erwiderte Gänseblümchen.

„Bin ich nicht!" protestierte Kate. „Ich bin eine Kuh, genau wie ihr!"

„Da hörte ich etwas anderes", antwortete Gänseblümchen. „Packt sie!"

Kate sprang zurück, als das am nächsten stehenden Mädchen nach ihren Haaren langte. Sie stolperte über ein ausgestrecktes Bein und fiel hin, direkt über Stechpalme. Sofort wurde sie von starken Händen ergriffen und auf den Rücken gerollt. Stechpalme setzte sich rittlings auf sie, außerdem noch ein weiteres Mädchen, das fast genauso fett war.

„Bist du von der Polizei?" fragte Stechpalme. Ihre Stimme klang verletzt. „Stimmt es?"

„Es stimmt", sagte Gänseblümchen. „Irrtum ausgeschlossen. Als sie heute Morgen kam und ins Haus ging, unterschrieb sie nicht ihren Vertrag, sondern wurde von Francis Dalcout instruiert."

Kate setzte an zu sprechen, hielt aber inne. Jedes einzelne Mädchen starrte sie an. Auf ihren Gesichtern zeichneten sich das Gefühl der Betrogenheit und Traurigkeit ab, besonders auf Stechpalmes.

„Haltet sie fest", kommandierte Gänseblümchen. „Brombeere, Mohnblume, holt die Schnur vom Gatter."

„Tu nichts, was du später bedauern könntest." Kate musste sich anstrengen, damit ihre Stimme nicht zitterte.

„Werde ich nicht", antwortete ihr Gänseblümchen. „Darauf kannst du dich verlassen. Bring sie zum Schweigen Stechpalme."

Stechpalme kam näher und ließ ihren riesigen Hintern auf Kates Gesicht nieder. Kate konnte ihr Gesicht gerade noch rechtseitig zur Seite drehen, damit es nicht zwischen die Pobacken des fetten Mädchens gedrückt wurde. Dennoch war es mehr als zur Hälfte vom Hintern bedeckt, sodass sie nur noch murmeln konnte. Außerdem konnte sie nichts sehen. Panik stieg in ihr hoch.

Ihre Angst wurde noch größer, als Kate fühlte, wie Schnur um ihre Fußgelenke gewickelt wurde. Sie begann, sich zu wehren, doch das spielte keine Rolle. Nachdem ihre Knöchel gefesselt waren, drehte man sie auf den Rücken. Sie quiekte um Hilfe und strampelte wild, als ihr die Hände hinter dem Rücken zusammengebunden wurden. Als Antwort stopften ihr die Mädchen den Mund mit Gras voll und banden es mit dem letzten Stück Schnur fest. Dabei verlor sie die Kontrolle über ihre Blase. Vor den Augen ihrer Verfolgerinnen nässte sie sich auf dem Rasen ein. Sie lachten nur und beobachteten den Urinstrahl, der aus Kates Muschi spritzte und sich auf das Gras ergoss.

Man erlaubte ihr, zu Ende zu pinkeln. Dann hob Gänseblümchen sie hoch und warf sie sich über die Schulter. Kate quäkte immer noch panisch durch ihren Knebel hindurch, während sie über die Weide zur Straße getragen wurde. Dort hockten sich die Mädchen im Schatten einer Hecke hin. Weitere schwarze Mädchen kamen hinzu, einschließlich der gigantischen Rose. Kate wurde auf den Boden abgeladen, und Gänseblümchen dankte Rose für den Hinweis. Auch blonde Schwedinnen und Däninnen erschienen. Die massivste davon trat zu den beiden anderen Herdenmüttern. Die drei flüsterten. Dann trennten sie sich voneinander. Gänseblümchen kam zu Kate zurück.

„Sieht aus, als hätten wir Glück", krähte die dicke Frau. „Francis hat Schneeglöckchen mit hinein genommen, um sie in Ruhe in den Arsch zu ficken. Lewis lässt Robinson am Quai dieselbe Behandlung angedeihen. So, mein Mädchen. Wir werden dir jetzt eine harte Lektion erteilen."

Gänseblümchen kicherte, als sie Kate erneut hochhob. Nun liefen die Frauen schnell die Straße zu den Ställen hoch. Dabei unterhielten sie sich leise und aufgeregt. Kate wand sich in dem Bemühen, von Gänseblümchens Schulter zu rutschen. Das brachte ihr ein paar Klapse auf den Hintern ein, ebenso wie zwei Finger, die ihr schmerzhaft in die Vagina gebohrt wurden. Sie erreichten den Melkschuppen. Gänseblümchen trug Kate ganz nach hinten, wo ihr ein saurer Fäulnisgestank in die Nase stieg.

Sie versuchte, sich umzudrehen, um zu sehen, was los war. Genau da blieb Gänseblümchen stehen und griff ihr fest zwischen die Schenkel. Einen Augenblick später schoss ein quälender Schmerz durch Kates Hintern. Ihr ganzer Körper zuckte; ihre Brüste hüpften, und ihre Beine strampelten. Mädchenlachen erklang beim Anblick ihrer Qual, und eine zweite Schmerzwelle durchfuhr ihren Po. Kate drehte durch, wand sich und trat um sich, als sie sich an ihr zu schaffen machten. Ihre Locken flogen um ihren Kopf, und ihr ganzer Körper bockte. Gänseblümchen hielt sie in eisernem Griff, ohne auf den Kampf der viel kleineren Frau zu achten. Sie lachte nur.

Es hörte auf. Kate brach auf dem Rücken ihrer Kidnapperin zusammen, verschwitzt und erschöpft. Ihr Körper war eine pochende Kugel voll Schmerz. Sie hatte keine Ahnung, wer sie geschlagen hatte, oder womit. Sie wusste nur, dass es wahnsinnig weh tat und sie sich heiß und benebelt fühlte – und besiegt. Selbst als Gänseblümchens Finger noch einmal in ihre Vagina glitten, machte Kate keinerlei Anstalten, ihr Einhalt zu gebieten. Sie erlaubte es ihr, sie zu erforschen, ohne auch nur symbolisch Widerstand zu leisten.

„Klitschnass“, verkündete Gänseblümchen. „Ein Flittchen, ob nun Polizistin oder nicht.“

„Dann nichts wie rein mit ihr“, erwiderte eine andere Frau, und Kate wurde hoch in die Luft gehoben.

Es war ein totaler Schock. Eine plötzliche Bewegung, ein Ausbruch von Gelächter, und schon befand sie sich in irgendeiner faulig riechenden, klumpigen Masse. Ihr Hintern war zuunterst, und die Flüssigkeit stieg bereits über ihre Brüste, als sie hinuntersank.

Sie trat vor Schrecken um sich, als auch ihr Gesicht unterzugehen begann, doch dann kamen ihre Füße auf dem Boden auf. Die Mädchen lachten erneut und sahen ihr dabei zu, wie sie in den Küchenabfällen herumstrampelte. Stücke von Gemüseschalen und geronnener Milch tropften von ihren Brüsten und ihrem Bauch, als sie sich aufsetzte. Sie versuchte, sich hinzustellen. Ihr Körper tauchte auf und machte dabei ein platschendes Geräusch.

„Unten bleiben“, befahl Gänseblümchen.

Kate sank wieder in die Abfälle hinein. Ihr Hintern quetschte im Dreck, und irgendein Gegenstand, von dem sie hoffte, es sei eine Karotte, schob sich in ihre Vagina. Gänseblümchen grinste auf Kate hinunter. Ihr Gesichtsausdruck wirkte hauptsächlich belustigt. Die dicke Frau fischte eine große, halb verfaulte Mohrrübe aus dem Müll und hielt sie vor Kates Gesicht.

„Streck den Hintern raus!“ kommandierte sie.

Kate gehorchte und kämpfte sich in eine kniende Stellung. Mit einem lauten Platschen erhob sich ihr Hintern aus dem Dreck. Gänseblümchen lachte über Kates eifrigen Gehorsam und ging um das Fass herum. Elend und resigniert schloss Kate die Augen, als die runde, gummiartige Spitze der vergammelten Karotte gegen ihren Anus gepresst wurde. Ihr Loch war schleimig, und die Rübe glitt mit Leichtigkeit hinein. Es tat erst weh, als das dicke Ende ihren Anus über seine normale Ausdehnung hinaus weitete.

Nachdem Gänseblümchen sie losgelassen hatte, ließ Kate ihren Hintern wieder unter die Oberfläche sinken, damit die Mädchen nicht länger das dicke Mohrrübenende zwischen Kates Pobacken hervorragen sehen konnten. Sie hockte sich hin. Ihre Brüste baumelten im Matsch. Kate hoffte, sie würde ihre Strafe durch äußerste Gehorsamkeit auf ein Minimum reduzieren können.

„Setz dich auf, damit wir deine Titten sehen“, befahl Gänseblümchen.

Kate gehorchte und machte ihre Brüste frei. Die kühle Luft ließ sofort ihre beiden Nippel hervortreten. Irgendjemand lachte.

„Wer ist voll?“ fragte Gänseblümchen.

Rose meldete sich, dann die fette Blonde und noch ein paar andere. Sie kamen näher, und Kate konnte nur entsetzt zusehen und sich noch tiefer in den Müll kauern, als sich die riesige schwarze Frau über sie stellte und ihre Schamlippen auseinanderspreizte. Der Urin traf Kate mitten ins Gesicht und durchnässte ihr Haar, bevor er über ihren Hals und ihre Brüste hinunterrann. Rose lachte, währende sie sie vollpisste. Die blonde Frau folgte, und dann andere. Kate konnte nichts mehr sehen. Der Urin brannte in ihren Augen. Mit dem Grasknebel im Mund war es unmöglich, die Lippen zuzumachen, und ihr Mund war bald voller Pisse. Der saure Geschmack stach ihr in die Kehle. Sie machten immer noch weiter, eine nach der anderen entleerte ihre Blase über Kate, bis ihr der Urin aus der Nase sprudelte. Ihr Magen war voll davon, und ihre Brüste tropften.

Doch auch als die letzte fertig mit ihr war, war ihre Tortur noch nicht zu Ende. Man packte sie an den Haaren und zerrte sie in den Schoß einer Frau, die sie nicht erkennen konnte. Diese benutzte Kates Gesicht, um zu masturbieren. Mehrere taten das mit ihr, manche grapschten ihr an die Brüste, und einige steckten sogar ihre Hände in den Matsch, um ihre Möse zu betatschen. Die meisten kamen an Kates Nase oder Kinn, während die anderen zusahen und lachten.

Endlich ließen sie von ihr ab und gingen kichernd davon. Kate kauerte sich in die Abfälle, dreckig, stinkend und – zu ihrem größten Entsetzen – erregter, als sie es je gewesen war, abgesehen vom Orgasmus. Sie sehnte sich danach zu masturbieren, während sie immer noch in dem widerlichen Müllbottich steckte, bedeckt von ranzigen Milchabfällen, fauligem Gemüse und Pisse. Verzweifelt kämpfte sie gegen dieses Bedürfnis an. Jetzt war sie froh, dass ihre Hände auf dem Rücken zusammengebunden waren, sodass sie nicht an ihre Muschi herankam. Stattdessen konzentrierte sie sich darauf, wie sie aus dem Fass herauskommen könnte.

Es war zwar niedrig, aber mit ihren gefesselten Knöcheln konnte sie sich nur über die Kante rollen und zu Boden fallen lassen. Sie wartete, bis sie die Augen öffnen konnte, und versuchte, sich dann zu bewegen. Dadurch trieb sie den klumpigen Gegenstand unter ihr noch tiefer in ihre Vagina. Das war zu viel. Ihre Penetration war der letzte, widerliche Rest, der noch gefehlt hatte. Kate verschob ihre Flucht auf später und wand ihren schmerzenden Hintern im Dreck. Peinigende Scham stieg in ihr hoch, während sie sich darum bemühte, ihre Klitoris zu reiben. Es funktionierte. Irgendein unidentifizierbares Stück Müll quetschte sich zwischen ihre Schenkel und gegen ihre Muschi. Sie bockte mit dem Hintern auf und nieder, und ihre dicken Brüste hüpften und platschten im Matsch, während sie wie wahnsinnig masturbierte. Das Ding zwischen ihren Beinen löste sich langsam auf. Teile davon drückten sich zwischen ihre Schamlippen, und sie kam …

Es hörte erst auf, als eine dunkle Gestalt aus der Dunkelheit auftauchte. Sie war männlich, bekleidet und fett, und es handelte sich weder um Sir Francis noch um Lewis. Von plötzlicher Angst erfüllt, schluckte Kate und wich zurück, als dicke Hände nach ihrem Kopf griffen. Sie zogen sie nah heran und lösten den Knoten an ihrem Hinterkopf. Kate entspannte sich und gestattete dem Mann, ihren Knebel zu lösen und das Gras aus ihrem Mund zu ziehen. Es wurde sofort durch einen erigierten und extrem großen Penis ersetzt.

Kates Augen weiteten sich vor Schock, aber sie war verloren. Schon als die aufgedunsene Erektion ihren Mund ausfüllte, hatte sie wieder zu masturbieren begonnen und rieb ihr Geschlecht im Abfall. Wieder einmal fingen ihre Titten an zu hüpfen und spritzten Dreck in alle Richtungen. Erneut wand sie ihren Hintern, mit lüsternen, wackelnden Bewegungen, von denen sie wusste, dass sie lächerlich wirkten, doch es war die einzige Möglichkeit, wie sie ihre Muschi reiben konnte. Außerdem lutschte sie den Schwanz, wie eine begierige kleine Schlampe. Sie wusste, dass ihr Mund in kürzester Zeit voller Sperma sein würde, und sie sehnte sich danach. Ihr Mann stöhnte bereits, und sie wand sich wie wahnsinnig, als er seinen Schwanz ergriff und in ihren Mund masturbierte. Das Klatschen ihrer dicken Brüste im Matsch wurde lauter, die platschenden Geräusche ihres Hinterns und ihrer Schenkel schneller und schneller, und sie kam. Ihr ganzer Körper versteifte sich in einem herrlichen, perfekten Orgasmus, selbst noch, als der Mann seinen Schwanz in ihrem Mund explodieren ließ und ihre Kehle mit heißem, dicken Sperma füllte – bis es aus ihrer Nase spritzte und seinen Schaft, seine Hoden und seine Kleidung besudelte.

Kate brach zusammen und sank in den Müllbottich zurück, benommen, schwach, für einen Moment vollkommen befriedigt. Im nächsten Augenblick brannte sie vor Schuldgefühlen und Scham. Plötzlich war ihre Situation alles andere als erotisch. Sie war nur noch widerlich, bedeckt von Abfall und Pisse, und Sperma rann aus ihrer Nase und ihrem Mund und tropfte von ihren Brüsten. Der Mann nahm von all dem keine Notiz und trottete in die Dunkelheit davon, ohne ihr auch nur zu danken. Kate wollte ihm schon hinterherrufen, überlegte es sich aber anders.

Eine Stunde hatte sie sich aus dem Müllbottich befreit, ihre Fesseln an einem rostigen Stück Eisen aufgerieben und sich mit Lewis' Schlauch abgewaschen. Nass und zitternd machte sie sich auf den Weg zum Haus und ging die Treppe hoch.

Sir Francis war in seinem Schlafzimmer, nackt bis auf ein Paar purpurroter Socken. Sein erigierter Schwanz steckte tief in Schneeglöckchens Poloch. Beide blickten sich um, als Kate die Tür aufmachte.

„Ich habe Ihren Mann, Sir Francis", verkündete sie. „Es war der Butler."